北归记

北归记

归梦残

八年寒暑，夜夜归梦难成。蓦地里一声归去，心惊！怎忍见旧时园亭。把河山还我，光灿灿，拖云霞，气昂昂傲日星。却不料伯劳飞燕各西东，又添了刻骨相思痛。斩不断，理不清，解不开，磨不平，恨今生！又几经水深火热，续数番陷入深渊。奈何桥上横冤孽，一件件等，一搭搭迎。

作者手迹

《野葫芦引》第四卷

北归记

宗璞 著

人民文学出版社

图书在版编目(CIP)数据

野葫芦引.第四卷,北归记/宗璞著.—北京:人民文学出版社,2018
ISBN 978-7-02-014575-1

Ⅰ.①野… Ⅱ.①宗… Ⅲ.①长篇小说—中国—当代 Ⅳ.①I247.5

中国版本图书馆CIP数据核字(2018)第207011号

策划编辑 杨 柳
责任编辑 刘 稚
责任印制 任 祎

出版发行 人民文学出版社
社　　址 北京市朝内大街166号
邮政编码 100705
网　　址 http://www.rw-cn.com

印　　刷 三河市鑫金马印装有限公司
经　　销 全国新华书店等

字　　数 220千字
开　　本 880毫米×1230毫米 1/32
印　　张 9.125 插页4
版　　数 10001—15000
版　　次 2019年2月北京第1版
印　　次 2019年3月第2次印刷

书　　号 978-7-02-014575-1
定　　价 36.00元

目　录

序曲

【风雷引】百年耻，多少和约羞成。烽火连迭，无夜无明。小命儿似飞蓬，报国心遏云行。不见那长城内外金甲逼，早听得卢沟桥上炮声隆！

【泪洒方壶】多少人血泪飞，向黄泉红雨凝。飘零！多少人离乡背井。枪口上挂头颅，刀丛里争性命。就死辞生！一腔浩气吁苍穹。说什么抛了文书，洒了香墨，别了琴馆，碎了玉筝。珠泪倾！又何叹点点流萤？

【春城会】到此暂驻文旌，痛残山剩水好叮咛。逃不完急煎煎警报红灯，嚼不烂软塌塌苦菜蔓菁，咽不下弯曲曲米虫是荤腥。却不误山茶童子面，腊梅髯翁情。一灯如豆寒窗暖，众说似潮壁报兴。见一代学人志士，青史彪名。东流水浩荡绕山去，岂止是断肠声！

【招魂云匾】纷争里渐现奇形。前线是好男儿尸骨纸样轻,后方是不义钱财积山峰;画堂里蟹螯菊朵来云外,村野间水旱饥荒抓壮丁!强敌压境失边城!五彩笔换了回日戈,壮也书生!把招魂两字写天庭。孤魂万里,怎破得瘴疠雾浓。摧心肝舍了青春景,明月芦花无影踪。莽天涯何处是归程?

【归梦残】八年寒暑,夜夜归梦难成。蓦地里一声归去,心惊!怎忍见旧时园亭。把河山还我,光灿灿拖云霞,气昂昂傲日星。却不料伯劳飞燕各西东,又添了刻骨相思痛。斩不断,理不清,解不开,磨不平,恨今生!又几经水深火热,绕数番陷人深井。奈何桥上积冤孽,一件件等,一搭搭迎。

【望太平】看红日东升。实指望春暖晴空,乐融融。又怎知是真?是幻?是辱?是荣?是热?是冷?是吉?是凶?难收纵,自品评——且不说葫芦里迷踪,原都是梦里阴晴。

主要人物

孟樾(弗之)　明仑大学历史系教授

吕碧初　弗之妻

孟灵己(嵋)　弗之次女

孟合己(合子)　弗之子

孟离己(峨)　弗之长女

吕绛初　碧初姊

澹台勉(子勤)　绛初丈夫

澹台玹(玹子)　绛初女

卫　葑　弗之外甥、玹子丈夫

阿难(卫凌难)　卫葑子

严颖书　绛、碧外甥

严慧书　颖书妹

赵莲秀　绛、碧继母

凌京尧　卫葑亡妻雪妍父

岳蘅芬　凌京尧妻

殷大士　玹子弟玮恋人

麦保罗　美国外交官、玹子旧友

秦巽衡　明仑大学校长

谢方立　秦巽衡妻

庄卣辰　明仑大学物理系教授

玳　拉　庄卣辰妻

庄无因　庄卣辰子、嵋未婚夫

庄无采　庄卣辰女

李之薇　颖书未婚妻

李　涟　之薇父、明仑大学历史系教授

金士珍　李涟妻

李之荃　李涟子

萧澂(子蔚)　明仑大学生物系教授

郑惠杬　萧子蔚妻

郑惠枌　郑惠杬妹

钱明经　郑惠枌前夫、明仑大学数学系教授

梁明时　明仑大学数学系教授

刘仰泽　明仑大学社会学系教授

吴家馨　明仑大学工作人员

吴家榖　吴家馨兄

徐　还　明仑大学航空系教授

周燕殊　徐还女、合子女友

晏不来　明仑大学中文系教师

冷若安　明仑大学中文系教师

柯慎危　明仑大学数学系教授

邵　为　明仑大学数学系教师

厉　康　明仑大学数学系教授

袁令信　明仑大学物理系教授

依　蓝　袁令信妻

尤甲仁　明仑大学教授

姚秋尔　尤甲仁妻

季雅娴、陆良尧、朱伟智、乔杰

　　　明仑大学学生

第一章

一

嘉陵江浩荡奔流。夏天的江水改去了春天的清澈，浊浪卷起一层层白色的浪花。奔流到重庆朝天门码头下，在这里汇入万里长江，载着中华民族奋斗的历史，穿山越岭，昼夜不息，奔向大海。太阳正在下山，映红了远处的江面。沿着江岸搭起的凌乱的棚户，在远山、江水和斜阳的图景中，有几分不和谐，却给雄壮的景色添了几分苍凉。棚户里有人出出进进，岸边小路上有推车的、挑担的慢慢移动，好像江水也载着他们。

不知从哪里飘来的歌声，随着江波欢腾地起伏。

我必须回去，
从敌人的枪弹底下回去！
我必须回去，
从敌人的刺刀丛里回去！
把我打胜仗的刀枪
放在我生长的地方！

歌曲的最后一句旋律高亢，直入云天。

孟灵己、孟合己姊弟与庄无因、庄无采兄妹在江岸上走着。无采已长得很高，几乎超过了合子，西方少女的俏丽和中国少女的文静混合在一起，显得不同一般。在这些人里嵋是最矮的，纤细的身材显得轻盈、窈窕。

"听见什么？"嵋问。

"《嘉陵江上》。"无因答。

他们确实都听见了，听见了那不知哪里飘来的歌声，中国人的歌声。

"我必须回去！"合子低声唱起来，无因和嵋也加进来："把我打胜仗的刀枪放在我生长的地方！"

四个好朋友互相望着，又望着滔滔东去的江水。四个人都觉得胸中有一团东西，是胜利的欢乐？是理想的光亮？想哭，可是却笑起来。他们就要回家去了，把打胜仗的刀枪放在自己生长的地方。

酷热的天气使得四个年轻人的脸都红扑扑的。嵋和无采各打着一把小阳伞，两人的鬓边都缀满细微的汗珠，嵋的睫毛上还挂一滴较大的，亮晶晶的。无因笑了，递了一方手帕给嵋，示意她擦去。

嵋一笑，擦去了汗，说："好热。"

"真的，这里天气真奇怪，"无采说，"还是昆明好。"

他们在重庆等候回北平的交通工具，已经快二十天了，说是要有飞机运送大学的先生们，又说是安排了船，可是都没有消息。

庄无因很着急，他要到美国去入研究院，早回北平可以多待几天，看一看阔别九年的家园。急于回到朝思暮想的北平，是这些游子的共同心愿。嵋是最善感最会思乡的，这时却不很急切。她与合子虽想早点回家，又觉得重庆尽管这样热，也很好玩，房屋依山而建，高高低低，看起来很诡异。在这里多停几天也无妨。

四个人目送远去的江水，在江岸上站了一会儿，转身向市内走去。他们上了许多台阶，下了许多台阶，又上了许多台阶，穿街过巷，慢慢走着。

国民政府已经于四月底还都南京，重庆萧条了一些，但还显然带着胜利的喜悦。一辆黄包车从高坡上飞驰而下，拉车人充满豪情地大叫："让开！让开哟！"仔细看时，四个人都倒吸一口凉气，那拉车人脚不点地，身子挂在车把上，让车自然滑落。

"好惊险！"合子说。

嵋说："我忽然想起从前一件惊险的事，你们猜猜是什么？"

无因微笑道："我也想到了。"

"那你说说看。"嵋说。

合子抢着说道："我来说，是那次去找龙王庙。"

"有人要打我们。"无采接道。

"无因哥用英文发表讲话，把他们吓跑了。"嵋说，忍不住笑。

"我告诉你们了，我是背诵爱因斯坦的一段演讲。"无因说。

"我现在也会背了。"合子说。

四人说着笑着又走了一段。嵋忽然说："我们到底没有走到龙王庙。"无因望着她，若有所思，嵋也望着他。"我们也没有走到阳宗海。"俩人心里闪过同一个念头，却没有说出来。

他们经过一条街，两边有几间杂货铺，收音机里传来川戏的唱段。川戏的唱腔很高，好像天气更热了。

"这声音真奇怪。"无采说。

"那是四川戏，懂吗？"无因告诉妹妹，"四川戏的唱腔很奔放，词句倒是很文雅的。"

无采问："你什么时候听过四川戏啊？"

无因一愣，笑道："我也是听说。"他忽然想起一件事，"上午李之薇拿了两张请柬给我们，要举行跳舞会。"

"这几天玹子正在说跳舞会的事。"嵋说，"不过，这跟之薇有什么关系？哦，当然是慧书托她转交的。”

四人穿行在川剧的高音中。不知不觉间，已走到大学同仁的临时宿舍。这里很简陋，原来是一所小学。小学正放暑假，便做了大学的临时宿舍。从这里到嵋、合的住处还有一段路，因为天太热，无因建议进去稍事休息。嵋、合子随父亲孟樾来过几次，这时见从大门口搭着竹排通过院子，像一座浮桥，便问为什么。无因解释说，这是因为前几天下大雨，院内积水太多不能行走，才搭起了竹排，现在下面还有积水。

他们走进大门，见之薇正和一位先生说话。那位先生身材不高，面色微黑，上唇留着一小撮胡子，时称“人丹胡子”，这正是之薇的老师，社会学系的教授刘仰泽。他正在对之薇说：“今年元旦中国民主同盟提出的意见很对，很能代表知识分子。要政府停止武装冲突、释放政治犯、承认各党派合法地位。取消新闻检查，尊重集会言论自由。”

说话间，他看见进来的几个年轻人，认得是孟家的孩子，心中似有不快，停下讲话，没头没脑地对嵋说：“你们住的地方没有发水吧？”

大家都有些莫名其妙。嵋说：“我们刚刚听见刘先生讲话，我觉得很对，这几个问题很重要。”

刘仰泽本来转身要走，听见嵋这么说，“嗯”了一声，面色温和了些，自走开了。

几个人望着之薇，见她两条辫子照例一条在肩前，一条在背后，手里拿着一个小锅，人显得有些憔悴。

之薇说：“这位刘老师对当局不满，火气很大，其实和你们没有关系。”

嵋说：“现在火气大的人很多。”

无因道：“天气太热。”

之薇又说：“你们逛什么？到我家坐坐吗？”

嵋早已去过李家住处,狭窄、拥挤、潮湿是这临时宿舍的特点。她指指无因,说:“现在上他们家去。”

“我去买馄饨,改天来找你。”之薇说完,端着锅走了两步,又回过头对嵋说,“明天的跳舞会你去吗?”

嵋道:“慧书送来请帖了? 我要去的,你也去吧。”

之薇微笑,说:“我不想去,那些人我不熟。”说着自去了。

四人沿着窄而陡的台阶向上行,合子随口问:“为什么是慧姐姐送请帖给李之薇?”

“她们是未来的姑嫂关系,明白吗?”嵋说。

合子想了一下,点点头。

他们到了这座院子的最高处,三间小房倒比较干爽。庄家住了两间,梁明时住着另一间。

他们进了庄家,庄太太玳拉在整理一只箱子。庄先生在看一张大地图,研究重庆市的街道。

他见了嵋便问:“有希望吗?”

嵋说:“不知道。”

庄先生便又去看地图。他总是在研究什么。

无因给他们倒水喝,说:“天太热了,这点路其实不算什么。我们是有走路功底的。”

大家喝水。合子咕咚咕咚喝完一杯,说:“走回北平去,我也行!”

庄先生笑道:“你说得很对,你们这样小的年纪就要讨论这样大的问题,让人很难过。我记得你要学造飞机,没有变吗?”

“是的,我一直这样想,没有变,不会变。”合子大声回答。

“赶快造一架大飞机,送我们回北平。”无采笑说。

庄太太玳拉问嵋:“母亲身体可好些?”碧初到重庆后一直在生病。

嵋答:“一天轻,一天重,也不知道是怎么回事。”

玳拉说："还是太热的缘故。"

过了一会儿，庄先生忽然想起似的，对无因说："刚刚重庆市中学物理教师有个什么学会来邀我作一次演讲，也要请你讲一次。"

无因走到父亲身边，说："我？我讲什么？"

"你在澄江已经教过半年课了，又有新发表的论文，他们都知道的。"

无因转过脸去，和嵋相视一笑，又对父亲说："我愿意去。"

庄先生道："好，这样讲讲对自己也是提高。"

无因总是略带忧虑的神色，和嵋在一起时，便似乎有一只看不见的手，拂去他眉宇间的沉郁，换上几分明快。庄先生觉得很安慰，和玳拉也相视一笑。

嵋说："庄伯伯，有人请你做时事报告吗？我也想听呢。"

庄卣辰说："让你说着了，中央大学学生会想让我讲一讲当前的形势。我不会讲的，内战有什么好讲的？打来打去，受损害的还是中国自己。可怜的中国。"他叹息了一声。

玳拉说："是啊，不都是中国人嘛，自己打自己，天下有这样奇怪的事！"

自去年胜利以来，国共两军时有小接触，到现在已经成为颇具规模的战事了。不是你进攻我，就是我进攻你，国人无不忧心。

大家又说了些话，嵋要去看梁先生，卣辰道："你们先去。他的左腿伤得很重，今天才得到 X 光片的结果，腿骨裂伤。"

嵋与无因走向隔壁，合子说："我去找之荃。"噔噔噔跑下楼去。到楼梯中间，几乎滑了一跤。好在他身手敏捷，一把抓住了旁边的柱子。合子心想，难怪梁先生要摔跤。

梁明时正坐着，把缠着绷带的左腿平放在凳上。见无因和嵋走进来，抬了抬右手。前几天因为路滑，他的左臂又不便，上台阶时摔了一跤，当时只以为伤了皮肉。

这时，卣辰也进来了，明时让座，无因给梁先生倒了水。

卣辰说："还是照了片子才可以弄清楚。"

明时说："好在没有骨折，只是骨裂，等它慢慢恢复吧。这两天多亏无因和无采照顾了。我这回，不但左臂有问题，左腿也有问题了，真正的左倾啊！"

卣辰说："昨天晚报上有文章，说到你的腿伤，说国府简直是虐待学者。"

明时说："我自己摔的跤，怎么赖到国府？胜利刚一年，复员多么不容易。"

大家随便谈了一阵。嵋说该回家了，起身告辞。

无因说："我送你。"就和嵋一起下楼。

无采站在门口招招手，说："我不送你。"

到大门口，见合子和之荃正在那里，他们商量次日要去跳伞。昆明没有这种运动。

之荃跟着嵋、合走了一段，说："这么热。"自回去了。

还是高高低低的路，他们又上了许多台阶，来到吕绛初家。这条街叫做十三尺坡，可见其高。澹台勉夫妇去年回国后一直住在这里。房子很普通，却还舒适。

这里的天地不同了，二层小楼前有一个天井，虽然只是"井"，却有些花木，还有一棵树，树有楼高，枝繁叶茂，很是好看。澹台一家觉得总是要走的，谁也没有兴趣去弄清这是一棵什么树。孟家人从昆明来等飞机，子勤和绛初邀他们来往。他们来后倒是打听了这树的品种，终归没有定论，也就算了。

胜利后国府还都，许多机构迁回南京，澹台一家也要搬迁，正在收拾东西。廊上两个大木箱已经各装了半箱书，是预备运走的。无因没有进去，拍拍合子的肩，望了嵋一眼，自去了。

楼上的窗开着，有人拉开白纱帘，探出头来，那是玹子。时间在她的身上几乎没有留下痕迹,依旧是粉面樱唇。

玹子掠着漆黑的鬓发,笑吟吟地问:“你们往哪里去了?三姨妈正找你们呢。”

嵋与合子连忙上楼,先往碧初房中报到。碧初来渝后一直发烧,医生查不出原因,只好说是天太热所致。

这时绛初正在这里,她坐在床边,碧初靠在床上。姊妹俩正做闺中闲谈,议论亲戚的家事。这时她们最关心的是北平的情况。半年以前,凌京尧因汉奸罪被捕入狱,大家很快都知道了。子勤曾去北平视察华北电力,因公事繁忙,又不愿有更多的牵扯,只去看望了赵莲秀,别处都未走动。知道赵莲秀就要暂时离开香粟斜街,去陪岳蘅芬居住。

这时姊妹俩说起这事,碧初说:“婶儿是个善心人,凌太太正需要人照顾。”

两人为凌家叹息了一阵,话题转到自己最重要的家事,那就是玹子和峨的婚姻。

光阴如箭,玹子已经二十八岁,峨也二十七岁了。峨的事情有些古怪,因为峨的心是关闭的,姊妹俩每次谈及都不能深入,也就撂开了。而玹子至今也没有一个说得上是朋友的人,甚至没有可以谈论一下、稍作考虑的人,让人奇怪。事情往往是这样,越是漂亮活泼的,在寻找知心人这一方面往往落后。

绛初先是埋怨怎么出现了一个麦保罗,又数落了一阵包括朱什么清在内的各个偶然的提名人。然后话题转到卫葑,卫葑的存在实在是很尴尬的。

绛初叹道:“照管阿难我不责怪,战争期间谁都该管一管。只知道卫葑一去没有音讯,也不知道他是什么意思。他倒放心,可也要替别人想想呀!”她心里认为阿难影响了玹子,只是不好明说出来。

碧初说:“我有一句话一直没有说,我觉得卫葑总有一天会表明态度的,那就是求婚。我看玹子也是愿意的。”

绛初冷笑道:“总有一天?可他就是合适的吗?”见嵋、合进来,就不再说下去。

碧初见两人脸上汗津津的,随手把蒲扇递给嵋,说:“天这样热,出去不怕中暑?”

嵋接过扇子,先给二姨妈扇了两下。

绛初站起道:“我到厨房去看看晚饭。”便走开了。

嵋拿着蒲扇给合子扇了两下,又给母亲扇,说:“我们和无因哥去看嘉陵江了。”又说临时宿舍都搭起竹排了。

碧初道:“所以爹爹着急,又出去商量交通工具的事了。”

门口响起轻微的脚步声,一个小人儿出现在门中,他穿着一件天蓝色绸背心,罩到膝盖处,小胳膊小腿儿圆嘟嘟的。他走进房间拉住嵋的手,说:“妈——姑叫嵋姑。”

嵋蹲下去在他脸上亲了一下,说:“阿难都会传话了。”便把扇子递给合子,拉着阿难来到玹子房间。

玹子正坐在桌前写什么,阿难甩开嵋的手,跑过去依在玹子身边。

“这是你最大的洋娃娃。”嵋说。

“所以别的洋娃娃都不用了。”玹子笑说。

“这是什么书?”嵋随手拿起桌上的一本书,书的纸很坏,封面却颇醒目,上面写着《灭亡·新生》。青年中流传着许多宣传新社会将代替旧社会的书,这本书影响最大。嵋只听之薇说过,还没有看,想不到玹子倒先看了。

嵋想,怪不得这些日子玹子和以前不同了,对现实颇有批判,对当时学生中流行的民主自由的理想颇有想往,原来她有这些学习资料。

玹子从桌边拿过几张请帖,抽出两张递给嵋。

嵋问:“这是明天跳舞会的?”

“昆明也有人喜欢这种舞会，我很少参加。”玹子说，“这里很时兴这个，明天这场以后，许多人都要走了。你去看看吧，慧书也去，殷大士也去。”

慧书到重庆以后，住在澹台家，也常到殷家行馆住几天，这时正在殷家。

嵋接过请帖，随手夹在那本书中，把书举了一举说：“你看这个？”

玹子说：“这是薛蚡拿来的。”

薛蚡和玮玮在军队是同事，抗战胜利后他回到学校，现虽毕业，仍在学校参加由进步势力组织的读书会等活动。玮玮殉国后，他常来澹台家探望，给玹子带来一些进步书籍，玹子也算是读书会的成员。

年轻人大多或紧或慢地向着心目中的光明、向着想象中的太阳走去。这是潮流，也是宣传的力量。

玹子说：“我这样的人现在很少。已经不是学生，也不工作，有这些书看看，好像自己还很年轻。”

嵋很想问问卫葑有消息吗。自己又好笑，这问题怎么问玹子。于是跟她谈了几句巴金的小说。

绛初走进房来说：“你们明天穿什么衣服？”她对玹子参加舞会一类的活动一向很支持。

“妈妈看哪一件好？”玹子说着，从一个打开的箱子里拿出几件衣服摊在床上。

三人围着看，又在身上比试。绛初帮着挑定一件镂空白纱旗袍给玹子。玹子偏爱绿色，挑了一条绿缎衬裙。

绛初道：“太素了，还是白纱衬红缎好看得多。”嵋也同意。最后选定了红缎衬裙配那件白纱旗袍。

绛初又指着另一件红底白色碎花旗袍对嵋说：“这是你的。”

嵋却挑中一条天蓝色间白花的两截裙子，上衣是同样的蓝色，但没有花。

玹子笑道："你的眼光不错，我做这套衣服是费了些心的，只穿过一次。"

绛初拿着衣服让嵋试了，有些大，可以凑合，就选定了。

这时，澹台家的女仆李嫂在天井里大声叫："开饭喽！"噔噔噔走上楼来。手里端着一个托盘，上面是碧初的晚餐。一路又嚷："开饭喽！"

"我去照顾妈妈吃饭。"嵋说。绛初等人下楼去。

嵋侍候母亲用过晚餐，端了托盘下楼。绛初、玹子、合子已经坐在桌旁，阿难坐在旁边的高椅上，这种高椅正是合子离开北平时的座位。一面墙壁前一排摆着四个脸盆，盛着清水。

大门响处有谈话声，孟樾和澹台勉一起进来。

弗之看上去有些疲惫，一面走一面用手帕擦拭额上的汗，一径上楼去看碧初。

子勤是坐车回来的，神气很安详，和几年前没有多大改变，伤腿似乎也好了一些。他直接到饭厅，脱去长衫，在脸盆里洗了手脸，坐下看一眼桌上的菜，对绛初说："弗之今天的交涉有成绩，下礼拜可能安排飞机。"

"也许还是你先走。"绛初说。

"那当然。"子勤说。

"我们最后走。"玹子说，不知为什么心头有些怅惘，这在她是不多见的。她和母亲还要在重庆处理一些事，随后到南京。

一会儿，弗之也到，合子给大家盛饭。李嫂又端了两个菜上来。

"辣不辣？"合子问。

绛初笑道："早吩咐少放辣椒了。要重庆人做菜全不放辣椒是不可能的，不放手痒痒。"

弗之说："今天跑了几个部门，秦校长往南京那边通了消息，总算有确切的安排。可能是下星期四用货机送我们，这实在已经很不容易。"

子勤道："就是，复员期间千头万绪。而且不是令出必行。真是很不容易。"

弗之又说："听说天津封了许多杂志，这还是文的。战事也越来越升级了。"

子勤叹息道："内战其实已经开始了。如果不打内战，恢复建设要快得多。"

弗之道："军调小组还在做最后努力，看来希望不大。"

子勤又道："听说司徒雷登也在帮忙，可是我看希望不大。"

弗之道："对中国人来说，千辛万苦得到了胜利，最应该做的是同心合力建设国家。现在的局面真令人痛心。"

合子想问什么，忽然被一块辣椒呛住了，只顾喝水。

嵋对弗之说："下午我们在宿舍那边看见刘先生和之薇说话，他看见我们就说，你们那里没发水吧？好像很不高兴的样子。"

弗之想了想，说："刘仰泽是去年从地方大学聘来的，思想很激进。"

子勤叹息道："这是潮流。"

天色暗下来，太阳的余威还在。大家吃了几口饭，便满面是汗，只好站起去水盆里洗脸，这就是水盆的作用了，一顿饭要洗三四次。

用餐快结束时，忽然门铃声大作，李嫂去开门，在天井里大声说："孟老爷，有人找！"

弗之匆匆喝了几口汤，走出餐室，见两个人进门来，一位是钱明经，另外一位正是平时没有来往的刘仰泽。

弗之请他们客厅坐，明经见院中有树和两张竹椅，便说：

"就在院子里坐吧,还凉快些。"

弗之说:"也好,客厅很闷热。"请刘仰泽坐竹椅,那边绛初已在吩咐李嫂倒茶。

钱明经自向花坛边上坐了,一面说:"孟先生,刘仰泽教授说了好几回要来看你。天热,又怕你忙。今天总算来了。"

弗之说:"天气这样热,住的条件也很不好,这是大家都关心的。"

他正要说出好消息,那刘仰泽抢着说道:"在重庆住了快一个月了,国府怎么关心大学同仁?说有专机送我们,今天也说有飞机,明天也说有飞机,到现在连一个鸟翅膀也没有看见。住的地方又湿又热,李太太就病得不轻,我的太太也发烧好几天了。"他说着站起身,又"砰"地坐下去,那竹椅咯吱了一声。

钱明经忙说:"孟先生他们正交涉呢,国家这么多事要办,哪就能轮到我们呢。"

孟弗之慢慢地说:"我正要说一个好消息,今天已经交涉好了,用一架货机送我们,定在下星期四。"

"噢。"刘仰泽拉长了声音,说,"是真是假?别到时候又没有飞机,上回说航空公司可以买票,后来连飞机航班都取消了。"

弗之耐心地说:"这确实是仔细安排匀出来的,本来还说要从南京派飞机来才行。"

钱明经道:"这就好了。"

刘仰泽道:"钱先生没有家眷,不知道我们拖着病人和孩子真是难啊!"

钱明经笑道:"我这是无妻一身轻。"

弗之知道郑惠枌和赵君徽在国立艺专,就在磐溪那边。他想问惠枌怎么样,话到嘴边又咽住。

钱明经到底聪明，自己说：“郑惠枌他们在艺专生活很好，他们不急于回北平。”

大家又随便说了几句，钱、刘二人告辞。弗之自上楼去。

天色已晚，李嫂又在院中叫：“孃孃，薛先生来了！”

玹子应道：“请客厅坐。”慢条斯理地喝了汤，起身到客厅来。

客厅很小，迎门挂着一张大照片，是澹台玮的全身像，是在滇西前线照的，但不是戎装，十分英俊潇洒。相框左下角还嵌着一张他儿时的照片。

薛蚡刚端起茶杯，见玹子进来，便放下茶杯站起来。他旁边的椅子上放了一摞书，是今天带来的。

玹子笑问：“又送书来了？上次的还没看完呢。我这个读书会成员不及格吧？”

“哪个说。”薛蚡道，“你上回讲的道理就是读懂了书的。”

读懂了什么呢？玹子浅浅地一笑。

薛蚡简单介绍了新拿来的书，说：“今天有点别的事，明天上午你不出门吧？”

玹子道：“这么热的天，我很少出门。”

“那好，明天上午读书会有一位成员要来看你。”薛蚡说。

“可以啊，帮助我进步吗？”玹子微笑。

“只是谈谈。”薛蚡说，“我知道的只有这些。”

读书会成员一起谈谈是很平常的，玹子本不在意。薛蚡走后，想想却有些奇怪，什么人要来？还这样郑重地预先通知。

她随手拿起一本刚送来的书翻看着，都是进步书籍，看了几页便扔在一旁。那明天的客人却在心中挥之不去，直到入睡前还想着这个问题。

是谁？要来的人是谁？

二

晨光熹微，玹子醒来后的第一个念头是和昨晚相连接的。今天的来客是谁？她并没有认真想，却总不由自主地想到一个名字，略一靠近，又有意无意地闪开。

玹子躺了一会儿，让这些单一而又纷乱的念头平静下来。起身梳洗后，去看仍在熟睡中的阿难。阿难喃喃地说着什么。

玹子忽然明白了，要来的人是他。她等着他其实已经好几年了，但是很模糊很缥缈。是一种不称为其等待的等待。

阳光从窗外射进来，太阳升起了。

李嫂买菜回来，走进院子就喊："孃孃有客人！"

玹子从楼上下望，见一个人身着浅米色长衫，戴着一顶纱礼帽，正向院中走来。

果然是他，是卫葑。玹子又望了一眼阿难，款步走下楼去。她在客厅门口定住了，看见卫葑正在凝神望着玮玮的照片，恭敬地三鞠躬，又肃立片刻，才缓缓转过身来。

卫葑已是中年人，免不了风霜侵蚀，却仍然俊逸潇洒，眉宇间更透着一种英气，他是经过大事的。两人互相望着，都不说话。

半晌，卫葑道："玹子，你这些年过得好吗？"

玹子喉头哽咽，忽然冷笑道："你这是问我？我以为你是来看阿难，还有三姨父一家的。"

"首先是你。"卫葑认真地说，向前走了两步，见玹子仍定定地站着，便微笑道，"你不请我坐吗？"

玹子微叹道："请你上楼。"说着转身走出客厅。

卫葑随她上楼，来到阿难床前，见床中的小人儿，那吹号角的齐格弗里德已比两年前大了许多，不觉心潮起伏，思绪万千。

阿难忽然睁开眼睛朝他一笑,翻个身又睡了。

卫葑用手捂住眼睛,一滴泪滴在手心里。一会儿,又俯身去看阿难。

他长叹一声,转身对玹子说:“老实说,我首先要看的还是你,我很对不起你。”他几乎是恳求地,“玹子,你能听我说几句话吗?”

他们走进玹子的房间,房间里几只箱子仍敞开着,

玹子说:“你看我正在收拾东西,我们也要走了,大家都是漂泊者。”果然屋子里很少装饰,显得空荡荡的。

卫葑说:“胜利的漂泊者,打回老家去了。”

说着自己坐在书桌旁。看见桌上那本《灭亡 · 新生》便取在手中,好像要掂一掂它的分量。书里正好夹着那张舞会请帖,他不经意地看了一眼。

玹子说:“三姨妈他们可能还没有起来。”

卫葑放下手中的书,望着玹子,慢慢说道:“我是来看你的,而且有重要的事情对你说。”

玹子在书桌前坐下,说:“请讲。”

卫葑忽然笑了,说:“你怎么这样一本正经的样子,你平常不是这个样子。”

玹子说:“你平常也不是这个样子。”

两人实际并不很知道对方平常是什么样子,这时却好像从来就知道似的,而且知道得很多很多。两人对望着,都笑了。

“我来,是要跟你商量一件大事,你猜得到吗?”

玹子明亮的眼睛里仍含着浅浅的笑意,像是鼓励。

卫葑又望了一眼那本《灭亡 · 新生》,站起身说:“我来是向你求婚。我,卫葑,向澹台玹小姐求婚,事情就是这么简单。当然牵涉的问题可能很复杂,原则上讲就是这么简单。”

玹子眼睛里的笑意消失了,泪水渐渐充满了眼睛,大滴地滚

落下来。

卫葑拉起玹子放在书桌上的手:“你愿意吗?愿意嫁我吗?一个真正的漂泊者。”

愿意吗?这些年来,也许玹子等的就是这句话。那缥缈模糊的期待,这时成为一个婚姻的契约摆在她面前。

你愿意吗?仍是卫葑的声音。你能吃苦吗?吃粗粮穿破衣行军熬夜。

我从来不怕吃苦。

精神上的训练,你能经得起吗?也许会有想不到的折磨。

只要有你在。

两只手握紧了。

我的时间很少,我们说定了我会到北平来接你。

也许我在南京呢?

那也一样,天涯海角我会来的。

八年,还是十年?

要你等一辈子。

玹子试着要把手挣脱,却没有一点力气。

卫葑轻轻吻了一下那柔软、白皙的手,柔声说道:“难道我会那样傻吗?”

两人仍互相望着,仿佛都融化在对方的凝视中。

太阳升高了,灼热的阳光照在廊上,到处都很明亮,热气开始逼进屋里。玹子要卫葑等一下,自己先去向父母通报卫葑的出现。

子勤夫妇听到这个消息,有些诧异又有些欢喜。绛初更觉得有些惊恐,因为这就是说,他们唯一的女儿就要离开了。

玹子引着卫葑进房来了。卫葑先为阿难得到的照顾郑重致谢,然后说了下面的话:“我的请求也许有些突兀,不过我是经过慎重考虑的。我已经向澹台玹小姐求婚,希望得到伯父伯母的同意。我不会给她荣华富贵,甚至不能给她一个正常的平静的家,但是我知道世界上只有她最适合我,也只有我最适合她。我们等待亲人的祝福。"

他说着,玹子站在他身边,显然他们的想法是一致的。

子勤很不安,他想问一句:"你的党同意吗?"踌躇着还是没有说。

绛初已经站起身来,大声说:"玹子,你明白你的行动有多可怕吗?"

玹子走上来依偎着母亲,低声说:"我有什么不明白?我明白卫葑是个好人。"

绛初忽然哭出声来,说:"天下好人多得是!儿子已经没有了,我还要丢了女儿吗?"

卫葑站在一边不知怎样是好。他看着玹子,玹子只顾看着母亲。他又望着子勤,目光里含着询问和祈求。

子勤对他微笑,走近来说:"好了,我同意。"

绛初停止了哭,她想大声说:"我不同意。"但是眼前的卫葑端正挺拔,神色竟有些悲凉,使得她只喃喃地说了一句什么。

子勤忙走到她身边,再说一遍:"好了,我们同意。"

玹子和卫葑对望一眼,卫葑上前鞠躬。他的时间有限,他很抱歉,他只能这样简单地办理这件大事,他还要留些时间去见弗之夫妇。

玹子指了指碧初的房间,卫葑敲门进去。弗之、碧初已感觉到澹台家有重要的客人,见到卫葑,不免吃惊。

碧初道:"你怎么来了?"再一想,他是必须要来的。她让卫葑坐。

卫葑只扶着椅背说:"五叔五婶大概已经猜到我来做什么。我和玹子已经订婚,也得到了父母的同意。我必须来看望五叔五婶,从我到明仑上大学,一直到工作,都得到五叔五婶的照顾,如同我的父母。现在我走这样一条路,又得到你们的理解,感谢的话是不用说的,我时时在挂念着你们。将来的事现在很难预料,不知道五叔有什么打算。”弗之一时没有回答,卫葑又说,“也许有人会劝您离开北平——”

弗之想问:谁来劝我?又上哪里去?却没有说。他知道,如果卫葑不说,就不用问。便简单地回答:“我哪儿也不会去,我知道回北平后还是不会有一张安静的书桌。我一贯反对内战,你是知道的。也只能尽心而已。”

卫葑听到哪儿也不会去的话,似乎有些安慰。舅甥二人心底有很多话想说,可是他们没有交谈的条件。

“一动不如一静。五婶的身体还要好好调养,好在嵋和小娃都在身边。我的时间有限,也不多说了,希望大家能过好以后的日子。我现在就告辞。”

卫葑说完,很有些依依不舍。弗之夫妇也有些舍不得,知道他不能多留,送出房来和子勤夫妇一同站在廊上。

弗之对子勤说:“子勤兄,二姐,我和碧初道喜了。在这世界上我们算是卫葑的家长,子勤兄和二姐能够这样理解,不挑剔,我从心里感到安慰,也为两个年轻人高兴。”

碧初说:“二姐,玹子所托得人是大喜事啊!”

子勤呵呵一笑道:“我们是亲上加亲。”绛初绷着脸不说话。

是卫葑离开的时候了,他向四位长辈鞠躬,说道:“我真的抱歉,我现在必须告别。一切一切还要请长辈原谅。”又再鞠躬,说,“我只有感谢,请长辈们回房,我走了。”

他和玹子朝楼梯口走去,再回头看,廊上已经无人。

玹子一手扶着栏杆,说:“我们不能带着阿难?我们拿他怎么办?”

“我想把他托付给老家的姐姐,你看呢?”卫葑说。

“不好。”玹子说,“我看还是托付给妈妈吧。阿难已经习惯了我家的生活，妈妈也很喜欢他。”

卫葑感谢地望着玹子，说：“那是很累人的——只好拜托姥姥了。”

两人下楼来到院中，玹子低声说：“我送你一程？”

卫葑微笑道：“怎么可以呢，我还有事。”

他们在大门旁握手，卫葑走了几步，忽然转回，在玹子耳边说：“我会来接你。”

玹子泪光莹然。他们再握手，冷静地分别了。

卫葑停留的时间很短，却像扔了一颗炸弹似的，搅动了这个安静的院落，大家都有些惶惶然。

弗之夫妇对这个消息倒是甚感安慰。他们深知卫葑是可信可托之人，是一个有信念的漂泊者。绛初强忍下来的恼怒继续发作，她对碧初数落着卫葑的不是。她说卫葑是在设计一个骗局，虽然她心里明知不是这样。又说要把阿难扔出门外，她自己其实也不愿意。

碧初轻声安慰着，说：“只要不打内战，一切正常，卫葑绝对是个好夫婿。”

“他能保证什么？他什么也不能保证，他自己都说了。”绛初冷冷地说。

“是的，他是个诚实的人。这就是他的保证。”碧初说。

玹子把自己关在房里，她想安静一下。她非常心疼母亲，她知道母亲的担忧全因为时局的不稳定。在这样的时局下把将来托付给卫葑更是不稳定，母亲怕失去女儿。如果玮玮在就好了，可是世界上没有如果。她和卫葑本来不是很了解的，他们并没有多少次单独的谈话，可是经过刚才的几十分钟，他们好像从头就认识、就相熟、就了解。

“姑，妈。”阿难在门外叫。

“进来。”玹子应道。

嵋领着阿难进来了:"玹子姐,我真的很高兴。我知道你已经想通了许多问题,你是要到延安那边去吗?"嵋的问题很直接。

"我还没仔细想过。"玹子说。

"迟早总要去吧?"嵋说。

"也要看仗打成什么样。"

阿难拉着玹子的手在自己脸上揉,意思是要玹子拭去泪痕。

嵋看见桌上的请柬,说:"晚上还是去吧?"看见玹子懒洋洋的,便说,"我想去呢,看看重庆的生活。"玹子点头。

合子来到门口,他也想祝贺,可是只说:"吃饭了。"

嵋带笑说:"咱们去请二姨妈吃饭吧。"

几个人来到绛初屋内,绛初见了玹子,先板着脸,连声叹气。后来知道玹子仍要去参加舞会,才有几分安慰。她的意识里有一个深深潜伏的念头,希望玹子在什么场合上遇见真正的可心人。这种潜意识现在仍然存在,但愿老天有眼,玹子能改变心意,免得误了她自己和他们一家。

见绛初只坐着不说话,玹子和嵋一边一个走过去将她扶起。

嵋笑说:"二姨妈,怎么着也得吃饭。"几个人下楼来。

不管每个人心里怎样想,发生的事已经发生了。

大家谈论着的跳舞会,在重庆一家大银行的楼上举行。这建筑背山临江,颇有气势。玹子、嵋与合子顺着宽大的楼梯上到二楼,走廊两头都是镜子,互相映照,好像来人都将走进无限深远的地方。几个女孩子正在大厅的门边说笑,讨论的无非是最不值得讨论的事。其中有慧书、殷大士几位云南小姐,还有重庆这边的,她们大部分要回南京去。许多人穿裙子,穿旗袍的不多,但花色式样都很好看,似乎比云南的时装新式些。

"孟灵己!"殷大士忽然看见嵋,惊喜地叫了一声,便向嵋跑过去，用云南话说，“你已经来了好几天了，约你去北碚你也不来，你忙些哪样？”

她穿一条鹅黄色裙子，上身是镶嵌黑色装饰的小圆领衫。人说自澹台玮殉国后，大士的服装总有一点黑色，不知她要维持多久。

“我哪点说得上忙。”嵋也用云南话说，“只是妈妈病着，去哪点也没得兴致。”

大士道：“重庆好要得很，可惜现在人太少了，他妈的。”她有几分得意地望着嵋，嵋确有几分诧异，她从未听见过大士用这种粗俗的语言。“不过，人少是好现象啊，大家都回南京去了嘛。”大士又说。

几位云南小姐跑过来，有的招呼嵋，有的拉着大士，叫她到那边去。说笑间，几个人都带一声“他妈的”。原来她们以说粗话为时髦，这是一种奇怪的现象。

严慧书走过来和玹子说话，她穿一袭藕荷色连衣裙，系了同样颜色的发带，精神已经好多了。四个人的话题很快集中到回北平，嵋说了下周可以走的好消息，殷大士也要去游玩一趟，她自有游伴。

这时，合子看见一位老同学，那是殷大士的弟弟殷小龙，他们打过架，也谈过心，现在都长大了。“嗨，你在这里！”这是合子的招呼，几个男孩子马上聚在一起。

大厅很宽敞，人不很多。跳舞是重庆一部分人的一种娱乐，以前殷大士在昆明时也专程来参加过。现在国府还都，重庆的官员少了，这大概是这些人的最后一次跳舞会。

庄无因兄妹也来了，他们在靠窗的一个小桌前坐下。玹子和大士已经被熟人拉走，嵋和慧书走过来和无因兄妹坐在一起。

“孟灵己！”又是一声招呼，“你看我是谁？”一个胖胖的女孩把嵋从座位上拉起来。

“是你?”嵋笑道,“赵玉萍!”

“蚕豆还没吃完吗?”慧书在一旁打趣。

这便是和嵋一起偷蚕豆被蛇咬的赵玉屏。她坐下来,和嵋一起跌入童年的无忧无虑和对将来的想往。

厅里的灯光暗下来,音乐响了,这一曲是没有人下场跳的。

一曲终止,一个魁梧的年轻人开始讲话:“这种音乐活动断断续续已经举行过多次,我们也用这种形式为抗战募捐,为前方将士送医药,为小学送书本。现在胜利了,我们中间许多人都要离开重庆了,今天大家好好跳一跳吧。”

慧书低声告诉嵋:“这人叫辛骁,正在向大士献殷勤。”

音乐又响起了,辛骁很快就来请殷大士。大士故意坐在桌前和别人说话,让他站了一会儿。这是很没礼貌的,但大士做来却是活泼自然,站着的人也不以为怪。场上已经有十几对舞者了,辛骁和大士参加进去,大士鹅黄色的裙子在场子里旋转着,成为一道飞舞的颜色。

玹子被一位年轻的官员请走,随着音乐转了一圈又一圈。

“这是澹台玹。”总是有人在介绍。

无因对嵋说:“你要跳吗?我们可以学。”

嵋笑道:“看看倒还好玩。”

这时来了几个外国人,他们认识无采。无采把他们介绍给嵋,便有人请嵋跳舞。

嵋踌躇地说:“我不会跳。”

无采道:“我也不怎么会,其实只要跟着走就行。”

很快嵋和无采都进入场地,而且跳得很合拍。

无因仍靠窗坐着。慧书没有跳舞,她怯怯地问无因:“要不要让侍者拿些冰来?”无因谢了。慧书很想邀无因去廊外看江,但不敢说。

不久一曲终止,嵋和无采回来,各自用小扇子扇着。嵋笑道:“这个天不适合这样的活动。”

再一曲音乐响起时,嵋怕有人来请,赶快对无因说:“去外边吧?”又要慧书一同去。

慧书犹豫地说:“我再坐一会儿。”

嵋笑道:“坐着干什么?我们去看江,你来过,你该领路。”

于是三人一同往外走。出门就听见远处的江声,走到外廊栏杆旁看远处的江水,和下午又不同了。月光照在江水上随着江波翻腾,从容地远去,两岸的灯光倒显得微弱了。他们靠着栏杆,良久没有说话。

“这条江上没有萤火虫。”嵋忽然说。

“太远了,有也看不见。”无因说,“我想大概是没有,不过我们很快就会有了。”

“江水和萤火虫,本来是两码事。”嵋沉思地说。

慧书听着对话,觉得他们在把两码事搅在一起讲。她是插不上话的,只默默地看着黑夜中明亮的江水。

嵋和无因说着一些不着边际毫无意义的话,又忽然相视一笑。

嵋转脸问慧书:“我们到一个新地方,总在想离开的那个地方,总在怀旧,好像变老了。你有这个感觉吗?”

慧书说:“我们站在这里,我想起在涌泉寺门前吃火腿坨。”

“那晚月亮很大。”无因好意地说。

“看,这里的月亮也很大。”嵋高兴地仰望黑亮的天空,又俯看罩着白霜的大地。

一个淡黑色的人影从对面街上急急地走过来,走到街的另一头不见了。不久又出现了几个人,也是急匆匆的,有人手里拿着棍棒,像是在追赶什么。

一个夜晚可能发生无比多的事,嵋等不想这些,只在感受山城的月色。

这时玹子照例由几个人簇拥着走过来，笑说："天太热了，越跳越热，应该去海边游泳。"

就有人接话道："以后去海边还不容易，青岛、烟台、大连都是我们的。"

又有人说："大连就不见得。"大家说着话在廊上走了一圈。

在这同时，厅一个角落里发生了一场小小的辩论，话题是合子他们的行期引起的。

合子说："我们已经等了这么长时间，好容易下周能够走了，能够回北平了。"

殷小龙说："复员已经快一年了，交通还是那么不畅，都是共产党打内战的缘故。"

合子反驳道："内战也不是单方面打的，国府这边也太腐败了！"

殷小龙笑道："你们大学里的人好像谩骂政府就时髦。"

合子说："我们照实际情况说话。没有民主政治，只能腐败。然后就会引起战争。"

旁边有人问："什么是民主政治？"

合子说："国民党一党专政，就不是民主政治。"他还要往下说，殷小龙又加了一句："反正我谁都不喜欢。"

辛骁岔开话题，说："咱们不谈这些，天这样热，越说越热了。"他拿起一杯水来喝，"还是冰的呢，现在喝水很容易，我倒想起日本人轰炸重庆的时候，我们躲在防空洞里，几乎一整天都没喝上水。"

合子道："真的，对重庆的轰炸比对昆明厉害多了。"

辛骁道："敌人扔下了那么多吨炸弹，并没有生效。他们发明一种疲劳轰炸，每一次来袭的飞机减少了，但是连续不停，这一批走了，紧接着又是下一批，空袭警报不能解除，人们只好躲在防空洞里。后来，实在不耐烦了，许多人不进防空洞了，这样，当然也加重了死伤。敌人还有一种坏主意，就是扔定时炸弹，不知道什么时候爆炸，让你防不胜防。我家就搬了几次，原来的房屋一次一次都被炸毁了。”

旁边一个人说：“我们小学的体育场上一排扔了四个炸弹，一会儿这个炸了，一会儿那个炸了。炸死好几个同学。”

又有人说：“据说，日本天皇曾经发令，还要狠狠地炸，把中国人抗战的精神炸光。难道中国人的精神能炸光吗？到底我们胜利了。”

辛骁道：“我们的胜利多不容易啊！咱们好好建设国家才是。现在只跳舞吧，别再升温了。该跳方阵舞了。”

便有人出去招呼玹子她们。玹子对两个表妹说：“你们这些大欣赏家，进去跳舞吧。”

方阵舞是美国一种乡村舞蹈，每组八人。大家立刻形成了四个队，你来我往，变换位置跳了一阵。八人队形跳得还很有味道，四个队互相变换就开始乱了。女孩子们笑个不停，还是玹子出来弹压，仍跳了一阵八人队形便结束。

音乐再次响起，辛骁来请嵋跳舞。嵋虽不会跳，却跟得很好，很轻很灵活。

辛骁介绍了自己，他的诸多身份中有一项是殷大士的好朋友。他对嵋说：“殷大士常常说起你，她很看得起你。”这话听起来好像应该接一句“不胜荣幸之至”，嵋没有搭话。

辛骁又说他和殷大士很快要出国留学。

“学什么？”嵋问。音乐中的鼓声正好盖住了辛骁的答话。

辛骁换过话题，道：“你们要回北平了，你们给云南带来了文化。”

嵋道：“我们都很舍不得昆明，抗战八年，我们的少年留在了这里。”

辛骁认真地看了嵋一眼，把嵋轻轻一推，嵋很自然地转身接上了节拍。

辛骁笑道："殷大士说你是一位高人。"

嵋也笑道："她也不矮啊。"

"听说澹台玹是你的表姐？你们真有点像。那么澹台玮是你的表哥了？"辛骁说。

"那是当然。"嵋说。

辛骁又说："我知道澹台玮是个好青年，我很崇敬他。"

嵋又不搭话。玮玮哥不是舞步中的闲谈资料。

辛骁又说了一些人所共知的事，一曲终了，送嵋回座。

无因取了汽水、刨冰放在桌上。嵋舀着刨冰，告诉无因辛骁的话，说道："我不知道说这些话有什么意思，好像没说。"

无因微笑道："你应该知道，他是想说一说澹台玮。"

嵋不语。

这时，合子领了几个和他年纪相仿的学生走过来，介绍说："他们是物理爱好者。"

为首的少年拿出一本科学杂志，打开了请无因看，原来是一篇文章，介绍无因和他最近发表的一篇论文。

无因有些诧异地说："我还不知道有人这么注意这篇论文。谢谢你们。"

那少年说他们很想请无因去他们的学校，讲一讲物理知识。"我们懂的很少，但是我们想知道的很多。"这少年看去比他的同伴年纪小，个子不高，显得又天真又聪慧。

无因微笑道："你几年级？叫什么名字？"

少年道："我高中二年级了，我叫乔杰。我们很贪心啊！下周五好吗？"

无因说："我很愿意和你们谈一谈，不过下星期四我们就要回北平了。"

几个少年小声商量了，好像讨论不出另外的时间。

边上一个满脸稚气的学生说，他想知道富兰克林和电的关系，"是富兰克林发现的电吗？"他问。

无因微笑道："你也对富兰克林感兴趣？他拉着风筝在大雷雨中跑，这种冒险求知的精神，真让人佩服。他的风筝试验从雷电中发现了电流，但是电不是他发现的。发现电到我们现在这样广泛地使用电，是一个漫长的知识积累过程。希腊人在两千五百多年前，在琥珀中发现了电的现象。英国人吉尔伯特发现了电的力量，他最先使用了 electricity 这个字。"无因顿了一顿，音乐又响起了。灯光亮过又暗，许多人起身跳舞。

这样的场合显然是不适于讨论科学的，无因说："读几本书好不好？"遂介绍了几本书。

有人还想问什么，被他的同伴制止。他们道了谢便散去了。

几支乐曲后，有一个小节目，是由辛骁和殷大士表演的一曲探戈。他们变换步子非常灵活，辛骁一拉一送，大士很自然地抬手转身，大家都觉得很好看。

乐队休息片刻，便开始演奏《翠堤春晓》里的那首华尔兹。年轻人对这支曲子都很熟悉，有几个人同时向玹子走过来。

这时，一个人忽然走进门来，一身淡黑色，像带着黑夜。他疾步穿过场地，几乎是把别人推开走到玹子面前，拉起她的手。

"你！"玹子有些意外，却并不很惊奇，很自然地随他翩翩起舞。他们踏着节拍，好像坐在船上，从容而惬意。别的舞伴们也纷纷下场，舞步浸在乐曲里，似乎都有一些醉意。

你会跳舞？

这是那边的一种娱乐。

也是这边的娱乐。

…………

可你怎么有时间？

我经过了多少日夜才找到你，这一点相聚的时间实在是逼出来的。你很难想象。

我不深问。

为了你我考虑过很久，我永远不能把全身心交给一位同志。

我不是同志吗？

你会是的。可是会永远为我保留一小方园地。

…………

我知道你心里在问，组织允许吗？

玹子的眼睛表示她确有这个问题。

我们会努力去做应该做的事情，你也许以为这是答非所问。不过这是我所想的。

你永远在矛盾之中，因为我？

因为你代表着一种生活，一种充满人情的生活。

他们舞过了第一圈，脚步越来越慢。他们彼此越来越靠近，忽然又分开，各自一个转身，又合在一起。两人都在心里问，怎么有这样的默契？好像至少每星期六都聚会。可是他们哪里有这样的福分。又一圈舞过去了。

我会来接你。

我知道。

北平？老地方？

玹子点头，还有灿烂的一笑。

音乐变得急促，人们的步子快起来。十几对舞伴在场地上旋转成一朵大花，一层层花瓣叠合又分开，仿佛每个人都在创作一种属于自己的舞步。两个人，一个白色，一个淡黑，成为花心，在旋转中还时时透出一点红光。

“多么奇妙。”嵋和无因在场外看着，“这是一场婚礼啊！”嵋轻声说。

“是卫葑和玹子的婚礼吗？”无因像是在问自己。他和嵋互相望了一眼，又都去看那像水波一样移动着的人群。那一黑一白的花心在人群中间十分触目。

音乐大声响起来,舞会快结束了。卫葑领玹子舞到人群外,在一个节拍上吻了玹子的手,然后大步走下楼去。玹子平静地站在门边,接住卫葑下楼转身时的一个微笑。

乐队奏响了那曲《骊歌》,舞会结束了。人们互相道别。

大士问慧书:"和澹台玹跳舞的是谁?"

慧书苦笑道:"我真的不知道,我没有见过他。"

大士又问嵋,嵋说:"总是玹子自己认识的人吧。"

大士便不再问,和嵋约好在北平见。

三

次日清晨,嵋醒得很早。她脑子里还留着昨晚舞会的印象。那场面很是奇异,五彩缤纷的衣裙围绕着黑白两株花心在旋转。那淡黑色的一株就是从街上走过去的那个人。他正在躲避,正在逃,逃到舞会当中来,举行了一场婚礼。这个人又不是别人,正是她的表兄卫葑。

"孟小姐,我去买菜喽!"李嫂在楼下大声说,"泡饭在锅里,焖了半边喽!"接着一阵笑声,好像很开心。大门哐当一声关上了。

不知为什么,李嫂去买菜的时候,总要和嵋打声招呼。

嵋曾问过玹子,自己没有来的时候,李嫂和谁打招呼。

玹子一笑:"可能是和大门吧。"

这时嵋想,这不是值得考虑的问题,舞会上的婚礼才是值得研究的,研究他的出现和发展,将来会怎样。

嵋这样想着,起了床。她穿着一件浅红色圆领的绸睡衣,裙边绣着一朵水灵灵的白荷花,完全是个小姑娘的样子。睡衣是这里的一位官员夫人送的。她是绛、碧二人的老同学,来看过碧初，夸嵋秀外慧中、文武全才。她的意思大概是说文理兼通。

嵋梳洗后便到厨房，盛了一碗煳泡饭，拿了一小碟榨菜，走到天井中那棵不知名的树下坐着吃早饭。这棵树在晨光里显得格外挺拔，几条树枝生得很低，叶子绿油油的。

嵋享受着煳泡饭和早上的清凉，很觉惬意。思绪又回到婚礼上，这场婚礼当事人不知道怎样想。

这时，玹子从楼上下来，走进厨房，片刻，端着一个红漆小托盘走出来，上面有一碗泡饭和一小碟萝卜条，还有一个切成两半的咸鸭蛋。她穿一件浅绿色的绸睡衣，上有墨绿、深绿等色的小花朵，腰带松松地垂着，显得安详、娴静，略有些慵懒。

玹子脸上略带笑意对嵋说："你这么早？泡饭煳成这样，这就是我们这几年的生活。"说着也在树下坐了，先递给嵋半个咸鸭蛋，说，"你怎么不拿？"

嵋接过咸蛋："我看咸蛋好像不多了。"

玹子说："一会儿李嫂会买回来。要不要萝卜条？"她把手里的咸菜碟递给嵋，"小心，辣得很啊。"

嵋搛起一根，小心地咬了一口，说："很好，就是太辣。我吃辣的水平太低了，不能消受。"

"在昆明那么多年怎么也没长进，其实我也一样。辣椒可以让人清醒，你爱胡思乱想，应该训练自己吃辣。"玹子笑说。

嵋喃喃地说："胡思乱想？是有一点吧。"她迎着玹子询问的眼光，"说真的，我正想着你，你和葑哥，你似乎很平静。"

玹子放下手中的食物，起身走到树的另一边，拉着一枝树枝站了一会儿，说："好妹妹，我看起来很平静吗？我觉得自己很了不起。"

嵋问："你愿意听我说吗？"

玹子道："很愿意，让我做一个好学生。"便又走回来，坐在树下。嵋便把她看见的和她想的告诉玹子。

“是吗?”玹子回想着昨晚的舞会。她的感受非常复杂,到现在也没有理清楚。上午刚刚成为未婚夫,晚上突然出现在未被邀请的舞会上。而他又确曾说过他来参加舞会是被逼的。

“那真像是一场婚礼。”嵋说。

“是吗?”玹子沉思地说,“我们举行了一场婚礼?”

“是的,我和无因都这样想,很奇妙的,这场面又帮他躲过了灾难。”嵋也沉思地说,“我看过一篇小说,死囚牢里逃走了一名犯人,犯人和来逮捕他的刽子手一同饮酒,然后友好地道别。”嵋自己笑起来。

“我们可没有那么严重,追和逃是会互相变换位置的。现在追的,将来可能逃。民主自由永远是美好的词句,让人很向往,连我在内。实际上我懂什么?我只觉得有他这样人参加的事业,一定会成功。”玹子说。

嵋看着玹子姣好的面庞,觉得从昨天到今天,玹子从感情上更坚定了她的政治方向。这没有什么好讨论的,便说道:“当然,我们都相信葑哥。不过我们现在对各方的了解都很表面。”

“怎么能做更深入的了解?我简直没有这种要求。”玹子说。

“我有这样的要求,可是很难做到的,因为没有那样的水平。”嵋说。

“你还没有水平?你懂得的道理比我多多了。”玹子说。

“岂敢!”嵋说,“多知道的只是一点 X+Y=Z 罢了。”

两人不语,都在沉思。这时,小院里已经有些热意,太阳快出来了。

片刻,嵋笑说:“太阳真了不起,还没有出来已经这样热了。记得那年在海上看日出,无因和玮玮哥背诵了曼弗雷德歌颂太阳的诗句。许多年后我在图书馆里读到了,很美——四季之父,气候之王,居住在这气候里的万民之主啊!无论远近,我们的天赋精神里都有你的色彩，如同我们的外貌。”嵋用英语背诵。

玹子接道：“你在光辉中升起，照耀，沉落——”她忽然停住，微笑道，“这一段是描写夕阳的。曼弗雷德要永远离开这个世界了。”

两人不觉都向小院周围看，好像要看曼弗雷德从哪里下场。

玹子又说：“说起读书，我不如你们，我不是读书种子。读了好些英文名著，印象深的不多，倒是对曼弗雷德有些感受。不知为什么我特别喜欢这些诗句，我真的不知道为什么。是不是因为他讲罪恶和死亡，讲对宗教和精灵的蔑视，我们觉得很新鲜？”

嵋说：“似乎曼弗雷德特别被人称道的是不拿灵魂做交易，而是自己做起诉人和审判官。我还觉得拜伦这部诗剧有一种吸引人的神秘力量。神秘的力量不能说透，太实了就没有意思了。我和无因讨论过。”

“可不是，我也喜欢那种神秘的力量。其实我们都被一种力量所掌握，那就是命运。”玹子说。又忽然笑道：“你真的长大了，一口一个我和无因、无因和我，你不觉得吗？”

嵋有些不好意思，岔开话道：“你上的是夏正恩先生的英诗课吧？”

玹子道：“正是。”

嵋道：“我也旁听过，夏先生的朗读非常有音乐性，英诗真美。”她停了一下，“你很运气，你的信仰连终身大事一起有了归宿，至少是朝着一个方向。”

这时，楼上响起了阿难咯咯的笑声。

“妈——姑！姑——妈！”阿难在楼上栏杆旁，把小脸贴近栏杆间，笑着喊：“我起来了！我做梦了！”接着又笑。引得院中的两人也笑起来。看他的王嫂将他抱起，玹子大声说：“不要下来了，已经热了。”

清晨已经过去，楼上的人在说话，玹子和嵋都上楼去了。

十三尺坡小院表面已经平静下来。然而每个人的内心都激荡着不同的波澜。

内心最得到安慰的当然是玹子，她有了正式的期待，可是这期待又充满了未知数。整个时局一点一滴的变化，似乎都关系到她的命运。她读进步书籍有了更多的动力，她希望了解新生的一切，更希望参加到争取光明的队伍中去。这对她都是必要的。

最不平静的是绛初，她没有看见那场“婚礼”，却觉得卫葑出现以后，玹子正在慢慢地远去。她常常莫名其妙地难过，悄悄地流泪，盯着玮玮的照片看许久。然后把阿难抱起来，觉得这小人儿还比较可靠。

子勤永远是稳重、平和、实事求是的，他认为女儿应该走她自己的路。他在夜深人静时常常劝慰绛初，说年轻人不需要干扰，儿女长大总是要离开父母的。至于往何处去，只能由他们自己决定。而在他自己心底，对玹子的进步未尝没有疑惑，他觉得“喜读书不求甚解”现在用在玹子身上很合适。作为国民政府的一个官员，他清醒地了解它的腐败。但中国人终于获得了抗战胜利，这是了不起的。他认为，如果全国上下同心合力，国家未尝没有前途。

他很想和玹子谈一谈，可是，他觉得很困难。一直到他要去南京的前夕，澹台家三个人才坐在一起，有一番家庭谈话。

这天晚上停电，那时各大城市差不多都是分区停电。澹台家的一盏大号煤油灯光线很柔和。玹子到父母房间来看看，见父母都在房里，便坐在母亲身边。

子勤对玹子说：“你的终身大事总算定了，我是很高兴的。妈妈也是很高兴的。卫葑的人品很好，没有什么可担忧的。只是和政治纠缠得太紧，让人不放心。虽然我在政府做官，可是我是技术官员,和卫葑不一样的。”

玹子低着头轻声说:“我懂。”

子勤继续说:“你现在读的书还是很表面的。对共产党有深入了解的人并不多,我有几位研究政治的朋友,也都在观望。我和妈妈是要到国外生活的,也许有一天你会来和我们相会,但是……”

绛初和玹子都已泪流满面。玹子呜咽地说:“阿难怎么办?”

子勤道:“凌家的情况不好。我上次去北平时间太紧,也不便去看他们。京尧现在不知是不是办了保外就医,他的身体很不好。如果他们不能抚养……”他看着绛初,没有说下去。

绛初接上来说:“我们来抚养,你去革命吧。”她心里很怪玹子,可是目光却含有无限的体贴。

“爸爸,妈妈,”玹子哽咽道,“我实在是不孝的女儿。我已经答应卫葑什么时候他来接我,我就随他走。你们身边就没有年轻人了。”

绛初拭泪道:“那不算什么。只是怎么能让人放心你,你怎么能搞政治?”

玹子低头不语,一会儿,抬头望着父母道:“车到山前必有路,总会有办法的。”

次日清晨,十三尺坡全体居民,除了碧初,都送子勤到坡下上车去南京。

院中少了子勤,好像少了许多人。合子说:“真奇怪,二姨父平常也不大在家,为什么他一走就冷清了好些?”

星期天,吴家馨忽然出现在十三尺坡小院。作为周弼的未亡人,她到重庆后本可以住在临时宿舍。因有亲戚,便住在亲戚家。她这时出现,大家都很高兴。

家馨先到碧初房间问安,碧初见她更瘦了,心里暗暗叹息,问："孩子交给谁了？"

家馨道："托亲戚照护一会儿，所以我得赶快回去。"她接过嵋递过来的冰水和扇子，"我要走了，好容易买到一张船票。先到上海回杭州看看，还要到北平去。前两天见到熟人，说萧先生在北平还问起我，说北平总有事做。"

嵋说："北平熟人也多。"

家馨说："我哥哥家縠胜利后在北平中学教书，现在也在杭州。我也许和他一起去北平。"

碧初和嵋本来知道吴家馨有哥哥，但从未注意。现在觉得吴家馨应该有个伴儿，能有哥哥也很好。

嵋说："我记得你有哥哥，好像姐姐说起过。"

家馨说："抗战那年我们一同去劳军。后来哥哥在昆明毕业，就去战地服务团了。"

"直接参加抗战，我一直佩服这样的人。"嵋好意地说。

"哥哥是一个很有思想有才气的人，而且很能办事。"家馨说。

说了几句闲话后，家馨又说："上个星期有人来找我，要我到一个会上讲一讲周弼被害的事情，我拒绝了。"

嵋询问地望着她，似乎在问为什么。

家馨凄然一笑："我不想讲，我不想对着大庭广众去翻弄自己的伤口。"她停了一下，"那些人苦口婆心地劝了我很久，我还是坚决拒绝了。"

嵋暗想，若是要自己做那样的宣讲也会是不情愿的。她给家馨扇了几下扇子，说："吴姐姐，我觉得你很勇敢。"

家馨说："那势必成为一种当众的哭诉，我不喜欢这样做。"

"也许以后可以写出来。"嵋若有所思。

家馨低头不语，和孟家人的谈话，使她想起仉欣雷。她现在住的人家也是仉欣雷的亲戚，除了同情家馨青年丧夫以外，也不免惋惜欣雷的遇难，他们的谈论使得家馨更增加了痛苦。

往事是应该忘记的。周弼却不同，他是自己的丈夫，是一家人，又是被政治势力暗杀，这样的伤口是很难愈合的，也许要记一辈子。

大家沉默了片刻，家馨站起说："我好像听见孩子哭，我回去了。对了，你们什么时候走？"

"就是这个星期四，直飞北平，当天可以到。"嵋说。

"我可能要走上两个月呢。"家馨说，又问碧初，"孟离己什么时候回北平？"

碧初叹道："我们到重庆后还没有她的消息。"

家馨道："总会在北平相见，那时伯母身体就会好了。"

家馨和碧初道别，嵋送她出了大门。

家馨忽然问："你们还记得仉欣雷吗？"

嵋拉住家馨的手，用力握了一下，有些责怪地望着家馨，说："当然，他是我们的亲戚，而且永远是我们的亲戚，那是不会变的。"

家馨点点头，喃喃地说："可是他已经死了。"

嵋脑海中一时闪过许多人，他们都死了。她没有再说话。

家馨也用力握了一下嵋的手，转身往一边路上走去，去坐公共汽车。

这边台阶走上来一个人，是慧书。她坐黄包车到坡下，自己拎着两个包上来，和嵋一起走进门去。

知道二姨父已经走了，她遗憾地说："我前两天就要回来，殷大士他们又要到北碚，便又耽搁了。"她照旧和嵋同住一间屋，等候去北平。

晚上，绛初特地来房间看望慧书，说了些闲话，问了些殷家情况，又嘱咐她一切要像在自己家里才好。

这些话，慧书每次回来绛初都要说一遍。慧书点头应着，心中凄然。

回北平的一天终于到来了。这天一早，孟樾一家连同慧书离开了十三尺坡小院，向站在门口的绛初和玹子挥手告别。他们不久将在北平相见。

孟家人到了学校临时宿舍，和许多人一起上了几辆卡车，穿过四川的田野来到机场。

人们都穿得很多，甚至披着厚重的雨衣。那是因为带的行李重量有限制，而人的重量是不限制的，人就鼓胀起来。

简陋的候机室里，只有几条长板凳。孩子们都自觉地散开，让大人坐。

嵋和合子站在窗前，看着停在飞机场上的飞机。合子看得非常仔细，几乎要看到飞机的内部，嵋则几乎是视而不见。

"孟姐姐！"一个清脆的声音，让他们都回过头来。

只见一个清秀的女孩正向他们走过来，那是周燕殊，航空系徐还教授的女儿。她比嵋略矮些，此时因为多穿了衣服，显得有些臃肿。漆黑的短发两边向外翘起，使她在文雅中带着几分调皮。她两肩各挎着两个包，还没有上路已经是风尘仆仆的样子。

嵋笑说："你背得好沉。"

"还有什么东西要我帮着拿吗？"合子问。

他和燕殊本是同学，那年大学校庆时合子见过徐还教授，以后又去过周家几次，和燕殊很熟了。

燕殊拉拉肩上的包，微笑道："都在这里了。"便站在嵋身边向窗外看。

燕殊的父亲原也是航空系教授，到昆明不久，便得了斑疹伤寒，病了许久，终于不治。这也是抗战中的一种牺牲。许多人，许多人，我们回去了，他们留在那里。

三个年轻人望着广阔的田野，心中有不同的感触。有凄凉，有惋惜，更多的是兴奋：我们终于要回北平了。

“北平的天气总要凉爽些。”嵋说，“重庆真是火炉。”

“可不是，真热。”燕殊用小手帕轻拭鬓边，“我也穿得太多了。”

“到空中就不热了。”合子接话道，“也许会冷，我估计这种飞机不会供暖。”

远处的飞机舱门打开，放下了舷梯。人们看得清楚，都不自觉地整理着手提的大包小包。

“登机！”从候机室另一头传话过来。

“登机！”大家都向门口走去。

燕殊跑过去，拉起坐在长凳上的母亲，嵋、合也到父母身边，一起出了候机室。他们慢慢走着，看见刘仰泽在人群中，旁边的几个人大概就是他的家人了。刘太太看上去身体颇不错，比李太太金士珍强多了。

他们穿过一片田地，走到飞机前，再爬上舷梯。这是一架大货机，机舱里空荡荡的，摆着两排木凳。还有一把旧藤椅，大家都知道那是为梁明时准备的。

人们走进机舱，各自找地方席地而坐。孟家、庄家和李涟一家在一个舷窗下铺了几块油布，坐了下来，随身带的大包小包就成了靠垫。

有人来让孟先生和庄先生去坐木板凳，他们都拒绝，说现在的“沙发”很好。

徐还母女在另一边舷窗下坐定。梁先生上来了，有人招呼他去坐藤椅，他点点头说：“谢谢，谢谢。”藤椅恰在徐还母女旁边，他和徐还打招呼，便坐下了。拐杖掉在地下，燕殊忙过来拾起，把它靠在椅边。

明时问：“你叫什么名字？”

燕殊恭敬地回答：“周燕殊。”

明时问:“是特殊的殊吗?”

燕殊回答:“正是。”

明时道:“不是一般的燕子,而是特殊的燕子。”

“是钢铁的燕子。”燕殊低声说。

机舱门关上了,从扩音器里传出一个好听的男中音,说的是四川话:“请大家坐好,飞机马上要起飞了。机舱里木凳下面有呕吐袋。”

飞机轰鸣着,响了好一阵,又滑行了好一阵,起飞了。人们鼓起掌来。

庄亯辰忽然站起来,大喊了一声:“我们回家了!”玳拉低声用英语附和着,可惜声音淹没在引擎的轰鸣中。

飞机越升越高,白云落在下面,有时厚厚的,好像可以踩上去,有时很薄,好像可以撕扯开来。孩子们挤在舷窗前向外看,飞呀飞呀!他们的心在喊。向着北方!向着家乡!飞呀!飞呀!

最初的兴奋过去,大家沉默了。

无因低声问嵋:“到了北平,你最先要做什么?”

嵋想了想:“我不知道,想做的事太多了。”又想了想,“我们大概先到香粟斜街。娘,是不是?”

她伏在碧初耳边问,碧初点头。因为他们在校园中的家“方壶”损坏严重,学校复员要办的事很多,还没有来得及修理。他们只得到城内住些时。

“其实我也不知道。”无因说。

“我要拿一块土吃下去。”合子说。

“我看你吃。”嵋笑道。

之薇问:“你们笑什么?”嵋大声把问题传给之薇。她略一沉吟,说:“我要吃一碗豆腐脑,还有炸油条。”

合子起身走过机舱,去到徐还那边。他向徐还母女提出这个问题。

徐还说："我要去看风洞。"那是航空教学不可少的，可是昆明没有。

"我要去看爸爸。"燕殊莫名其妙地说，"我们离开北平的时候，他抱着我。"

燕殊的回答叫人心酸，徐还的眼睛湿润了。

合子心里非常抱歉这样打搅她们，忙用别的话岔过去。因为说话声音大，许多人听到了这个题目，成为旅途中一次小小的讨论。

对于这个话题，只有严慧书的心情与众人不大一样。她也兴奋，但那是因为新奇。她也欢喜，欢喜里夹缠着凄凉。胜利了，而她在胜利以后成了孤儿，内战使她失去了父母。她虽然以前随母亲到过北平，北平却不是她的家，而是一个陌生的地方。她不是还乡的游子，而是漂泊的游客。

飞机突然向下落了一截，又迅速地拉起。接着是一阵猛烈的颠簸，整个飞机都在发抖。这里那里响起了呕吐的声音。呕吐袋是飞行中必备的，很快被拿完了。机舱中几乎三分之一的人都在吐。

李太太金士珍吐得很厉害，之荃捧着呕吐袋，之薇用毛巾为她擦拭。嵋也拿了纸袋来为母亲准备着，碧初却只是头晕，并没有吐。

又过了一会儿，慧书觉得很不舒服，知道自己要吐，而呕吐袋已经没有了，她向四面看。嵋发现了她神气不对，忙站起来把呕吐袋递给她。慧书一直挨着碧初坐，这时背过身去吐了几口。

碧初怜惜地拍拍她，命嵋倒了一杯水来，招呼她漱口喝水。

嵋轻声说："如果还想吐，不要忍着。"慧书摇摇头，捏了捏嵋的手。嵋说："你休息一会儿吧。"便把呕吐袋拎走。

过了片刻，慧书渐觉好些，不觉向无因那边望了一眼。见无因和嵋正在看一本书，无因指点着说着什么。

这时合子坐到她身边，问道："慧姐姐，你好些吗？"

慧书道："好些了。你们也不是常坐飞机，怎么都不吐？"

合子道："这是飞机不好，所以会吐。以后的飞机就不会让人这样不舒服了。慧姐姐，咱们想点别的事，你到北平最先想做什么？"

慧书已经听见大家在讨论这个问题，却没有想过自己想做什么，因为北平在她的心中只是一片茫然。如果能知道自己关心的所在就好了，那会有一种归宿感。她觉得合子不会懂这些想法，苦笑了一下，没有说话。

飞机又颠簸起来，这次较轻，还是有些人吐了，慧书倒没有吐。

快到中午了，飞机在武汉加油，起落架放了三次才成功，每次下降又拉起，都给人们带来一阵眩晕。飞机终于停稳了，很快加了油便又起飞。

午餐是自备的，有人拿出带的饼干、面包和水就地开饭。玳拉在地上铺了一块白桌布，摆上几摞三明治招呼大家共用。嵋摆出了一些包子、饼干之类。大家都不很积极，倒是孟、庄两位先生兴致勃勃地享用了他们的一份。

弗之对卣辰说："以后的人坐飞机的机会一定很多，有多少人能体会我们这时飞向家乡的心情？不容易啊！"

"不容易啊！"卣辰也说，"胜利已经够沉重了，现在还有担忧。"

"我们已经够不容易了。"弗之说，"要后人了解更不容易。"

"也不见得很难了解。"卣辰说，"只要有君子之心应该不难。"

弗之微叹，望着卣辰总是有几分天真的脸，又望着窗外，喃喃自语。八年的岁月，三千里路的艰难，半日间要得到偿还。窗虽小,望出去却是无边无际的。

午餐后,机舱里又沉默下来。人们不说话,都睁大着眼睛,不肯放过能看到的哪怕是极细小的事物。这时飞机已经飞得很高,大家觉得身上凉飕飕的。有人说穿得还不够,引起一阵笑声。

时光已经到了下午,飞机进入北方的天空了。快飞!快飞!人们在心里为飞机鼓劲。

“北平!我看见了!”有人在舷窗边大喊了一声,许多人拥过去看。果然远处城郭在望,飞机下面树木渐渐多起来。

“那里有一片水!”有人大叫。

“昆明湖!”有人回应。

北平!我们回来了!下午三时二十四分,飞机到达北平西苑机场。

飞机停稳了,扩音器里传出好听的声音:“北平,到了。”人们这时倒安静下来,坐着不动。

机舱门拉开了,一位工作人员出现在门边。他是从地面上来的,他站得笔直,大声报告:“北平,到了。”

北平,到了。这用熟悉的口音说出的几个字,大家听起来如同仙乐一般。

人们纷纷站起来,慢慢地有秩序地一个个走下舷梯。七月的阳光照着大地,远处是一片稻田,绿油油的。

“京西稻。”有人说。有几个人弯腰去抚摸脚下的土地。

两位记者正等在舷梯下,连说:“欢迎!欢迎!”

其中一位见下来的人里没有晏不来,便问身边的钱明经:“晏不来没有在飞机上吗?我是他的老同学。”

钱明经道:“他已经先来了。”

记者又问:“哪一位是孟樾先生?”

明经引他向孟樾走去。记者介绍自己叫陈骏,想请孟先生讲几句话。他的报纸是一家进步大报,常有教授发言。

弗之略有迟疑,明经说:"孟先生,你替我们说几句话吧,我想大家都有话说。"

弗之看看大家期待的目光,便说道:"我想我们大家最突出的感觉是高兴,我在天空上已经看见了朝思暮想的北平城,我能猜出来哪儿是天安门,哪儿是太庙,哪儿是中山公园。我好像看见了中山公园里的公理战胜坊。公理战胜,世界才能存在,人类才能存在。同时,我们的高兴不是轻松的,是沉重的。因为这是八年艰苦的斗争换来的,是多少人的牺牲换来的。我们在回到北平最高兴的一刹那,要向牺牲的中华儿女致敬。"

大家鼓掌,表示赞成他的话。

陈骏拿着笔做记录,一面说:"好,就是这几句。"

合子真的捡起一小块泥土,在嵋眼前一晃往嘴里送。

嵋在合子手上拍了一下,打落了那土块,笑说:"你还要得肠梗阻!"

合子说:"我已经舔到了。"

"什么味道?"嵋笑问。

合子道:"简直没什么味,我吃得太少了,我不想再得肠梗阻。"

学校有车来接,另有一辆车是供孟家人使用的。司机递给孟弗之一个信封,是次日学校要开校务会议的通知。李涟一家正好搭车,他们和大家告别,上了这辆车。人多车小,倒是都塞了进去。

合子最后上车,他站在门边大声说:"北平!北平到了!"

北平，我心中的城

亲爱的北平，我们回来了。我们是飞回来的，本来空中就是我的天下。空中的路是胜利之路，我离开你的时候年纪太小，印象太少。记得的只是方壶，方壶后面的小溪，和小溪上的萤火虫，城里面只记得香粟斜街的住房和后花园。大人们的怀念和叙述，包括小姐姐的描述，在我心中建造了北平城。北平，你是我们心中的城。我们回来了。

看那田野是这样的绿，好像要胀开来。太阳照着，有些地方闪着白光。下飞机的时候，有人在嚷嚷“京西稻”。我知道那是一种好稻米，进贡用的，皇帝用的。以后再不会有皇帝了，我们能推翻统治了两千年的皇帝，也能赶走入侵的强敌。虽然我没有尽什么力，我却觉得很自豪，为每一个中国人自豪。

田野的绿色间也有大片荒芜的土地，大概是没有来得及种。胜利以后来不及做的事一定很多。郊外的路不很平坦，这是敌人践踏过的，胜利一年来还没有来得及修理。这里蕴藏着不平之气，蕴藏着重建家园的愿望。这是它应该有的面貌。

车越来越近西直门了，我们先看见瓮城，它是西直门的外围。我看见爹爹取下眼镜，擦拭眼睛。娘用手帕掩住脸，好像怕看见什么。小姐姐睁大眼睛，像要把一切都装进眼睛里。车进了瓮城，看见西直门城楼了，在澄澈的蓝天下，它比瓮城更庄严。城门是这样高大雄伟，让人几乎要屏住呼吸。这是一个古老历史的门，是一个文化的门。如果我不是早已立志征服天空，我就要来研究历史，研究你，亲爱的北平城。你代表什么？我一时说不清。在我模糊的认识里，你代表着中华民族的融合与形成，这太深奥了。但至少我可以明确地感觉到，你代表的是美，不只是山川景色，更主要是历史的美，中国文化的美。

“有轨电车！”之荃叫了一声。那车有些像碧色寨的小火车，叮当叮当在大街上开。

“看见茶汤店吗？”小姐姐指一指街旁的铺面。我看见一个大铜壶在下午的阳光里闪亮。它还是抗战前我们看见的那一把吗？不会的。

我们经过护国寺，车子驶进一条胡同，之荃他们要在这里下车。他们的门前有一棵大槐树，还有一个缺了头的小石狮子。之荃向我挥手，喊了一声：“我们先到家！”我看见李太太向四面鞠躬，李先生也向四面鞠躬。我想李太太是拜她的神佛，可李先生为什么鞠躬？爹爹正好说了：“李先生是感谢天理和众人的努力。”娘微微点头。我想，这正是爹爹下飞机以后讲话的意思。

车子要退出胡同，可是转不过身来，好容易找到一个岔口调转了头。有些孩子跑过来看车，还帮着喊：“倒！倒！”我们都笑了。他们不知道，我们是离开九年以后又回到故乡，若是知道，一定会喊“欢迎欢迎”！如果是坐飞机，就没有这些麻烦，从西苑机场回到香粟斜街，只需要几分钟；什么时候想回昆明去看看，早上去晚上就能回来。再没有任何敌人敢来侵略我们的领空，那蓝天白云是我们自己的。也许有一天，我们会飞到火星去。

车子上了大街,经过北海后门,看见什刹海了,岸边搭着凉棚,可是游人不多。天太热,每个人的心里想来也是不平静的。小时候,穿好冰鞋从后门出去,在什刹海上溜冰。那一年,我得了肠套叠。

车在香粟斜街三号门前停下了,那大影壁上涂染了好几处黑灰颜色,显得很脏。开车人跳下来,跑过去敲打那两扇黑漆大门,黑漆有好几处都剥落了。一会儿,门开了,忽然出来许多人帮着搬东西。车开走了,我们对着大门站着,娘好像要跌倒,靠在爹爹手臂上。我不知道他们要站多久,我知道门里再没有了公公。

北平,我心中的城!我们回来了!

第二章

一

夏日的星空,笼罩着夜的北平,十分安详宁静。

这古老的城、这许多人心中的城,真的能腾飞吗?

一天的旅途劳累后,孟弗之夫妇躺在久违了的自己的家中,却都不能入睡。他们想着过去的日子。碧初在低声抽泣。

弗之说:"我知道你想什么,过几天婶儿回来再说。"

碧初道:"我想的是一家的事,我知道你现在想的是更大的事。"

两人在沉默中仿佛又听到渐渐远去的撤退的脚步声。他们听出了这脚步声中包含了许多不得已:形势的复杂和保存文物的愿望。他们终于打胜了,回来了。

外面很安静,弗之心里却在翻腾。胜利以来,虽然和平谈判总在断续进行,但战火并未停止。他想着,不觉长叹一声。

碧初说:"赶快睡吧,你明天一早还要回学校,早上凉快些。"

"娘。"是嵋的声音,在窗外。

"是嵋吗?"

"娘,明天我随爹爹去学校,好不好?反正这里也没有事。我去看看方壶修理得怎么样了。"

“你起得来吗?”碧初说,其实她知道这在嵋是不成问题的。

“娘!”嵋的声音里透露出一丝娇嗔。

碧初询问地看着弗之,弗之点头。

碧初遂道:“去吧。”

“娘还有什么要我做的事吗?”嵋问。

碧初说:“没事了,都早些睡吧。”

“娘,那我去睡了。”

嵋走开了,留下一个安宁的夜。

第二天,弗之清早起身,正要出门,嵋已掀帘子进房来。

她提着一个蓝花布手袋,说:“爹爹,我们走吧。”碧初轻轻咳嗽,嵋走进内室,轻声问:“娘醒了?”

碧初昨天已经累极,一夜没有睡好。这时见嵋站在床前,穿一件月白细竹布衫,已是亭亭玉立的少女,心中喜欢。

嵋抚着碧初的手说:“娘休息吧,我先去看看方壶。”

碧初叮嘱道:“爹爹要在学校住两天,你自己早些回来。”

父女二人乘有轨电车叮叮当当到了西单,赶坐学校的校车。

街上一切似乎都是老样子,可又那么不寻常。店铺大都还没有开门。

乘校车的人不多,嵋在车上远远望见明仑大学的校门,感到十分惊异。九年了,当初离开的时候并不知道要九年以后才能再见。那时自己还是个孩子,现在已经是成年人了。

“爹爹,这门怎么变小了?”她不禁问。

弗之也是百感交集,听见嵋问,不禁微笑:“因为你长大了。”

“长大了。”嵋喃喃地自语。

车子进了校门,沿着小河向前,嵋的思绪随着小河延伸。自己就要在这里上大学了,这里是自己的家,也是自己的学校。

车绕过一个小山,在石桥边小广场停住,这里是明仑大学的中心，来往各处都从这里经过。广场东北离小河不远有一座牌坊，形式很像长安街上的单牌楼，但要精致些，两个方正的石头底座，上面刻了些花纹，四周也有花纹，细看是许多名字，这些名字不见经传，也没有考证出来都是何人。牌坊里侧有一段墙，墙下后来成为发表言论的场所。

弗之领着嵋绕牌坊走了一周，便往方壶走去。路上见许多工人来去，还有运材料的汽车、马车。学校还是个大工地。

"骆驼！"嵋低声道。果然一队骆驼正沿着小河走来，背上驮着沉重的石料，它们也是重建校园的参加者。

父女二人走到方壶，一个领工模样的人看见弗之，上下打量了两眼，走上来问："是孟先生吧？瞧这鬼子把咱们校园弄成什么样子！我从去年就在修，直到现在还没修完。"

弗之微笑道："辛苦。这座房子还要几天修好？"

领工回头看了看说："十来天吧，不会弄到半个月去。"

弗之在屋内各处看看，不再说什么。只对嵋说："我去倚云厅开会，你自己进城吧。"

两人走到门口衣帽间，嵋转身看见门楣匾上两个篆字，有些惊喜。心想，你们还在这里！

"方壶"是这座房屋的名字，嵋从小就认得的，还曾和玮玮哥讨论过，说这座房子并不像一个壶。这时便叫一声："爹爹你看，这两个字是什么意思？"

弗之转身端详着笑道："这两个篆字在这里倒很好看。"又对嵋说，"方壶是一种盛酒的容器，《仪礼》上有记载。还有一个说法，方壶和瀛洲、蓬莱都是海上仙山，这房子有这样一个名字，也是很有趣的。你也不要停留太久，早点回城里去，免得娘惦记。"说罢自去了。

嵋目送爹爹，又看见那株在方壶和圆甑之间的罗汉松，心想，你也长大了。

嵋又走进屋内，去看九年前与合子同住的卧房，又到姐姐的那间较为独立的卧房。从这里可以看见窗外的草地和小溪，草地绿油油的，溪水在阳光下闪亮。

嵋轻轻叹息，姐姐不知道什么时候能回来。遂不再多想，她在各房间穿行一遍，见工人都在忙着，便走出后门去看那条小溪，那是萤火虫的跳舞场。流水依然潺潺，青草依然翠绿，可是时间已经过去这么久了。

忽然听见背后有人叫："孟灵己？"接着又是一声，"嵋！"

嵋转过头去，看见秦伯母谢方立正站在圆甑的后门，向她招手，她惊喜地走过去叫道："秦伯母！"

秦伯母问："你们是昨天到的吧？今天就要开会了。房子修得怎样？"

嵋答："说是还要十来天。"

秦伯母道："我们很久没见面，你又长大了。我是冒叫了一声，几乎认不得了。你进来坐一会儿吧，外面很热。"

嵋随秦伯母进了圆甑。见一个听差在院中搬什么东西，大概是秦伯母刚刚吩咐的。听差抬头，嵋觉得面熟，原来是抗战前就在秦家做事的陈贵裕。

陈贵裕恭敬地叫了一声"孟二小姐"，嵋笑着点头，随秦伯母走进屋去。这座房子比方壶大得多，嵋一路见家具什物都差不多还是九年前的样子。

她们到了起居室，室内满地摊着书，墙边两个黑木玻璃门书柜大半空着。窗下一个长靠背躺椅，有门通着花园，门边一把靠背椅上蜷卧着一只小黄猫。秦伯母穿着一件烟色半旧绸衫，当是在整理那些书。

她对嵋道："这是存在城里亲戚家的，倒是一点没损失。前几天才搬回来，我要理一理。"

嵋问："怎么理？"

秦伯母道:“分类上架,很简单。原来已大致分好的。”

嵋道:“我来帮忙。我行吗?”

秦伯母笑道:“你还不行?”

嵋很快便找了一块抹布,一本本拭去书上的灰尘,摆进书柜。

秦先生虽然是学工程的,也有很高的文学修养,收藏了不少英文文学名著。其中一套《狄更司选集》是很早的版本,书中还有铜版插图。

嵋抚摸着书说:“秦伯伯和秦伯母真是渊博,有这样好的文学书。”

秦伯母道:“学理工的人一定要有文化知识,这是办大学的宗旨。”

嵋又见有一套装潢考究的《圣经故事》,想到秦伯母是一位基督徒,这当然是必备的。

这时,小黄猫醒了,端坐在靠背椅上,打量客人。

秦伯母一面调整原已在上层书柜的书,一面介绍说:“你看见吗? 这是黄三弟,你应该见过它的祖母。”

嵋便也打量黄三弟,它很娇小,一身浅金色很好看。它对嵋打了一个哈欠,跳下椅子走到谢方立身边,依偎着叫了两声。

秦伯母摸摸它,对嵋说:“猫就是这个样子。”

嵋眼前闪过几家几代的猫,包括在昆明的拾得和义犬柳,怔了一下,继续理书。

一时一箱书理完了,秦伯母道:“我们歇歇,别的下回再说。你看看我们家,还像从前一样吗?”

嵋又穿过客厅,走到门前看那棵罗汉松,转身见门楣上也有两个篆字,仔细看时知是“圆甑”。忽然想起在昆明乡下见到的饭锅,有一个圆圆的草帽。那就是圆甑了。黄三弟跟了过来,嵋将它抱起看那篆字。它不感兴趣,挣扎着跳下地,跑回起居室去了。

“嵋，来吃饭吧。”秦伯母在餐室叫道。

她们在餐桌前坐定，正好秦巽衡从办公室回来了，见了嵋也很高兴。午餐很简单，米饭外不过一荤两素一汤。那汤很好喝，嵋也不敢问是怎么做的。

秦先生问嵋学数学有什么心得，嵋想了想说：“数学离人心很近。”

秦先生看了看嵋，说：“这是你的体会？学科学必须有人文方面的知识，不然便只是工匠。你大概常听爸爸这么说吧？你们家是不缺这个的。”又说，“你一定读过《阿丽思漫游奇境记》。”

嵋接口道：“那是一位数学家写的。”

秦先生道：“正是，这是一部成功的童话。他的另一部作品却是数学方面的研究成果。”又问了嵋在重庆的情况，说，“好在你们已经回来了。”

“听说慧书一起来北平了？是要上学吗？”秦伯母关心地问。

嵋道：“是的。慧姐姐一直想到北平上学，不过，她也想留学。”

说起慧书，大家都很同情。

饭后吴妈端上西瓜来，秦伯母说：“你就到后面客房休息，中午太热了，在外面要中暑的。”

嵋休息以后，只和吴妈说了一声，仍从后门出了圆甑。

她想看看周围的环境，顺着小河走进小树林绕了一圈，走过小溪、石桥，信步走上小山。山那面是一个大荷花池，荷花一半已谢，一半还在盛开，让人联想接天莲叶、映日荷花的盛景。

转过身来，见绿树中圆甑、方壶，还有不远处的倚云厅和小小的蓬斋，都被溪水环绕着，直如一幅好看的图画。他们小时很少上这座小山，这时觉得又熟悉又新鲜。

嵋在树下一块平石上坐下，想着离别的突然，归来的欢喜，想着逝去的童年和将来的岁月。思绪虽多，心里却很平静。

这时，一个人从旁边小路走上山来，两人对望都不觉一怔，那人正是冷若安。

若安惊喜地说："你们已经到了？"

嵋道："我们昨天到的。你怎么在这里？"再一想，冷若安是教员，自然应该在学校里。

若安道："我是上周到的，我就住在蓬斋。"他向倚云厅那边一指。蓬斋是倚云厅旁边的一个小院，房子简陋些，是单身教员宿舍。"我从重庆坐船到上海，再从上海坐火车才到的，走了一个多月。你们一直在重庆等飞机吧？"

嵋道："可不是。重庆真热，没想到北平也热。"

若安道："你走过很多地方，我是第一次走出云南。我们的国家真大，山河真壮丽，我们的校园真美。"他指着方壶、圆甑，"这一带建筑线条都很简单，整个画面却那么有滋味。"

嵋笑道："我也是这么想，校园很大，还有些地方很有野趣。"

嵋身边还有一块石头，若安想坐，因嵋没有发话只好站着，说道："梁先生已经和我谈过一次，我以后的重点是拓扑学，特别是其中的不动点类理论。"

嵋知梁先生素来看重冷若安，微笑道："梁先生不会要求我研究这些。"

若安道："最重要的是把基础打好。"

嵋笑道："你说话倒像个老师。"

若安道："我本来是老师呀，不是吗？"又说，"我发现学校有音乐室，不知怎样活动。"

嵋道："我小时候就知道这个音乐室，只是那时太小，不知道他们怎样活动。我们的音乐素养很不够。我想音乐室的活动以后会多起来。”

若安道:“喜欢音乐的人很多,蓬斋就有几个人喜欢唱歌,我们已经在一起唱过。”

嵋道:“真的,你是在哪里学的声乐?”

若安道:“我何曾正经学过,昆明平政街有个教堂你知道吗?我在那里得了一点音乐知识。”

他停了一下又说,“其实不仅是音乐知识,那位神父对我影响很大。他很喜欢我,尤其喜欢我的声音。我常常去他那里。”

嵋道:“声音本来是天赋。”

若安道:“石头缝儿里蹦出来的天赋。”两人都笑了。

嵋并不了解若安的身世,只隐约知道他是个孤儿,却觉得他从哪方面看都不像是孤儿。

只听若安自己说道:“我三岁便失去了母亲,只有模糊的印象。她身体很不好,似乎不大管我。但她不只给了我生命,也影响了我全部生活。她留给我一笔数额很大的生活费,并做了一些安排。我生活每有变化时,她似乎都在帮助我。”

嵋喃喃道:“母亲总是伟大的。”便不再深问,若安便也不深谈。

两人又随意交谈几句,若安想邀她在校园里走一走,却听嵋说:“我要去庄家看看。”

若安便没有提出,只说:“我去荷花池那边。”自走下山去。

嵋漫步下山,向校园东边走去。她很想见到无因,但又想,昨天刚到,今天便去庄家,有些不合适。走到石桥边小广场,见有一辆校车停在那里,已坐了几个人。

嵋走到车边去看,有人说:“这是加车,马上就开。”显然等下一辆车还要很长时间。她想早点到家,免得娘记挂,便上了这辆车。

见嵋早早回家，碧初非常高兴，说："我真不放心，我还记得九年前从城里回学校时的情景。"

嵋笑道："我们胜利了，已经把鬼子打出去了呀！"

嵋说了在秦家的情况，碧初微笑道："秦太太曾说，秦先生吃饭时常常不说一句话，有时就拿着报纸看。今天倒是和你说了些话。"

嵋说："我看秦先生家和抗战以前差不多。"

碧初叹道："可是将来很难说，谁知道呢？"

弗之到倚云厅，先去找萧子蔚，子蔚不在。中午，弗之到餐厅，还未坐下，就见子蔚进门来，神色疲惫，明显消瘦许多。两人握手默然片刻，便一同坐下。

弗之道："你真辛苦，在这里支撑、交涉，又想得这么周到，还派车去接我们。"

子蔚微笑道："昨天一天，从城南到城北也很累吧？这一年的事一言难尽，总算事情都办得差不多了，不会影响开学。"

饭间，子蔚叹道："我也算办过一些事，竟不知办事这么难。"

弗之道："听说学校被日军破坏得很厉害，后来国军的陆军医院又占了几座房子。你下午要讲的吧？"

子蔚苦笑道："就是，办这件事很难。孟太太她们都好吧？"

弗之又说些重庆滞留的情况。子蔚说起一个著名的文化汉奸，在南京高等法院经过公审判了十四年徒刑，听说他还要上诉。两人都觉得判得并不重，对他上诉很不以为然。

弗之问道："凌京尧怎样？"

子蔚道："听说他身体不好，正在申请保外就医，他倒是没有做什么坏事。"

两人叹息。饭后各自休息。

下午,烈日当空,先生们陆续来到圆甑。这是九年前他们洒泪而别的地方。

秦巽衡校长还是坐在他那把扶手椅上,说:“九年过去了,大家在这里重聚,这是我们天天盼望的事。现在我们最先要做的,我想大家的想法都一样——”

大家不约而同站起来,低头默哀。为了在反法西斯战争中献身的人们。

片刻,巽衡请大家坐下,接着说道:“怎样对待这样艰难得来的胜利,是我们面前的大课题。我只有竭尽绵薄之力,办好我们的大学。”

大家觉得秦校长语重心长,深知这“绵薄之力”四个字里会有多少艰辛。

会议议程有二:一是子蔚介绍接收情况,一是讨论补聘教师名单。

秦校长说:“子蔚负责接收工作,这一年来实在辛苦。我们的同仁回来得比较晚,许多事都靠他一人。当然还有事务科马守礼等办事的人,可是子蔚的责任大啊。我回来方才一个月,大事他都办得差不多了。”

大家都看出子蔚的疲惫。子蔚说道:“从去年十月回来,做了几件事情,主要是接收校舍。日军撤离以后,国军方面占了几座房子做陆军医院,交涉很难,关系到好几个系统,每个系统都出些想不到的问题。而且伤兵们抵触情绪很大,他们打仗受了伤,没地方养。后来,好容易交涉好了,最后离开时,他们还在卡车上架起机枪示威。设身处地来想,他们有情绪也很自然。最后总算解决。另外就是买了香山一带一座小林场,手续也很复杂,多得秦先生指示,这对以后学校的建设很有帮助。”遂又说了一些细节。子蔚说话素来简单明了,很繁杂的事经他一讲,便很清楚。

秦巽衡说:“这座林场我和子蔚商量了几次,最后决定买下来。不过,还要整理。还有一件重要的事,我们很幸运从昆明回来,有新的同仁参加学校工作,房子显然不够住了,以前的住宅也多破旧。也是子蔚倡议,在南门外买了一块地,建造一个新的住宅区。教育部批了款,但是不够,又向善后救济总署申请了一笔款项,现在可以开始设计了。这个新区叫什么名字,大家想一想。”巽衡说完,看着大家。

“昆庄。”徐还脱口而出。

巽衡点头道:“昆明的村庄。”

徐还曾留学德国,当时德国一位最著名的动力学教授很器重这位女学生,说想不到中国有这样的女科学家。明仑的教授们也都很敬重她。“昆庄”的命名立刻通过。

下一个问题是聘任几位教授,这是一件急事。正式的聘任在昆明时已经办理,但有几位还没有确定,现在要做出决定。

前面几位都顺利通过,到了尤甲仁,因他提早离校没有续聘,王鼎一认为他教学态度不认真,学问杂乱无章,似乎可以不续聘。他知道孟先生很欣赏尤甲仁,口气留了几分余地。有人说尤的学问确实比较庞杂,不过也可以称得上渊博。讨论了约半小时,也就通过了。

大家又谈论了许多建设学校的近景远景,一步步做下去,大有可为,于是都很兴奋。

晚上,弗之久久不能入睡,室内又热,便披衣走到院中。月光透过树枝,小院如浸在水中,弗之走出倚云厅,见天空一轮明月,不禁想起九年前离开学校时那个夜晚的凄清。那时是离开,是逃难,现在是回来,是胜利。人生能够有一次这样的体验,也不枉过。他环顾周围树木和树丛中露出的房舍,一时觉得自己和月光一样空明。

他信步往荷花池那边走去,经过蓬斋,月光中飘来一阵歌声，是男声重唱，唱的是“我们都是神枪手……”弗之停步倾听，不禁微笑。

这一首唱完了，接下来仍是男声重唱，两次开头都没有唱好，于是一阵笑声。

好像有人指挥了，又响起了歌声，唱的是威尔第的《铁砧之歌》。弗之音乐知识不多，这只曲子倒是听过，觉得有力、好听。在学校开展美育本是他的愿望，以前没有来得及实践，现在可以好好计划了。《铁砧之歌》中间停了几次，终于唱完了，又有一个男高音开始唱《嘉陵江上》，声音明亮有力，充满了感情。

弗之心想，是哪一位教师，唱得这样好？

他站在荷花池旁，池北岸有一座小山，小山上有一座钟亭，这地方从前是土地庙。荷花池中有残败的梗叶和不多的盛开的花朵，远处不高的芦苇如同小树林一般，统统溶在月光中，染上一片银色。

弗之徘徊良久，回去时，蓬斋歌声已息，但觉余音袅袅在月光中回荡。

次日上午，晏不来带了两个人来访，一位是中文系学生朱伟智，另一位是昨天来接机的记者陈骏。

晏不来是明仑大学第一批回到北平的教员，他已经不是穿着破背心站在红泥沟里吟诵楚辞、高唱战歌的中学教师，他在教学和求学期间都很钻研，到大学任教后更有造诣，已是宋词研究学者。他穿着整齐的中山装，显得很精神。

朱伟智回来更早，想来是有些关系，已经开展了一些活动。他原在化工系，因为积极参加学运，功课跟不上，转到中文系，到现在还没有毕业。

晏不来向弗之说了陈骏要采访的意图，大家落座。

陈骏先说：“前天能到机场接到大学的先生们，真是高兴，特别还想和孟先生多谈几句，连夜找了晏不来兄。”又说了些仰慕的话。

大家随意谈着回来旅途的困难，陈骏问弗之对时局的看法。

弗之感慨地说："我们终于又回到北平了，这样的胜利不仅是八年抗战的胜利，也洗刷了差不多一百年来的国耻，我们国家的地位空前地提高。以前在列强瓜分的情况下被人欺辱，现在我们是胜利者，我们应该是非常的高兴。可是仔细想一想，就高兴不起来。在这样的大好形势之下，兄弟阋墙，同室操戈，只有让亲者痛仇者快啊。现在胜利已经一年了，内战还在扩大，真是让人痛心。"

弗之又道："现在的局势，说起来我真有些激动。这样的大好时机，难道只落得日本人笑？云南抗日将领严亮祖将军，因为不愿打内战，也希望唤醒国共双方都不要打内战，毅然死谏。现在有多少人记得他？"

晏不来说："对于严将军的死，我当时感到很震撼，可是慢慢地也就淡忘了。我们能不能来唤醒记忆？"

朱伟智眼睛一亮，说："晏老师的话有理，我们出一个专刊。"他转头看着陈骏。

陈骏道："当然，这是一个好题目。可是，离严将军的忌日还有几个月，太远了。要有个由头才好。"

晏不来看着弗之，弗之沉思道："会有的，是要有个由头，想想再说。"

陈骏又问到将来学校发展的前景，弗之说："要国家兴旺，最根本是民众素质提高，也就是说根本在于教育。几十年来，我们致力于请进德先生、赛先生，但是我们做得很不够，还要努力。当然，我们首先需要的是和平环境。"

陈骏又问："孟先生重回北平，您看它改样了吗？"

弗之笑道："我前天刚到，只从天空中看到加入了想象的北平城，还不能说是看见北平，只是看到了校园。"

陈骏连说:“先生们是很辛苦的。今年秋天能不能开学上课?”

弗之道:“一定能,一定能上课。”

陈骏道:“听说桌椅都没有。”

弗之坚决地说:“站着也要上课。在昆明,我们在坟地里都上课,在炸弹坑里也上课。”

陈骏肃然。

又说了几句闲话,三人别去。

二

又是一天烈日当空,街上人很少。电车走得很慢,也是懒洋洋的。

一个老妇人拄着拐杖,背上背着一个长方形木板样的东西,慢慢地、艰难地在街上走着,脸上的皱纹中,一双扣子似的眼睛似乎睁不开,眯成了一条缝。这正是赵莲秀。她走进香粟斜街,走进那座黑漆剥落的大门,在垂花门前站住了,呆望着迎门隔扇上已掉了半边的福字。

正好一位中年人从垂花门里出来,看见她,稍有些惊喜,说:“吕太太,您今天回来了?可不是,孟先生他们从南方回来了,您当然要来看看。”

赵莲秀微笑地点头,说:“我知道这些天多靠黄先生照应。”

这位黄先生正是澹台勉以前的秘书,一直住在这里。这几天他帮助孟家外面订饭、里头烧水,很是热心。

黄秘书要去搀扶,赵莲秀摇手说:“我能走。”一直走过夹道,到月洞门小院,在台阶上喊了一声“三姑奶奶”,便掀帘进屋。

慧书与合子正坐在八仙桌旁复习功课。合子要转入城内的一所中学，下周就有考试，正拿着一把扇子猛扇自己的头。慧书要转入一所私立大学，也在预备功课。见了来人，他俩都不认得。

碧初和嵋在里屋收拾，听见声音，嵋很快走出来，怔了一下，立刻悟出这是赵婆婆，便唤了一声“婆婆”。

见她走得气喘吁吁，还背着一块木板，问道：“婆婆背着什么呀？”忙伸手帮她解开系在胸前的结，把木板取下，扶她坐下。合子也站起身，递过一把扇子。

莲秀睁大眼睛仔细看着嵋，说：“都这么大了！”又看着合子，有些踌躇。

合子说：“我是孟合已。”

莲秀说：“这是小娃啊！真不敢认了。”

碧初扶着墙走出里屋，莲秀立时站起，向前抱住碧初，两人都泪流满面。

莲秀说：“我知道三姑奶奶回来，上房钥匙在我手里，没有车回不来呀。”

碧初说：“婶儿走得累了，先坐下喝口水吧。”便请莲秀坐在一张软椅上。

慧书送过一杯水来，叫了一声：“婆婆。”

碧初道：“这是大姐的女儿，慧书。”

莲秀对严家的事也知道一些，拉着慧书的手说：“你小时我也见过，一转眼都成大人了。”

慧书听她的京腔中还带有云南乡音，觉得很亲切，又低声叫了一声：“婆婆。”

莲秀望着碧初，张了几次嘴都没有说话。

碧初道：“这些年的事一时怎么说得完，总算回来了，可以慢慢地说。”

在赵莲秀心上，吕老太爷去世是头一件大事，这么多年来，她等的就是向姑奶奶们报告这件事。见了碧初,又不知从何说起,好在她有一件证物。

大家静了一会儿,莲秀站起身,小心地解开包着那块木板的一层层的布,原来是一块匾,上写:义薄云天。右上角写着:吕清非先生千古,左下角写着两行字:北平市政府,中国国民党北平市党部。

莲秀说:"这是大概半年前市政府派人送来的,当时我已经和凌太太住到香山去了,他们一直找来了。"

碧初拭泪,匾虽然小,她知道这是国家对老人死得伟大的承认。嵋把匾立在条几上。莲秀的眼睛睁大了,舒出一口气,她终于把这件证物交给姑奶奶了。

合子低声问:"匾是给公公的?"碧初点头。

年轻人都知道外公的事迹,大家沉默了片刻。

碧初说:"这么热的天,婶儿拿着这块匾怎么来的?"她知道赵莲秀住在香山附近。

莲秀道:"我等了这几天,好容易有一辆拉西瓜的马车,我搭上了,天不亮就动身,直走到现在。"一面说着,一面从怀里掏出一串钥匙递给碧初,"上房我只留了勾连搭后面的三间存放东西,前面连左右耳房都租出去了,实在是不得已啊。"说着哽咽起来。

碧初说:"这些年的艰难日子谁都知道,能保住性命就很不容易了。"

莲秀叹道:"东西是小事啊,上房是老太爷最后起居和停灵的地方。"

碧初说:"婶儿先休息,等一会儿我们去看。"

莲秀摆摆手说:"我们现在就去。"两人便带着三个年轻人一同往上房去。

上房正中前面三间的房客迎出来,让大家一直走到后面。

这里是原来吕家挂祖先画像的地方，现在堆满了东西。

碧初站在门外，不向屋内看，先向屋外看，想认出哪里是停放父亲灵柩的地方。她心里很平静。在整个中华民族争生存御外辱的战争中，父亲的死重于泰山。

里屋简直转不开身，无法走动。赵莲秀指着墙边柜子后面露出一半的相框说："这是我偷着挂在这儿的，后来也没有搜查。"她说的后来就是吕老人成仁以后了。

嵋立刻上前招呼小娃一起把柜子向外移开，把相框取出来，就挂在柜子上方。

相框里镶着吕老人的相片，照得十分讲究。老人很有神采，注视着大家。似乎说：你们回来了！

合子心里想，这就是我的义薄云天的公公！他多么希望公公能坐在自己制造的飞机上面，在蓝天白云中飞翔。

他凝望片刻，又打量屋里凌乱的存物，忽然在墙边的一个矮桌上发现一个好看的罐子。伸手揭开罐盖，见是一罐蜜黄色的"猪油"，看去很新鲜，便问嵋："这是什么？"

嵋伏上去闻了闻说："像是蜂蜜。"

碧初认得罐子，说："这是那罐蜂蜜吧？这么多年没有坏吗？"

仔细看时，见那罐蜂蜜看去仍然滑腻如脂，颜色稍深，却没有结晶沉淀。想到人却不如物这般长久，碧初不觉滴下泪来。

嵋过来扶住碧初，说："娘，咱们回去吧。"碧初示意将吕老人的照片取下带走。几个人走出上房，房客有礼地相送，说随时可以再来。

众人回到月洞门小院，嵋和合子立刻将公公的照片挂好，正在那块匾上面。碧初带领大家向吕老人的照片三鞠躬。

大家默坐了片刻，碧初问莲秀："凌家的情况知道一些，现在究竟怎样？"

莲秀道："去年凌老爷遭事以后，房子都没收了。凌太太住到香山家里老坟地的几间屋里。当时她也病着，从小娇生惯养的，哪儿经受得起啊。我去看她，合计着去招呼她一阵。这大半年她倒是健朗多了，可凌老爷不好啊，那里头的日子难过啊。说是要保外就医，要真能住到医院里，不知道准不准凌太太去见。"

碧初道："我们都关心着这事。弗之这几天到学校去了，回来了一定会去看他。"

这时，嵋端上西瓜来，慧书又给婆婆倒水。

碧初又问："他们知道雪妍的事吗？"

莲秀道："听口气，像是不知道。我还是去年听二姑老爷说的。"

碧初叹息，忽然想起，问道："吕贵堂怎么没见？"

莲秀迟疑了一下说："老太爷过世以后，他也想上后方去，走了一回没走成，又回来住了几年。还是嫌没事干，又走了，就没回来。也就是失踪吧。"这其中的曲折莲秀不好深说。

碧初道："香阁结婚的事吕贵堂知道吗？"

莲秀道："香阁倒是来过一封信，当时吕贵堂已经走了。"

碧初不再问，说："婶儿来一趟不容易，先住下，再看怎么办。"

赵莲秀见碧初神色疲惫说话无力，便说："三姑奶奶先歇着。"便要起身。

碧初说："合子到我们房间来，婶儿到合子屋里休息吧。"

嵋对碧初说："娘，让婆婆住到我们房间正好，住得下。"嵋和慧书住的是以前峨的卧室，在小院的一边。

慧书也说："这房间很宽敞，赵婆婆和我们一起住吧。"

莲秀连连摆手道："不用不用，我到厨房边小屋住，那儿还有一副铺板。"

说着掀帘出门。嵋和慧书连忙跟着，那小屋原是赵妈的住处，几个人收拾一下，也还舒适。莲秀便住下了。

过了一天，晚饭后大家坐着吃西瓜，碧初望着莲秀欲言又止。

莲秀道："我知道三姑奶奶想问什么。"

遂把老太爷逝世前后情况细说了一遍，怎样淡泊度日，怎样怒斥日方来人。因敌人要强行发表他任伪职的假消息，他怎样服了存下的安眠药。凌老爷怎样来帮助买棺成殓，日本人又怎样来开棺验尸，然后抢棺火化。大家都泣不成声。

莲秀说完，一面哭着，心头却觉稍安。她已经做完了她该做的事，但并不觉得轻松。回到这座宅院令她百感交集，她还有许多事要想，但仿佛又想不起来，总是模模糊糊，往事的碎片一片浮起一片落下，一片又浮起。

过了两天，这些片断渐渐连在一起。这天晚上，她只坐在床边发愣，她想着老太爷对她的种种好处。

她到了吕家，已经不再是乡野间人，懂得了许多事，明白了许多道理。吕老人是想平等待她的，但她永远也达不到那样的高度。她的一生最有光彩的一段是在这座宅院里，在吕老人身边度过的。可是，她最美好的日子是和羞愧、负疚联系在一起的。如果老太爷只将她当下人看，她会轻松得多。可是怎么办呢？过去的事已经过去了，不能想了。

莲秀！是吕贵堂的声音。她睁大眼睛望着门，那时这座宅院只剩了她和吕贵堂是亲人，天地间没有别的亲人联系。只有关心眼前的人，只有被眼前的人关心，才勉强地活着。

一个人过不去的日子，两个人过来了。他们不知不觉地变得亲密，同时又很自觉地阻挡这种亲密。也许是为了逃避，吕贵堂说他要走了，要去为抗战出力。

"怎么出力？"莲秀问，"你去当兵吗？"

“不知道，”吕贵堂说，“也许当民夫，也许人家需要文书，那就好了。”

吕贵堂走了，几个月以后忽然又出现在门前。莲秀感到一阵欢喜，欢喜过后便是安慰，日子又有靠了。

吕贵堂没有说他的经历，只是不提走的事了，他们在战争的夹缝里过着小日子。

“莲秀，你看我捡了多少煤球！”声音像孩子似的高兴。然而，他们的内心都不得安宁。莲秀知道老太爷不会责怪她，甚至会成全她，可是她不能成全自己。

又过了大半年，一个深夜，吕贵堂对赵莲秀说：“我很对不起老太爷，我还算吕家的子孙吗？”

莲秀哭道：“我们怎么办？”

吕贵堂说：“我想离开北平。”

莲秀道：“离开我？”

这也许是吕贵堂真实的想法，他没有说话。黑夜吞没了一切。

一天早上，吕贵堂买了一块酱豆腐放在桌上，说是给莲秀吃粥。那天上午，吕贵堂出去就没有回来。她盼他回来，几年过去了，他没有回来。黑夜在延长。

院中有人说话，是嵋的声音：“文化汉奸应该照法律一样惩罚。”

“我看应该严惩，因为他们有文化。”是合子的声音。

莲秀猛醒地从床上下来，几乎摔了一跤。她忙把床单拉平，又怔怔地坐着，看着眼前的小屋，想到凌太太这几天不知怎样了。她家的宅子多好啊，谁能想到有一天凌老爷会坐监狱，凌太太住到荒山草屋里去。

胜利以后，百废待兴。处理汉奸是一件伸国法扬正气的大事。一年以来，汉奸们大多经过法律手续受到处罚。大汉奸伏法，各级汉奸都有处理，凌京尧便是其中之一。

凌家本来族人不多，有一个远房侄儿凌枫，学的专业是考古，一向和凌京尧很少联系。京尧入狱以后，岳家亲戚各自有事，已经零落。倒是这侄儿去狱中看望，帮着办事。他知道弗之等人回到北平，来过一回。见了碧初，说京尧的学校正在为他办理保外就医，有进展再来报告。

过了几天，弗之回来。凌枫来报，说凌京尧病重，已经住在香山脚下的一个教会医院里。

这天清早，弗之向学校借了车，和赵莲秀一起往香山来。

这些年对于凌京尧来说，体肤的供应虽不差，灵魂的煎熬却如刀山火海一般。

“凌雪妍启事：现与凌京尧永远脱离父女关系。”多年以前，凌京尧夫妇看到报上的这几个字，都惊呆了，接着就大吵了一架，然后又抱头痛哭。女儿的决绝为何会引起吵架，不记得了，那锥心的痛苦记忆犹新。

凌京尧担任伪职以后，小规模的送往迎来，也免不了参加。有一次，日本人要他穿上日本军服，去医院慰问日本伤兵。那时，来找京尧的已不是乌木阳二，而是更为彬彬有礼的文化官员。京尧听到这个命令，本能的反应是不能去，可是，怎么样能够不去，他和蘅芬商量，想出了一个喝醉酒的办法。京尧本来是懂得酒的，还曾为酒写过文章，说各种酒在各种不同的程度上是人不同的朋友。却没有想到，它可以帮助他逃脱奇耻大辱。在规定去医院的那一天，他喝得烂醉如泥，根本站不起来。再加上烟瘾发作，眼睛都睁不开。

日本人来看了，“哼”了一声，把已经送来的日本军服带走了。大概因为有更显赫知名的大文化人积极参加了规定的活动，日本人对凌京尧这样的人物就不大关心了。

这一难逃脱了，但还看不到苦难的结束，他们只能苦苦挨着日子，盼望有一天能和女儿相见，纵使女儿不原谅他。

雪妍得子之后曾来过信，是凌京尧事敌以后唯一一件稍可安慰的事，他们盼望着外孙长大。不料，这封信以后，女儿再没有信来。对国家的负罪感和对女儿的牵挂形成双重的重压煎熬着他。

胜利的消息传来时，他衷心高兴，他觉得自己的苦难到了头。

中国军警来逮捕他的那一刻，他笑了两声，被人喝住。被捕半年以后，依法审讯判决，判他有期徒刑八年。他虽担任伪华北文联主席，并没有做任何实际事情，总是在烟榻上打发日子。人问他是否要上诉，他又笑了两声，说："我要说判得太轻了。"

他知道这八年他是挨不过去的。刑期的长短对他意义不大，他觉得他对不起一切人，他在烟灯上烧尽了自己，在酒精里化去了自己。

他的学校同仁和凌枫为他多次申请保外就医，现在病情实在严重了，总算被安排到这家医院。蘅芬在病房里照顾他，这几天才被特别批准陪夜。日以继夜的辛苦，蘅芬居然支持着。京尧看着她日渐憔悴的面庞，很是痛惜。费了很大力气说："你辛苦了。"

他们一起生活几十年，蘅芬从来没有听他说过这样温存的话，两手抱住他那只没有针管、空闲的手臂，忍不住呜咽。

京尧很想抚摸她的头发，他记得那是光亮的，有着淡淡的香气。但是他只能勉强转动眼珠，他知道自己已经到了生命的尽头。

这时，两人心里有着同一个念头，就是女儿雪妍在哪里。

京尧的眼光中表现出一个问号，蘅芬懂了，说："她还没有回来。"为什么没有回来，这又是两人一同想到的。

"我们可以问。"蘅芬说。

京尧想到了一个人，他要告诉这人最后的话，这人正是孟弗之。

孟弗之到了医院，说是来看凌京尧，倒也没有遇到拦阻。走进病房，见岳蘅芬坐在拦门一张椅上。她看见弗之，轻声说了一句："孟先生来了。"又走到床边，在凌京尧耳边说，"孟先生来了。"京尧尽力睁大眼睛搜寻着。

弗之俯身唤道："京尧，我是孟弗之。"

京尧的目光定住了，过了几秒钟似乎才辨认清楚，忽然喘息起来，一滴眼泪从眼角流出。他努力想去拉住弗之的手，却是喘个不住。

弗之忙用两手捂住他的手，说："京尧，我们回来了。"

京尧慢慢安静下来，断断续续地说："我等的就是这一天。我要对你们说，对不起。"他连着说了两个对不起。

弗之插话道："你已经忏悔了，我们都了解你。安心吧！"

京尧数次张口，没有说出话来。

弗之迟疑一下，说："你有什么要问的吗？"

他早已知道他们要问什么，只是不知道该怎样回答。便是到现在他也不知道怎样回答，可是他必须回答。

京尧望着蘅芬，蘅芬用了很大力气说："她在哪里？我们的女儿雪妍她在哪里？"

弗之定了定神，横下心来，也用了很大力气说："我想你们已经猜到了，三年前，雪妍因为给阿难洗尿布，跌进河里。后来就葬在那个村子里，那是一个很美的地方。"又提高了声音说，"你们的外孙已经三岁多了，现在在绛初家中。卫葑已经和澹台玹订婚，你们又有了一个女儿。"

弗之鼓足勇气说了这一段话，觉得好像走了几十里路。

蘅芬的眼泪滴湿了京尧的被子，京尧闭了眼睛，神态安详，轻声说："我知道了，我可以去了。"接着又喘息起来，断断续续地说，“我要告诉你们，”他又喘息，然后又说，“我——凌京尧——我是中国人——我爱中国。”说了之后觉得还不够，又奋力睁开眼睛大声说，“我爱中国。”

他用完了他最后的一点力气，闭上眼睛松开了手，他去了。

蘅芬站在床的另一边，只呆呆地站着，并不哭泣。莲秀扶住她让她坐下。弗之拿下眼镜擦拭着。

一会儿，进来一位修女，在京尧床前画了十字，喃喃念诵着什么，让他安息。

有人来推凌京尧去太平间。弗之说：“他的家人还没有到齐。”

那人用眼角看了衡芬一眼，仍动手去搬尸体，并示意弗之抬另一头。弗之不知为什么很想让京尧多留一会儿，只站着看京尧那瘦削凹陷的脸。

门口一位医生说：“不要动，监狱的人还没有到。”

过了片刻，进来一位穿警服的人。那人简单问了情况，又问弗之道：“你是什么人？”弗之报了姓名、身份。

那人又问：“你为什么来看他？”

弗之答道：“我们是亲戚。”

那人有些诧异，很少有人这样坦然承认和犯人的关系，他点点头。

又过了一会儿，门口有人低声说：“孟先生在这里。”是凌枫到了。

弗之、凌枫和医院的人一起将凌京尧抬上平车，推出病房。莲秀拉起蘅芬说去送一送，蘅芬像木头人一样跟着走。走廊里的修女看见尸体过去，又画了一个十字。

三

凌京尧去世后，碧初和弗之商量着要去看蘅芬，因碧初身体总是不够健朗，未能成行。

这天，碧初收到玹子一封信，信很简单：三姨妈，妈妈和我很快要到北平去，正在设法买机票，先到南京。去平原因你们可以想到。

碧初和弗之都想到，卫葑要到北平来接玹子了。前一时期，共产党在北平的工作相当活跃，现在军调失败，工作渐渐转入地下，卫葑很可能仍在这里。正好廊门院的房客到期，便把廊门院收拾了一下，预备绛初母女回来住。

八月下旬，绛初和玹子带了阿难回到香粟斜街。她们还要等卫葑最后的通知，确定哪一天来接玹子，那就是婚期了。母女二人见到老宅院的破败情况，都很感慨。黄秘书为她们找了一个临时的女佣四妮，四妮是河北三河县人，人很矮小，口齿还伶俐。家里过不下去，出来做事。她和阿难很快熟了，能够帮助照顾，是个帮手。

绛初问她乡下情况，她说："好容易打走了日本鬼子，以为能过几年安生日子，谁知还是这么兵荒马乱。我哥哥让国民党抓兵抓走了，我弟弟听了共产党的动员，也参军去了。要是两兄弟在战场上见了面，该怎么办啊？今天这边打来是一个命令，明天那边打来又是一个命令，都是中国人，你听谁的啊？这日子真难过。"

碧初将这话告诉弗之，弗之叹道："这是对内战最朴素的描绘。"

绛初母女回来的几天里，有些熟人来看望。这天，黄秘书说澹台家原来的听差刘凤才来看旧主人，还带了一条狗。说话间，刘凤才已经牵着狗出现在廊门院。

玹子在廊子上看见刘凤才和狗。人看上去倒还不太显老，狗已经老得不堪，它已经十岁了，老态龙钟，毛掉了很多，行动很困难。

玹子听玮玮说过，南去时把亨利托付给了刘凤才。她轻轻叫了一声："亨利！"心想母亲最好不要见到它。

这时绛初已经走出房来。亨利一见旧主人，便一跛一跛地奋力向前，开始大声嚎叫，好像在哭，在诉说这些年分离的苦。

绛初意识到这是亨利，眼泪滴滴答答湿了衣襟。亨利围着旧主人转了几圈，似乎还不满足，要往前院去，大家都知道它在找玮玮。

绛初说："你再也找不到他了。"亨利认真地望着绛初，似乎听懂了，趴在地上喘息。过了一会儿，又大声嚎叫起来。

玹子搂着绛初的肩，和刘凤才简单说了些话，知道他的日子还过得去，进房去取了些钱给他，吩咐他带亨利回去。

刘凤才有些不安，说："不该带它来，让太太伤心。"

玹子说："也是想见一见的。"

刘凤才便连忙带亨利走了。

第二天，黄秘书说亨利回去后仍然满处寻找，后来像是太累了，趴着不动，看时才知它已经死了。

过了几天，绛初和玹子带了阿难去看岳蘅芬，碧初、慧书和嵋也一同去。几个人坐车到了香山，见苍松翠柏、绿杨垂柳，很是幽静。

绕过一个小坡，见几间瓦屋门前，赵莲秀正在生煤球炉子。另一个妇人穿着白布褂子蓝布裤子，坐着择菜，正是岳蘅芬。几个人心里不由得一阵酸涩。赵莲秀见了他们，忙丢下手中扇子，请姑奶奶们屋里坐，又去拉岳蘅芬，说："有客人了。"

蘅芬看着大家，仍坐着不动。凌京尧去世后，她每天只是呆呆的，几次对赵莲秀说："你当我不知道吗？为什么大家都来，她倒不来。"

这时，她冷冷地打量着众人，又对赵莲秀说，"你当我不知道吗？你看她来没来？"

绛初先说道："凌太太，我们来看你，你过得还好吧？"

赵莲秀拉着蘅芬和众人一起进屋。屋里椅子不够坐，莲秀掀起门帘说："里屋炕上坐吧。"又把院中的小板凳搬进来，总算都有了座位。

绛初又说："凌太太，你身体还好吗？"蘅芬不说话。

莲秀说："我们在这里生活还算安定，在这小村边上没有人来打扰，就是凌太太身体差一些。"

玹子领着阿难到蘅芬面前说："这是姥姥。"

阿难懂事地向姥姥鞠躬，仍依偎着玹子。玹子把他推向蘅芬，蘅芬伸手去抱。阿难退了一步，玹子又推他上前。他靠在蘅芬腿边，抬头望着蘅芬，忽然哭起来。

蘅芬也哭出声来，抱住阿难。阿难并不挣扎，祖孙二人放声大哭。

哭了一会儿，绛初等过来劝解。玹子拉起阿难的手，阿难马上说："妈姑。"紧紧靠着玹子。

蘅芬看着玹子光亮的脸，又看看阿难，说道："以后那个姑字可以省去了。"

玹子在蘅芬身边坐了，蘅芬说："雪妍命不好啊，你和卫葑的事，我都知道了，祝你们白头偕老。"

玹子说："以后，我们会照顾你。"

绛初在一旁说："你连自己都照顾不了，你照顾谁？"

大家不好接话，嵋大胆地说："玹子姐走的是照顾大家的路，她会让大家生活更好。"

碧初说："具体的事婶儿多操心，玹子和卫葑的心意都在里头。”

莲秀指着桌上一筐核桃，说：“老天爷待我们不薄，这是村里人送的，他们惜老怜贫，不小看谁。”大家都感到安慰。

蘅芬哭过一场以后，似乎精神好些，和玹子、阿难说着话。这边绛初、碧初和赵莲秀商量卖房事。

赵莲秀说：“我和凌太太一起过，倒是彼此有照应。房子的事，两位姑奶奶做主，怎么办都好。”

绛初道：“总要问一问你，难道不问你就卖了？”

碧初说：“我们都知道婶儿是最好说话的，就这么办吧。”

赵莲秀又说了说蘅芬的情况。

这边蘅芬两眼看着阿难，说：“可惜我这儿一块糖也没有。”

玹子道：“他不吃糖。我们给——”想了想不知怎样称呼蘅芬，便说，“我们带了些东西来。”

玹子把带来的日用东西放在桌上，见碧初坐在竹椅上很疲倦的样子，便询问地看了绛初一眼。

绛初道：“我们回去吧，让凌太太休息。”

蘅芬道：“我不累。”神情已经不像先前那样僵硬。

说着，一行人走出瓦屋，蘅芬和莲秀一直送过小山坡。玹子让阿难和姥姥再见，阿难站住，又规规矩矩鞠了躬。蘅芬俯身抱住他，一滴眼泪滴在孩子的额上。

碧初回家后发起烧来，躺了两天。这天，玹子来看她，问起碧初经常服用的药。

碧初道：“我用的药很多，有些药也只有嵋记得。”

玹子道：“我离开父母实在是狠心。慧书妹妹为什么一定要到北平来上学？她可以跟着爸爸妈妈去美国。他们也不是马上就去，办手续完全来得及。”

碧初道：“当初大姨父把慧书托付我们，是想让她到北平来上学。现在时局这样，她考上的学校更是乱得很，想安静地读书简直不大可能。”

玹子说:“她可以到美国读书,跟我爸妈一起走。三姨妈觉得怎么样?”

碧初说:“这当然是好主意。”

玹子又说:“就当妈妈又有了一个女儿。”

慧书跟随绛初,互相照顾,本来是最合适的,但碧初不便提。现在玹子提出,谅慧书也不会有意见。

二人正说着,黄秘书在外面说:“孟太太,有客人,是外国人。”

碧初一时想不起是谁,就对玹子说:“你去见一见吧。”

玹子掀帘子出来,看见来人不觉一愣,金发碧眼,风度翩翩,正是麦保罗。

保罗见了玹子,大喜,说:“我找的正是你。”

玹子扬声道:“三姨妈,是麦保罗。”

保罗忙道:“问孟太太好。”

碧初在里面应了一声,没有多说话。

玹子对保罗说:“到前面坐吧。”便引他到廊门院来。

走到前院,保罗站住了,很郑重地说:“请问澹台小姐,我能请你到什刹海走一走吗?”

玹子说:“好久不见,当然可以。我去和妈妈说一声。”

保罗站在垂花门前,仔细看那只剩了半边的福字。若是加上一个走之,就是“逼”了。他想着。

玹子很快出来了,戴了一顶乳白色宽边帽,帽上缀了一条绿绸带,正好配她原来穿的上有圆点碎花的绿绸衫。

保罗说:“你真是随时可以参加国宴。时间怎么这样优待你,你的样子和几年前完全一样。”

玹子微笑道:“我看时间也忘记了你。”

他们出了大门,保罗开了一辆吉普车,很快到了什刹海。两人走过什刹海的长堤,那正是九年前他们看猴戏的地方。长堤上疏疏落落有几个席棚茶座,游人不多。他们选了柳荫下较隐蔽的一处,在靠水面的桌旁坐了。

茶座主人殷勤地送上凉水浸的鲜核桃和鲜菱角,说:“菱角就要下去了,核桃刚上来,两样能够碰到一块儿可是缘分呢。”他很为自己说的吉祥话得意,又送上两杯刨冰。

两人不由得互相望了一眼,又不约而同地把刨冰推到一旁。

保罗说:“我的运气真好,派我来中国三个月,这是上天给的机会让我见到你。”

玹子坐定了,望着保罗道:“你这些年好吗?看样子不错。”

保罗说:“我确实还好,所以,觉得自己有资格来找你,说我要说的话。不过,我先要问你一个问题。用英语我更能表达自己。”他坐端正了,望着玹子,“你结婚了吗?”

玹子笑道:“我已经订婚了,这几天就要结婚。”

保罗低下头,片刻又抬起头说:“订婚不算,我来试一试吧。我这些年还是一个人,起先我不明白为什么我不能找到伴侣,后来发现因为你在这里占据了位置,别人没有地方了。”他指了指他的胸口。

玹子明白了,很感动,说:“保罗,我很感谢你,可我已经对他做了承诺。”

保罗问道:“你能告诉我他是谁吗?”

玹子略一迟疑,说:“你认得他,就在这里你见过他。”

保罗又问:“他和你在一起?”

玹子道:“不,那时是我和你在一起。”

保罗向四处望了望,好像要找出那个人来。忽然说:“卫葑?”然后又迟疑了一下,说,“他的妻子去世了?”

玹子拍了拍保罗的手背,说:“你真聪明。”

保罗不解地说:“你的思想跟得上吗?”

玹子说:“女人是这样的动物,情感可以帮助思想。”

保罗说:“我怎么也想不出,你和卫葑有什么相似的地方。你相信共产主义吗?”

玹子道:“我们现在只知道要一个自由民主富强的新中国。其实我和卫葑有很相似的地方,我们都是中国人,这是八年抗战教给我的。我们容易彼此了解。”玹子说着,眼睛有些润湿,“同时我们有一个共同的特点,就是总是在向往,很不实际。”

保罗说:“你的内心所包含的比你实际表现的要多得多,也许这是中国人的一个特点。可是玹子,中国的局势非常复杂动荡,前几天,马歇尔和司徒雷登已经宣布调处失败。我看打仗是不会停的,再调处也不行。生活必然会乱,我不能想象你怎么忍受。跟我到美国去,我们会有一个安定而且快乐的家。这是我的请求,你不必现在回答。我们可以再来往一段时间,也许能找回我们失去的。”

玹子垂头片刻,抬起头,泪光莹然,说:“保罗,我认真想过了,真的很感谢你,我不会违背我的承诺。就是现在可以再做一次选择,我也不会改变。”保罗还要说话,玹子柔和地说,“不要说了,我都知道了,再说就不好了。我们永远是好朋友,不是吗?”

保罗定定地望着玹子,觉得玹子确实长大了,和九年前大不同了。不由得于爱慕中又添了几分敬重,无奈地低下头,久久不语。

玹子用手指轻叩桌面,保罗擦拭了眼角,抬起头来,抓起玹子的手,在那白皙的手背上轻吻了一下说:“我们永远是好朋友。”

湖面上有一只水鸟呼啦啦飞了起来,两人看着它飞向远方。远方发生了什么事,无人知晓。

保罗开车送玹子到家,下车为她开了车门,直送她到大门前，又递过一张名片说："这是我的永久地址。"

玹子接过，低声说："我没有永久地址，你是知道的。"

两人握手，保罗看着玹子跨过大门门槛，自己开车离去。

接连几天，秋雨连绵下个不停。院中的花树经过雨洗，原来已经要褪色的叶子又鲜亮了，稍减天色的阴沉。

卫葑仍然没有消息，玹子有些不安。夜里做了一个梦，不愿对绛初说，又想说一说，便到嵋房里来。

她走进月洞门里那间独立的小屋，见嵋和慧书的两张小床各靠一面墙，两人正在窗下的小桌上下棋。那是一副很讲究的黑白棋子，原是弗之有一阵下围棋，后来觉得太费时间，便停止了。回到北平以后，嵋将棋子从存物中翻了出来。

玹子在桌前看了一会儿，说："我以为你们多高明，原来下的是五子棋。"

慧、嵋都笑了，说："我们只会下五子棋。你也来参加。"

玹子摇头，在一张小床上坐了。

慧书已经输了两盘，这一盘有些赢的意思，问嵋道："我们下完吧？"

嵋道："玹子姐像是有事。"走到玹子身边坐了。

玹子用手指在嵋额上轻点了一下说，"就你机灵。我做了一个梦。"

嵋道："当然和葑哥有关。"

玹子道："这是容易猜的。"她迟疑了一下说："我梦见他被关起来了，那牢房在一个山谷里，我去找他，许多人对我大喊大叫，快跑！快跑！不然连你也抓起来！我说，我找卫葑。卫葑从房顶上探出头来，挥手说快跑。我像给钉住了，抬不起脚来。许多人又喊，快跑！快跑！我说，你们怎么不跑啊？他们说我们也要跑。说着大家就乱跑起来。我用力抬脚，用了很大的力，就醒了。"

嵋和慧书静静地望着她，嵋说："好像需要一个圆梦的？"

玹子道："我才不信那些呢，跟你们说说，心里轻松点。"

正说着，四妮牵着阿难找来了，说："小姐，前面有客人。"

玹子忙站起来牵着阿难走到前院，见一个学生模样的陌生人问道："是澹台小姐吗？"随即递过一封信，说要收条。

玹子写了收条，那人自去了。

玹子拿了信回到廊门院，阿难先抓过来，举着说："澹台玹小姐。"又指着玹子，"妈姑。"

玹子笑了，打开信看，正是卫葑的通知：后日，上午八时在颐和园扇面殿。

玹子一下子抱起阿难，让他看这是爸爸写的字，阿难咯咯地笑。

玹子把纸条给绛初看，绛初叹了一口气。

玹子搂住绛初的肩膀，说："妈妈，我自己去吧。"

绛初说："那怎么行，我和三姨妈商量过了。我们送你去，还要有个仪式才好。"

玹子道："我去告诉三姨妈。"

一会儿，碧初拄着拐杖，由玹子搀扶着到廊门院来了。三人商量了一阵，绛初为玹子准备了一个箱子，里面除了简单的日常用品，还有一件灰色的棉大衣。

绛初让碧初摸那件棉大衣，说："我做了些夹带，她不让带，非要取出来。好像确实也不大合适。"

一面说着，一面很不情愿地拿了剪子拆线。取出夹带，是两只镯子，一只翡一只翠，颜色娇嫩，温润生光，是绛初最喜爱的；还有两条镶有钻石的金链子。

绛初又叹一口气说："我给谁呢？"

碧初说："给玹子的孩子留着吧。"

绛初摇摇头，仍把大衣缝好，装进箱子。

碧初说:“二姐真明白,就是什么都不能带。”

绛初说:“我明白什么,我又不是乡下老太婆不懂道理。”

碧初知她心里难过,便不说话。

这天晚上,几个人都盼着明天是个好天。想着雨已经下了几天,够长了。

次日清晨,玹子很早起来,一切收拾好了,去看阿难。

阿难忽然醒了,睁大眼睛看着玹子,指了指门说:“去。”

玹子俯身道:“我去看爸爸。”

阿难猛地坐起说:“我也去,看爸爸。”

玹子一怔,迟疑了几秒钟,说:“好,咱们一起去。”说着把他抱起换了衣服。

绛初走过来,担心地说:“他去行吗？万一哭闹怎么办?”

玹子问阿难:“等一会儿出去,阿难要听话,做得到吗?”

阿难用力点头。

绛初不愿违拗玹子,这也是阿难见到父亲的一个机会。碧初等见阿难同去,有些意外,但都觉得这是应该的。

嵋和慧书过来,见玹子穿了一件暗绿色镶双边的旗袍,罩一件米白色中袖外衣。阿难穿了天蓝色带领结的衬衫,戴着一顶小帽紧紧牵着玹子的手。嵋和慧书觉得玹子真好看,尤其和阿难在一起,更好看。几个人上了车,驶向颐和园。

玹子曾多次设想自己的婚礼,虽然那时还不知道新郎是谁。一种婚礼简单到只有两个人,一种婚礼铺张到放烟火。也想到婚礼上用的服饰,婚纱是少不了的。却没有想到这样的局面,尤其是她的新郎,她要嫁过去的地方,都像在一层薄雾中。

可是她觉得这一切都很美好,都很适合她,她正在参加到使社会进步的那一边。

这天天气晴朗,万里无云。是北平秋日的好天气。

他们七点半就到了扇面殿。小殿前有许多花树,丁香和榆叶梅都已过了花期，只有几棵紫薇还在盛开，把殿前的台阶遮了大半。周围还有玉簪花开放，满院香气。

玹子让四妮带着阿难在扇面殿小院外面玩耍，嵋领着他们走动一会儿，才进小院。

八点一刻了，卫葑没有出现。八点半了，卫葑还没有出现。玹子打开箱子，取出棉大衣。

绛初问："你做什么？"

玹子不答，把大衣铺在台阶上，让绛、碧二人坐。

碧初说："这是妈妈给你准备的新衣服，不好这样。"

绛初叹息道："坐吧，卫葑还不知道什么时候来。"二人坐了。

嵋和慧书到花圃靠院门的一边，向长廊望去，空荡荡的不见一人。

又等了一阵，快九点了，院门外已经有游人，玹子去看了阿难，又过来招呼慧、嵋也去坐一坐。一眼正看见卫葑从长廊下甬道沿着长廊急匆匆快步走来，这是勉强遏制不跑的快步。他穿一件灰色长衫，套着深蓝色暗花马褂，满头是汗。看见玹子，紧跑了两步，拉住她的手连说："对不起，对不起，我来迟了。许多事是不能预料的。"

玹子用手帕拭去他额上的汗，微笑道："这种不能预料正是预料中的。"

两人走到花圃后，绛、碧早站起来。

卫葑鞠躬道："对不起，让妈妈和五婶久等了。"

绛初叹息道："无论等多久，我也会给你们祝福。"

几个人站定，绛初代表女方家长，碧初代表男方家长，主持这一奇妙的婚礼。

卫葑和玹子并肩站着，向绛、碧说道："我能得到玹子做终身伴侣，和我一起去走艰难的路，是我最大的幸运。请长辈们放心,我会尽力让她过得好一些。我们走后,阿难幸亏有妈妈照料,我的感激是无法形容的。”

他还想说雪妍在地下也怀有同样的感谢,忽然觉得不合适就没有说。嵋在旁边又想问什么,当然忍住也没有说。

绛初心里很难过,玹子此一去,不知何时能再相见。她咳了两声,说道:“作为一个母亲,当然希望儿女守在身边,可是女儿得到满意的终身伴侣是更重要的。你们有自己的路。爸爸虽然没有在这里,我代表他,我们祝福你们互敬互助、白头偕老。”

碧初道:“卫葑的父母都不在了,我和弗之就是他的家长。从今以后,对于卫葑和玹子来说,五叔和五婶、三姨妈和三姨父各自都多了一个头衔,这是多么好的事。你们现在各自得到自己的那一半,便是完整的,会克服更多的困难。在生活的道路上有更多的阳光,这是我的希望。”

绛初无师自通,拉起玹子的手放在卫葑手中。两个年轻人感动地彼此相望。

玹子见卫葑的穿着很像个生意人,调皮地唤了一声:“掌柜的。”

卫葑立刻应道:“内掌柜的。”大家都笑了。

这时,已经有游人走进院来,看看他们,穿过院子又出去了。

卫葑对玹子说:“我们必须快走,有车在外面。”

绛初拭着眼睛说:“你们快走,不留你们。”

玹子说:“再留两分钟,让你见一个人。”嵋早跑到院外把阿难带过来。

卫葑愣住了,喃喃道:“是你! 我的小儿子!”他一把将阿难抱起举在空中,说,“真沉。”

这是阿难第一次得到父亲的爱抚。举得这样高是母亲做不到的。

玹子在旁说:“叫爸爸。”阿难马上搂住卫葑的脖子,接连叫了好几声爸爸。忽然转脸对玹子叫道："妈妈!"

卫葑吻他，腾出一手揽过玹子，阿难用两只小手搂住父母的脖子，咯咯地笑。

卫葑低声说："我的儿子！何时再见?"旋即放下阿难，拉过玹子说，"我们快走。"

这时慧书已经把大衣装进箱子。玹子和卫葑转身向两位长辈恭恭敬敬鞠了三个躬，玹子又抱住母亲低声说着什么。

绛初拭着眼睛催促："快去吧。"

玹子又转身吻了阿难，和卫葑一起转过花圃，向排云殿那边走去。大家都跟过来，看着两人的背影渐行渐远。

阿难叫道："爸爸！爸爸!"两人并不回头。阿难懂事地依在绛初膝前，并没有追赶。不久，两人的背影有长廊遮蔽，看不见了。

几个人转身走出了扇面殿小院，阿难忽然大哭起来，左看右看，他是在寻找远去了的亲人。几个人俯身去哄，他还在哭，只好拉着他走，走走停停出了东门。

太阳尚未行到中天，阳光明媚，蓝天澄澈。绛初一行人簇拥着大哭的阿难走下东门台阶。

四

玹子走后，慧书搬到廊门院陪绛初住。表姐奇特的婚姻在她心中引起了波澜，她佩服玹子的勇气。又想，如果所崇拜的人能对自己有所回报，我也会随他走到天涯海角的。和二姨妈同去美国也是曾经考虑过的。严亮祖非常敬重在昆明的北平学界，所以，特别希望慧书能随三姨妈一家去北平读书。慧书本人对到哪里读书并没有一定的挑选，北平对她也是新鲜的有吸引力的，但是美国显然更新鲜更有吸引力。何况她知道，那人将在那里读书。

现在事情的发展,她随二姨妈去美国已成定局,也许这是上天对她的一种补偿。慧书写信给颖书,告诉哥哥自己到北平后的情况,包括姨妈们要她和二姨妈一起去美国的建议。

这一阵比较清闲,慧书常随嵋去明仑校园。学校虽未开学,她还是深深感到一种文化气氛。嵋陪她去拜见谢方立,不巧那天方立进城去了,没有见到。

九月上旬,香粟斜街这处宅院接到两份录取通知书,一份是孟合己的,他考取了一所著名的教会中学,只是远些,要住校。一份是严慧书的,她考取了一所私立大学。大家都很高兴。

慧书考取的大学已经开学,她虽然不打算上,也想去看一看。嵋本来要陪她同去,前一天接到无采来的电话。街口煤铺有一部电话,成了附近人家的公用电话。传话说次日是庄太太的生日,有几位英国朋友要来,请嵋也过去。这样,慧书只好一人去参观了。

慧书照着合子画出的路线到了学校。学校设备都好,但是教学显然不够严格,虽然已经开学,还有许多学生未到。院中已有几张壁报,内容大都是批评国民党发动内战并坚持打内战。有些言辞引起慧书伤心,她便不再看。

一位教师走过来,问她是哪一系的,注册了没有,应该尽快来注册。慧书含糊地回答了,心里决定不再来,便回家去。

走到香粟斜街口上,看见人正在端详街口的牌子。待这人转过身来,竟是严颖书。

慧书高兴地叫道:“哥哥!你怎么没有先打个招呼?”

颖书说:“写信太慢,我打了电报,你也没收到?”

兄妹俩说着话走进大门,先去看了两位姨妈,大家难免伤感。

颖书报告,来时特地去看了亲娘,她每天有一定的经课,生活安定，看来也很健朗。绛、碧知道素初安心礼佛，都很安慰。

颖书虽非素初所出，因为人正直厚道，很得大家尊重，两位姨妈与他也很亲近。

晚饭后，颖、慧二人在慧书房中谈了很久，这在他们兄妹之间是很少有的。

颖书说他已经变卖了安宁家中的房产和一些存物，为慧书筹备了出国的费用。慧书说自己的前途现在很难说，有二姨妈可依靠，哥哥可以放心。

慧书问母亲还有什么话，她期待着母亲的关心。

颖书明白她的心意，因为素初无话，只好说："佛门弟子讲究切断尘缘，我想她心里是想着你的。"慧书默然。

次日，兄妹俩去明仑大学，找到李之薇家。李家离校门不远，这一带宿舍都是小三合院中式建筑，房屋陈旧，后面更有一大片苇塘衬着，颇有古意。这片住宅区称为苇庄。

之薇开门见颖书，说："你到底来了。"这是他们早约好的。两人相视而笑。

抗战前，为了金士珍活动方便，李家住在城里。回北平后学校安排了这所小院，他们很快处理了城里的旧房屋，搬到校园内居住。院子不大，有砖铺的甬路，土地上满是青草，靠南墙有两株树。

李太太见了颖书，非常高兴。回北平后她身体渐好，很快恢复了一些会友活动，但比以前少多了。

这时，她埋怨之薇说："你也不早说颖书要来，你瞧瞧，什么都没有准备。"

颖书笑道："伯母，不用准备什么，一家人能在一起聚聚就难得。"

李涟道："正是这话。"

大家说着，李太太仍一跛一跛地摆点心，张罗茶水。

之荃从厢房跑出来说："颖书哥，你打篮球吗？"

李太太说："去，去，一边儿去。人家颖书哥做大事的，打什么篮球。"

谈了一阵家常，颖书说他到年底就可以离开荣军院，回昆明去。

他说："对荣誉军人应该尽心照顾，我总算把荣军院建设得有个模样了。"言下自己颇感安慰。

李涟道："听说学校搬回来时，陆军医院占着科学馆校舍，让他们搬走可不容易，萧先生很费了些脑筋。伤兵们有情绪啊！如果多有荣军院，就会好些。国家经过这么艰苦的战争，现在是百废待兴啊！"

颖书道："的确是这样，不过政府能不能担起建国的大任，是个疑问。再说，打内战更是不得人心的。"

李涟道："内战是中国人的不幸。现在许多人都在批评国民政府，说他们挑起内战，我看这不尽然。"他转向之薇，"你的看法呢？"

之薇笑道："我有什么看法？"

李涟道："反对政府。你们提出各种口号，要自由，要民主，这当然都是对的。可是现在的学生运动就是要政府下台，帮助共产党扩大影响。"

颖书知道，未来的岳父思想右倾，不好反驳，只笑道："这些年，我确实改变了很多。我在军队里看到许多腐败、愚昧、不人道的现象——"

李涟打断他说："哪里没有腐败、愚昧、不人道呢，我看谁也不能保证。"

颖书看看之薇，转过话题说："这个小院真好，要种点什么。"

李涟转脸看着小院，也放松口气说："还没有来得及。明年你来,就有花草了。现在我们每人有一个房间,比昆明好多了。唉,我们读书人只要能安静地坐冷板凳就行了,可是这也不容易。”

李太太说:“你们说的都是瞎话,打仗有神佛管着呢。”

之薇道:“神佛为什么不下道旨意立刻停战?难道是神佛要打仗?”之荃在旁哈哈大笑。

到了中午,之薇说:“妈,咱们别弄饭了,到面馆叫几样面来倒还新鲜。”

颖书道:“就是,我最喜欢北方的面条。”便和之荃一起拿了大锅小碗出去买了面条回来。有炸酱面、打卤面、丝瓜面、茄子面等。

饭间,大家想起昆明的米线,之荃说:“米线比面条好吃。”

讨论一阵米线和面条的优劣以后,李太太对颖书兄妹说:“北平这边灵气重,你们最好到哪个庙给令堂祈福,至少要烧个香吧,不然岂不白来。”她说的令堂,当然是指素初。

之薇道:“烧香要是有用天下还这么乱?”

颖书道:“伯母好意,我和妹妹一定去。”

慧书望望哥哥,附和道:“是要去,该去哪个寺?”

李太太沉吟片刻说:“八大处第二处,灵光寺,我看最好。”

李涟一直埋头吃炸酱面,这时抬头说:“八大处是风景区,去逛逛也好。灵光寺有佛牙,也许真有灵气呢。”

下午,李太太留颖书、慧书住下,颖书自然同意,慧书坚持要回去。于是,颖书和之薇送慧书去上校车。

三人走到校门边,见一人急匆匆走来,是晏不来,他在校外的宿舍居住。

晏不来看见之薇便说:“哎呀,还是住在学校里方便些,免得有事跑来跑去。不过有一间房安顿我的小家,不用再跑警报,已是天堂了。”之薇介绍了颖书和慧书,晏不来略觉诧异道,“这两位是严亮祖将军的后人吗？”

颖书道：“严将军正是先父。”

晏不来拉着颖书的手说：“就是了就是了！我们正等你呢！你来到北平好极了，我们要宣传严将军的殉国大义。”之薇请晏不来到家中坐，晏不来说，“是要好好谈一谈，现在有点事，过几天和报馆的人一起去访你。”

颖书道：“我们住在香粟斜街。”

晏不来道：“知道知道。你一时不会走吧？”

颖书道：“要待上十来天。”

晏不来道：“那好，我们一定办成这件有意义的事。”说完急匆匆向前走了。

之薇等人顺着校门内的大路向校车站走去，到一座小山前，之薇对颖书说：“咱们去看看孟灵己的家，慧书已经去过了。”慧书说：“再去看看。”

三人沿着小山拐弯，迎面是一个荷花池，荷花早已开过，仍有些残叶枯梗点缀着水面，一端连着那片苇塘。他们走到一处缺口，又拐弯，山坡下是一条清澈的小溪，过了石桥，是一大片开阔的绿草地。草地的东南两侧有两所房屋，便是方壶和圆甑了。圆甑屋外又有一片草花，波斯菊、江西腊等等还在开着，颜色颇为绚丽。方壶后面是一片树林。

颖书道：“我看这里就有灵气。”

他们绕着方壶走了一圈，之薇说：“再去看看图书馆。”

经过木桥小路，大图书馆便在眼前。这是一座很朴素的建筑，从一个高台阶上去，正中是大门，两旁的建筑如两翼张开，在蓝天下连着飘动的白云。大家看着，都不说话。

这时从高台阶上走下一人，取过墙边的自行车，一手扶把，一手拿着几本书，轻快地跨上车，向他们这边骑过来，原来是庄无因。无因看见之薇，便下车招呼。在昆明几年，颖书认识无因,无因却不认得颖书,之薇介绍了。

无因知道颖书是之薇的未婚夫,友好地说了几句话。又问慧书:“你好吗?”

慧书矜持地一笑,“还好,谢谢。”

无因看着严家兄妹,想到严亮祖的死虽说是重于泰山,却对时局的影响很小,不由得轻轻叹息。四个人站在路旁,别人看去正是两对人。慧书脸上一阵阵红晕,因天热,大家不觉得。

片刻,庄无因骑车走了,三人慢慢向校车站走去。

颖书道:“我原来觉得庄无因很傲慢,现在看倒不是这样。”

之薇道:“你不知道,他们这些人脑子里总有一些高深问题,常常是心不在焉,其实不是傲慢。说实在的,我爸也是这样。”

颖书道:“在大学时,我常听见你们外来的学生说谁谁很帅,我始终不大了解这个字的含义。今天看见庄无因,忽然觉得他这种风度就是帅,是不是?”

之薇笑道:“我可没想过,我们很少用这个字。”

颖书又道:“我看他不知哪里和嵋有点儿像,天生的是不是?不过嵋活泼些。”

一时车来了,慧书上车自去。

慧书回到廊门院,向绛初大致讲述了李家情况,一向苍白的脸庞显得活泼有生气。

绛初说,之薇和颖书真是很好的一对。看着眼前的慧书,不觉又添了一件操心的事。

傍晚,之薇和颖书出去散步,走到芦苇塘边站了一会儿,便同坐在一块石上。从他们相识以来还没有这样悠闲、亲密、名正言顺地坐在一起。两人默默地望着眼前的芦苇,都觉得安宁轻松。

颖书说:“这里真是个读书的好地方。只是我很难想象在校园里怎么研究社会。”

之薇道：“那是你不懂社会学。”

颖书道：“我们的目标无非是要有一个好社会，每个人都能享有自己应得的权利。以前我们唱的《礼运》上的词句就是一个好社会。最重要的问题是怎样达到它。”

之薇把落在肩前的辫子甩到颈后，说：“靠国民党是达不到的。”

颖书忽然想起几年前他和卫葑在昆明翠湖边的讨论，当时谈话不多，可是凭借卫葑借给他的一些书，他早已认为真要有一个健康的社会，要靠共产党，不由得说：“看来，我们应该走卫葑的路。”他一手握住之薇的手，一手揽着她的肩，他们是志同道合、心心相印的。

沉默了片刻，颖书说：“再过两年你就毕业了，你真的能和我在昆明生活吗？”

之薇转过脸来一笑：“那当然，只是我母亲身体不好，你别看她现在还精神，那次中风后，再中风的可能性很大，需要人细心照顾。”

颖书道：“不能想那么远。”

两人沿着苇塘走了一转，回到小院，李涟夫妇还没有睡。

金士珍见他们进来，一跛一跛赶过来对颖书说：“瞧瞧，我糊涂成什么样了，给成佛成圣的人也要烧香啊！你们什么时候去灵光寺，还替我给荷姨上一炷香。她可敬啊！”

颖书无语，自去之荃房中。院门关上了，大家各自入睡。小院中充满了亲爱、安宁的气氛。

颖书在李家住了两天。这天，他和之薇、之荃到香粟斜街来，邀慧书和嵋姊弟去灵光寺，嵋有事不能去。

去灵光寺，只在春秋季节的几个星期里有车来往。颖书等五人从西直门搭车到西山脚下，下车便看见许多驴子，赶驴人上来兜生意。驴的装备参差不齐，它们主人的衣着也很不同。有的小驴头上顶着一个红绒球，背上搭着小花被。驴夫穿着白布小褂，肩上搭着白汗巾，很是精神。有的驴没有装饰，只在背上搭了一条麻袋。驴夫的穿着也不整齐，衣服上还有补丁。

慧书和之薇都不敢骑驴，之荃挑了一头漂亮的驴，自己先跳上去，笑她们无用。

合子把一头披麻袋的小驴端详片刻，也纵身上驴，说道："驴很老实。"又拍拍小驴的头，说："它会听话的。"

颖书鼓励女孩子们不要怕，为她们挑了两头装备整齐的驴，两人骑上觉得很安稳。他自己却不骑驴，说只能骑马，因为驴驮不动他。他和驴夫一起随着四头小驴慢慢走上山去，蹄声"嘚嘚"很是好听。

灵光寺在青山绿树之间，果然殿宇巍峨，只是年久失修很是破旧。

在大殿前，五人商量了一阵，决定除为素初祈福外，也为李涟夫妇、绛初夫妇和碧初夫妇祈福。又为究竟应买几炷香、应怎样行礼商量了一阵，决定为每家长辈各买三炷香。寺中和尚笑笑也不说话，在香炉里插下了十二炷香。

之荃拒绝跪拜，说："你们行礼好了，我在心里念诵就行了。"说着站在一旁。之薇瞪他一眼。合子说他可以行鞠躬礼，三人跪拜了，合子在一旁鞠躬。为四家长辈祈福，各人心中想些什么不得而知。

之薇提醒颖书为荷珠上香，因她已去世，和生者是分开的。慧书觉得荷珠很可敬，但殿中香火的气味使她想起以前家中的花椒味和那些毒虫，还有那些装神弄鬼，便也站到旁边去。

颖书和之薇一起上了香，跪拜了，合子照旧行了鞠躬礼。慧书想想，也过来鞠了三个躬。颖书并不理会，只想，母亲见到之薇一定是高兴的。

慧书很想求签问一问自己的终身大事，又怕求了签众人要问她求的什么。想了想，便不求了。

几个人在佛牙塔前看了看，塔门上了锁，有几位游客在望门兴叹。显然这佛牙凡人轻易是见不着的。又到金鱼池边，十来条一尺长的大金鱼，在水中活泼地穿来穿去，不知它们有多少寿数了。之荃俯身研究，几乎掉进水里，被颖书一把抓住。

大家到灵光寺的任务已完成。颖书说："既然来了，就多看几处吧。听说有个宝珠洞，有和尚在那里肉身成佛，咱们可以去看一看。"

之薇和慧书上驴，继续上山，合子与之荃嫌小驴太慢，不再骑驴，向山上跑去，一会儿就不见了。颖书放开大步追去，转过坡去不见两人踪影。不久，从坡下树丛中传来笑声，是那两人在树丛中讨论什么。

"快上来！"颖书大声叫。

合子先爬上来，拂去身上的草和树叶，看上去衣着仍很整齐。他对颖书说："我们以为下面还有一条小路，其实没有。"想想又说，"应该说我们没有找到。"转身叫道，"上来吧！"

这时骑驴的之薇、慧书也赶上来了。颖书对之薇说："合子走到哪里，他自己是有数的。之荃就不行，好像有点愣。"

之薇说："打篮球打的。"

之荃正好爬到路边，满脸泥土衣服歪斜，对姐姐做了一个鬼脸。

慧书随口说："愣头愣脑有福气。"

到了第三处三山寺，驴夫说这里有茶水，还有面饼子。几个人便在三山寺门前小憩片刻。

这一处比灵光寺更为破败，颖书说道："这样好的古迹来不及修理，想想看，我们浪费了多少时间。"

合子奇怪道："我们怎么浪费时间了？"

之薇道："打内战就是浪费时间，你说是不是？"

合子道："荒废的时间、耽误的事，我们补出来。"

颖书笑着拍拍他的肩，说："有志气，几年以前我也是这么想。"

这时，一阵粮食的香味飘来，有人在庙门旁烤面饼。驴夫问要茶水不要，帮着拿过茶水，还有一摞面饼。几个人正有些饥渴，各自取用。

之薇说："这饼有点像昆明的摩登粑粑。"

慧书不知道什么是摩登粑粑，颖书告诉她这是大学生们给一家面饼铺起的外号。

他拿着手里的饼看了看，说："这个饼也很摩登。"说着递给驴夫几个饼。

驴夫说："一个饼子摩什么登，不摩登一样填饱肚子。这年月找点儿嚼谷容易吗？不用摩登。"

听说他们要上宝珠洞，驴夫说上面的路很险，从这儿再往上，驴就上不去了，还是下山去吧。

这时已是下午，之薇和慧书也觉得太晚了，要回去。

驴夫说："是啊，再晚了怕没车了。"

于是大家下山。骑驴下山比上山难，好像要栽下去。之薇和慧书索性下了驴自己走。

他们顺利地到了山下，坐上车，以为到家不会太晚。不料，汽车快到白石桥，却抛了锚。有几个乞丐上来乞讨，颖书代表大家打发他们去了。大家都闷闷的。车修了半天才修好，回到香粟斜街已经是七点多钟。

绛初见他们回来，对颖书、慧书说："大学那边来了两位先生，还有一位记者说要采访你们。嵋知道这事。"

他们用过饭后就到月洞门小院来，正见嵋出来，说："你们回来了？我正要去找你们。"说着大家进屋，弗之也在。

颖书大喜,说:“来了还没有见到三姨父,今天见着了。”

弗之说:“抗战胜利已经一年多了,亮祖兄去世也快一年了。他不打内战的决心上昭日月。可是现在军调失败,内战有扩大的趋势。有一家报纸的记者听说你们兄妹现在北平,很想和你们谈谈,一方面纪念严亮祖将军,一方面扩大反对内战的影响。是晏不来老师联系的这件事。下午那位记者来过,他们想明天再来,或者你们到报社去。”

颖书说:“不知道要谈什么。”

弗之道:“整个的题目是纪念亮祖兄,谈他慷慨赴死的意义,也可以谈他抗日救国的精神。”

颖书说:“我们去吧。”他询问地看着慧书。

慧书迟疑地点头,说:“嵋也去吧。”

颖书说:“是啊,嵋参加过远征军,也可以谈谈。”

嵋微笑道:“我想想。”

次日,陈骏专门来看颖书,约好两天后在报社举行纪念严亮祖将军座谈会。弗之因学校有事不能参加,写了书面发言。到开会的这天,嵋想的结果是不去。

颖书等几个人到报社,晏不来和朱伟智已经到了,同来的还有好几位学生。刘仰泽,还有两三所大学的几位进步教授都来了,到会的还有北平市负责宣传的工作人员,据说是一位科长。

报社主编先对各位客人表示欢迎,特别说颖书兄妹到来是很难得的。

主编说:“我们要郑重纪念严将军的死,要让大家知道他为什么死。”接着,便请颖书谈严亮祖逝世情况。

慧书不愿回忆那一段伤痛的经历,不愿听人讲述,在心中反复地对自己说已经过去了,已经过去了。

颖书讲了当时严亮祖接到命令,命他率部开往山西一带。他看出内战要开始了。

颖书说:“这是与先父志愿相违的。他的绝笔、遗书,头一行大字写的就是:中国人不打中国人。因为不知道有这次纪念会,我没有把遗书带在身边,不过,我可以背诵。”

颖书站直了身子,大声诵道:“中国人不打中国人。严亮祖绝笔。我不能打内仗,请转告国府,以国家前途为重,不要打内仗。如果我的死能起到一点和平作用,我死得有价值。”

遗书很短,可是每个人心上都沉甸甸的。

大家沉默了片刻,刘仰泽发言道:“严将军是爱国抗日将领,他用一死来呼吁停止内战,是很可敬的。但是,是谁要打内战?要停止内战,还是要找清根源,大家协商才能有收获。”

晏不来道:“严将军是国军将领,自然有他的立场。能够从大局出发,舍身唤醒世人,实在可敬。至于根源,我看不要深究,只宣传放下武器停止内战的大义。好不好?”

报社主编点头。刘仰泽还想说什么,主编说:“刘先生有什么意见,我们可以单发文章。”

接着又有些人发言,都说严将军之死重于泰山,有促进和平的力量,并表达了他们的敬意。

散会后,大家都和颖书兄妹握手,还有人关心地问及他们的生活。

次日,报纸用两个整版篇幅刊出了纪念严亮祖将军专辑。对台儿庄等战役也做了回顾,呼吁国人珍惜抗战果实。

专辑中,弗之的书面发言和刘仰泽的文章很受注意。弗之对实行死谏的人格高度赞扬,并表示希望严将军之死能有正面的影响,双方放下武器,才好说话。

又有人说刘仰泽是江昉第二,钱明经听了,和晏不来议论道:“刘仰泽说得都对,江先生也是这么说,可是他们两个人不在一个层次。”

纪念专辑发表后,北京、南京、昆明、重庆几所大学都举行了座谈，呼吁停止内战。读者读到这版文章，知道了严亮祖这个人，知道了他的事迹，可是也都知道停止内战的希望很小。

颖书此次来北平，没想到还做了这样一件事，心中很是安慰。又在城里城外盘桓了几日，回昆明去了。

香粟斜街三号终于卖出了，绛初把所得房款均分为四份，三姊妹和赵莲秀各得一份。绛、碧又把自己所得的三分之一资助给慧书读书。慧书推辞，两位姨妈坚持，只好收下。

本来严亮祖把慧书托付给弗之夫妇，现在转给了绛初，一切很自然，弗之夫妇却有些歉意，弗之特为她写了一幅字："胆欲大而心欲小，智欲圆而行欲方。"慧书喜不自胜。

绛初张罗着帮助赵莲秀在西四牌楼一带买了一座小房。她做完这件好事，照例要发作一番，对碧初说："也就是我在这儿，能这样料理。"还没说完，见碧初眼圈红了，又说，"我是个苦命人，应该是我伤心，怎么你倒伤心起来。"说着，自己拿手帕拭眼睛。

诸事完毕，绛初择日去南京。这天下午，绛初、慧书带了阿难去车站，嵋、合子和黄秘书去送。弗之夫妇也送到大门外。

大家看着两扇黑漆大门，和刚回到北平时心情又是不同。绛、碧二人知道，此一别不知何时再相见，各自忍泪不语。

弗之低声说："这一段生活已经走进了历史，我们都会走进历史。"

绛初等上车走了，弗之等走进大门。明天，他们就要搬回方壶了。

大门关上了。

"守独务同别微见显，辞高居下知易就难。"这红漆剥落的十六字对联在暮色苍茫中依稀可见。

第 三 章

一

十月间，秋天的步履越来越近了，凉意日渐加重。校园中几排银杏树的叶子开始转黄，各处的爬墙虎也都变黄又变红。高大的杨柳倒还绿着，只是不那么新鲜，添了几分苍劲的意味。修理工程已基本告竣，这里那里还有些水泥、木板，也还有些敲敲打打的声音。

学生已经陆续到校，路上、溪旁常有年轻的身影和着笑语声，使得满园都活泼起来，成为最秾丽的景色。被蹂躏九年的校园苏醒了、复活了。

孟弗之一家已经回到了方壶。

回来的那天，全家人在客厅停了几分钟，都没有说话。然后，孟合己飞快地跑到过道，又飞快地跑过各个房间。

孟灵己扶着碧初慢慢地走进卧室，碧初一眼看见那镜台，镶在硬木流云雕框中的椭圆形大镜子照出了她憔悴的面容。

她望了一会儿，想到九年前来搬东西的情景，对嵋说："真想不到还能住在这里。"

她不肯躺下休息，还挣扎着指挥安排，把从香粟斜街搬回来的老东西放在适当的位置。

弗之又坐在书房里，书要慢慢地摆，字画要慢慢地挂，都要以后来做，还要慢慢地找。他看着一面空空的白墙，记得那里是挂着“无人我相，见天地心”这副大字对联的地方。他忽然起了疑问：还能看见这副对联吗？它在哪里？一时是找不到的，也许永远找不到了。

照碧初的安排，嵋住姐姐的房间，以前嵋与小娃同住的一间，派给孟合己住了，因为他已经是孟合己，不是小娃了。

午饭时合子说，小姐姐不在房间里，觉得房间太大了。

嵋心想，我住姐姐的房间，不知道姐姐会不会不高兴。她这样想，并没有说。

这座房屋后面有一个小院，院中除厨房、煤屋外，还有两间小小的下房。四妮住在里面十分满意，说自己从未住过这样整齐的房子。

很快，大家就筹划在小院中种些什么瓜菜。全家充满了安详的气氛，他们知道和平多么难得，觉得身旁的一切都是这样亲切和珍贵。

当天晚上，秦太太谢方立来方壶看望。见碧初形容消瘦，完全是个病人的样子。大家高兴之余，不免凄怆。两位女主人回忆起抗战前的生活，现在是没法比了。

谢方立道：“你从城里带了人来吗？我用的吴妈有个妹妹在找事。”

碧初道：“带了一个人，是二姐走时留下的。人很勤快，脾气也好。现在能用一个人就很好了。”

谢方立道：“是啊，照说你身体不好，该有个人专门照顾，可是哪里比得了抗战以前。常和昆明比一比，就是在天上了。”

碧初微笑道：“可不是。还是如意馆送菜吗？”

谢方立道：“现在改了名字，不过，还是老底子。明天他们来送菜，我关照他们过来。”

碧初道：“现在无论怎样，也不至于像昆明那样难。一个是有了和平环境，又一个是孩子们长大了。”

又说了一些家常话，方立别去。

孟家人回到方壶以后的第一个远方来客，是弗之的弟弟孟桦和他的妻子申芸。孟桦长期在驻外国大使馆工作，已有十多年未到方壶了。兄弟相见，久久没有说话，只互相望着，好像在想怎样接上十几年前的见面。这些年的事太多了，真是不知从何说起。孟桦夫妇到碧初床前问候，都说碧初看起来相当好。

申芸道：“上个月，在一次饭局中看见吕二姐，这么多年她也不大显老。听说子勤兄要到印度去办什么事，还有一位共方人物来和他联系过，这大概是卫葑的关系了。”

碧初道：“卫葑和玹子的婚姻是不是有点奇怪？”

申芸道：“很浪漫，这是亲上做亲了。”

碧初说：“玹子从小就有些不寻常，还有峨，也不听话。我倒希望她们平常些。”

说了一阵两家的生活情况，又在方壶前前后后走了一遍，孟桦说：“虽然不如抗战以前那样讲究，也够舒服了。”

弗之说：“我只需要安静地著书。”

孟桦叹道：“在国外生活，感觉上总是不够安定，因为不是自己的祖国。现在在南京，感觉上也不安定。许多事，确实是国府应该办的。可是，必须有时间。抗战的消耗、损伤太大了，要有时间恢复，有时间建设。可是，现在哪里有时间？又在打仗。”

两人慢慢地边走边说，到了饭厅。孟桦记得条几上原来有祖宗神位，正待要问，弗之已从楠木盒子里请出了带有小栏杆底座的祖宗神位，摆在饭厅的条几上，炉、瓶等都省去了。兄弟二人见到神位上“襄阳孟氏祖宗神位”的字样，不觉互望了一眼。

孟桦夫妇说大嫂不必起来，碧初还是奋力起来参加行礼。四人站定，两兄弟在前，两妯娌在后，恭敬地跪拜了。申芸扶着碧初回到卧室,弗之兄弟同到书房。

孟桦道:“刚刚说建设需要时间,抗战胜利了,本来是应该有时间的,但是,现在的局面我想起来就觉得连骨头都冰凉。八月间,北平这边纪念严亮祖将军,影响是好的,大家都不要战争。就凭严将军的抗日的战功,平时的威望,在国府这边有些影响,可是在共产党那边实在影响不大。”

弗之点头,稍停道:“那边的深浅似乎不太清楚。”

孟桦道:“胜利以后,如果大家同心合力,改进政治情况,不要诉诸刀兵,我们国家的建设要比打来打去快得多。现在大家都骂国民党,确实有该骂的地方,而且很严重。不过,他们推翻了帝制,这是中华民族的生机,然后,在短短几年里,建设了现代文化的雏形。”

弗之道:“现在大家盼望一个自由民主富强的新国家,共产党的民主口号是顺应潮流的。”

孟桦道:“可是国家这么大,还是那句话,需要时间。”

弗之道:“这些年来,我常给政府提意见,他们认为我左倾。我确实同情共产主义的理想。其实,我是无所谓左右的。”

孟桦笑道:“现在所谓左倾的人越来越多了。”

弗之说:“我反正随时要说我想说的话。”

中午,嵋从倚云厅附近的彭记厨房要了一桌菜,全家人团圆坐了,慢慢用餐。

嵋和合子对叔叔、婶婶印象很少,这次见了,并不生分。孟桦夫妇对两个年轻人甚为嘉许。又说他们本想带两个孩子同来,因为很快就要出国,很多事来不及安排。此去还不知道什么时候才能见面。

餐后,合子乘叔叔婶婶的车顺路到学校去了。

过了几天,嵋去学校注册,遇见之薇。

之薇问嵋:“你住宿舍吗?”

嵋道："听说宿舍床位还不够分配。"

之薇说："现在都用双层床，原来两人一间，现在是四人一间，所以够用。我们住校吧？"

嵋说："当然好，住校热闹。"

之薇道："我们应该联系群众，尤其是你，太清高了。"

嵋看了之薇一眼，没有说话。

她们走到分配宿舍的长桌前。之薇和社会系的同学商量同住，嵋分得了一个床位，领了房间号，转过身来正好和一个女同学打了个照面，是数学系的同班同学季雅娴。

季雅娴是云南人，思想进步，在各种活动中都很活跃。她眼睛很大，很有些猫的娇态，得了"小猫"的绰号，但没有叫开来。

两人说了些别后情况，互看了房间号，213，正是在一个房间，不约而同地说道："真巧！"便一同向女生宿舍走去。

女生宿舍在荷花池旁边，是一座两层楼的建筑。周围有树木围绕，墙上的爬墙虎正在转红，像一片片大花瓣。她们进了楼，在二楼找到自己的房间。

一进房门，季雅娴便说："呀！这房间朝北。"

嵋道："正好看见荷花池，多好。"

房内已经有一位同学，彼此介绍了，这是外文系的陆良尧。陆良尧眉目清秀，看上去很恬静。她的衣物都没有打开，正在等着同屋来。

季雅娴说："咱们第一件事是要分配床位，谁住上铺，谁住下铺，抽签决定好不好？"

嵋说："不用抽签，我住上铺。"

季雅娴指一指离门较远的那张床说："我住这里。"一面询问地看着陆良尧。

陆良尧微笑地点点头问嵋道："你方便吗？"

嵋道："我可能常常回家住。"

季雅娴对陆良尧说:“你是刚入学吧?她是孟樾先生的女儿,知道吗?”

陆良尧又点点头,轻声说:“我也是从昆明来。”

后来她们知道,陆良尧本是上海人,在重庆上的南开中学,以后到昆明进入明仑外文系。下半年因身体不好休学了,补考后,现在可以上二年级。

三人安顿好了,以为宿舍里还会来一位同学,后来一直没有来。

同学们陆续到来。按照明仑大学的规矩,女生宿舍是不准男宾进入的,负责卫生工作的门房李大妈阻拦了许多男生。

不久,宿舍楼门口的布告牌上贴出了几张纸条,提出应该开放宿舍,有许多社团活动需要大家商量开展工作,宿舍不开放很不方便。立刻就有不同意见,认为开放宿舍太乱,要商量工作不必在宿舍进行。

女生指导李芙老师是明仑多年的旧人,原是女生体育教师,因打球伤了手,便在训导处工作。她在昆明也管女生宿舍,大风大浪都见过了,这时却觉得不好决定。

反传统是一种时尚,凡是反传统,多有民主进步的色彩,但她也无权废除原来的规矩,便向训导长反映。

训导长这个角色是不好当的,常常是学生攻击的对象。但明仑大学训导长施恩贤,一贯关心学生,在贷金问题上总是替学生着想。他胖胖的,一副慈眉善目的模样。他知道,现在任何事都可以引发风波,思索片刻,对李芙说:“让同学们自己决定吧。”

李老师便和几位热心公事的同学商量,有季雅娴、李之薇等七八个人。她们在门房讨论,正好嵋和陆良尧经过,李老师叫她们也参加。季雅娴认为,原来在昆明的时候,女生宿舍是禁止男生入内的,那完全是保守的做法,早就该改掉。李之薇认为,我们争自由争民主的活动，实在是和宿舍无关，宿舍还是应该有规矩。

季雅娴说："昆明有两个地方大学，女生宿舍都是开放的。"

李老师说："但是你知道吗？晚上有人拿着打棒球的木棒在门口守夜呢。"

大家都笑了。季雅娴又道："那时女生宿舍虽然有门房，后来管得也很松，用得着那么严格吗？"

嵋说："我想，还是应该严格些。"

季雅娴道："男生不准入内，那样的话找人很不方便。"

嵋道："如果随便进来，也不方便。我们的盥洗室在走廊上，走来走去衣冠不整，撞见生人不好不好。"

季雅娴笑道："你又不常住，关心那么多。"

嵋说："即使我不住校，我也认为女生宿舍应该有它的尊严。"

陆良尧一直安静地听着，这时便说："我也觉得男生随便进出不合适，孟灵己的话很对。"

讨论了约半小时，决定举行一次投票，看看大多数人的意见。

季雅娴等找了一个旧纸箱，放在楼梯口，请每个人写好意见放在里面。很快，纸箱里便有了一大堆纸条。票箱整理出来后，主张禁止男生入内的占多数，女生宿舍仍是禁区。

李芙向李大妈明确了传达的责任，李大妈便常在楼梯口大声喊："某某小姐有人找！"她的声音特别洪亮，这也成为女生宿舍的一个特点。

几天后，学校举行开学典礼。荷花池旁的小山上的大钟沉默多年以后又响起了，悠扬的钟声传得很远，校园中心都可以听到，远一些的教室还要靠摇铃上下课。

同学们都很兴奋，在钟声中聚集到礼堂。秦校长和孟弗之等几位先生坐在台上,心中都很不平静,他们又可以在这片土地上施展才能,提高已有的教学程度,建设新的系科,把有品德、有才识的年轻人一批一批送到国家的各个岗位。

礼堂内渐渐安静下来,一位教师走到台上,正是晏不来,他穿着整齐的中山装,精神抖擞地说道:“请大家起立,唱校歌。”歌声随着他的指挥棒响起,整齐雄壮,其中“大道之行,天下为公,培贤与能,养志修诚”几句歌词脱胎于《礼运大同篇》,历届师生都喜欢它。

接下来是校长致词。秦校长走到台前,他瘦削的身材,清癯的面孔,一件驼色薄呢长衫显得又飘然又庄重,礼堂中马上响起潮水般的掌声。他开始讲话:“同学们,我们回来了。”他的声音不大,但同学们听起来如同黄钟大吕,嗡嗡作响。

“我们又在阔别了九年的校园里开始一个新的学期了,这是一个了不起的时刻。”秦校长喉头有些哽咽,停了几秒钟,说道,“这些年来,我们为之奋斗、热情向往的时刻来到了。我觉得自己好像在驾驶着一条船,经过惊涛骇浪,终于回到自己的港湾,可以停泊了。可是,胜利得来不易,建设更不容易。我们不能休息,我们要加足马力,创造新的业绩。我们有一个指南针,这个指南针永远指着一个方向。这是我们工作的方向,我们事业的方向。发扬学术,培养青年,使我们的国家在艰苦的抗战胜利之后,能够真正强盛起来。”

秦校长讲完后,由弗之代表教授会讲话。弗之穿一袭藏青色长衫,黑框眼镜后深邃的目光中透出一派敦厚饱学的风度。

他说:“秦校长用指南针来形容我们的工作方向,真是再恰当不过。我们的工作照着这个方向是不会变的,而我们这一群人,就是为了做好这项工作,就是为建设祖国文化、发扬学术、培养青年来到这个世上。这个指南针是我们学校的指南针,也是我们生命的指南针。我回到校园中,看见许多松树、柏树,还是我们离开时的那些树，现在依然青翠，长得更高大了。也有一些当时很茂盛的小树，现在却已经不见了。希望同学们不要浮躁，不要急功近利，都像松柏一样，扎实地、有耐性地稳步成长，成为参天大树，成为栋梁之材。”

然后是萧子蔚报告复校工作情况，他还是按照自己的习惯，西装领带，依然风度翩翩。他的报告很简要，但是，可以看出复校工作是多么艰难。最后秦校长又讲了几句话，说学生的任务最重要的是求知，是学做人，学知识。他勉励大家不要辜负大好光阴，要好好读书。

散会后，有的同学议论说，先生们太保守，怎么不谈一点国家大事？也有的同学暗下决心要好好读书。

下午，数学系全体师生见面。大教室里有几十把带桌板的课椅，椅子不够，许多人随意站着。大家谈论着离开和回来的情景，不免激动。

梁明时走进教室，四面打量了一下，说：“这房间很健康，没有洞，没有咧着嘴。椅子——”他看了那些椅子一眼，“也还和以前一样，人呢——”他微笑地看着大家，“你们都好吗？复员以来，我天天做一样的梦，梦见我的腿伤好了，左臂也长长了，走起路来能掌握平衡，于是我跑得很快。其实，我的腿已经好多了。可是梦醒了，我的左臂还是没有知觉。”

有学生说：“梁先生的身体虽然不大方便，还是比一般人跑得快。”

梁明时笑了，说：“你们明白我的意思，我是希望你们比我跑得快。你们的腿没有伤，你们的胳膊都一样长啊。”大家也都笑了。

因为新生还没有到，不必介绍一般情况，梁明时只介绍了两位新教师，一位从美国回来，一位从英国回来。从美国回来的这位名叫厉康，是函数专家。原在一所教会大学任教，和明仑的许多教师都熟识。抗战时他一直在美国,现在说要回来补课。

那位从英国回来的姓柯,全名是柯慎危,是数学和哲学两系的教授。他还不到四十岁,在西方学界已经颇有名气。然而,许多人知道他,并不是因为他在数学方面的成就,而是因为他和一般人不大一样,不修边幅,随意而行。今天他穿了一条不知道从哪里弄来的崭新的咖啡色呢裤。裤子肥而长,走路时鞋底踩着裤脚。上衣皱得像一团纸,前襟有两块墨水痕迹。

厉康开玩笑地说:“慎危啊,你再往身上多浇点墨水,就是一幅印象派的画。”

柯慎危眨眨眼说:“我可不那么浪费。”

他身材不高,头很小,看去是个普通人,而且近乎落魄江湖,其实是满腹才华。

梁明时请厉康讲话,厉康说:“梁先生要我们快跑,我可是落后了。抗战救亡这最重要的一课,我没有亲身参加,惭愧得很。”

有调皮的学生在下面小声说:“现在还在打仗,去参加啊!”

系会结束后,嵋和季雅娴走出教室,冷若安和邵为走过来,一起向倚云厅走去。

邵为说:“抗战前,我住在男生宿舍,这一带很少来。这一带是校园的精华。”

季雅娴笑道:“若说数学系的精华,那位柯先生可算得一个了,他是两个系的教授啊。可是,怎么看也不像。”

邵为说:“听说他在英国时读书到深夜,找不到自己的表,跑到邻居窗下看时间,被人当贼捉了。”

嵋问:“捉了以后呢?”

邵为道:“我想应该是警察问了几句,向他鞠了一躬。告诉他时间,请他回屋继续研究。”

冷若安道:“这是文明的表现。”

四人转过一处楼房,忽见西天的晚霞,各种颜色交相辉映,十分绚丽。冷若安赞叹道:“真是精华。”

快到倚云厅时,嵋说今晚不去宿舍,要回家看母亲。自己走上一条小路,穿过树林进了方壶后门。

小院里满是饭菜香味,四妮正在厨房里起馒头,见嵋回来,笑道:“二小姐回来了?这是新蒸的馒头。”

嵋笑道:“不用叫二小姐,叫我的大名孟灵己或者叫小名嵋都可以。”

说着,帮助在饭桌上摆碗筷。又去扶碧初坐上餐桌。这几天,碧初饮食正常,活动有加,大家心中欢喜。饭间,嵋说了系里新来的教授,并说到柯慎危的逸事。

弗之说:“前几天,已经见到柯慎危了,他的各种趣事流传很广。天分特别高的人,常常有些怪癖,能容忍这样的人才是文明社会。”

嵋说:“我在书上看到,数学家阿基米德,敌兵进城的时候他还在地上画图解难题。他告诉士兵不要踩他的图,那兵看看这个小人物,一刀结束了他的命。”

弗之叹道:“这样的冤枉事当然不止这一桩,这是人类的损失啊。不过,社会已经进步很多了。”

晚上,嵋在房间里收拾东西。“孟灵己!”是无因的声音。

嵋走到窗前,在渐浓的夜色中,见无因正把自行车放在后门口,他对嵋指指后门说:“我走后门?”

一会儿,无因走进屋来,到嵋房门前,房门开着,他还是敲敲门。

嵋笑道:“请进。为什么叫我孟灵己?”

无因道:“你是大人了,是大学生孟灵己啊。”

无因提着一个方盒,眼光看着嵋的书桌。他放下方盒,一径走到书桌前,他注意的是一张嵋的半身照。这张照片照得非常好，嵋是那种又调皮又懂事的神情，眼睛里透露出聪慧，嘴角边显示出天真和稚气。

无因拿着看了半天，又看看嵋，仍将照片放好。说："我要送你一件礼物，我自己做的。"

打开看时，是一个地球仪，差不多有篮球大。各地区颜色不同，很是鲜艳。

嵋道："自己做的？"

无因说："那是说大话，我只是给它添了个小零件，给它里面装了一盏灯，就可以看得更清楚。"

嵋道："你是说你无论走到哪里我都能看见你吗？"

无因定定地看着嵋，轻声说："知我者孟灵己也。"见嵋穿着蓝布夹袍，套一件白色无领薄外衣，不觉说道，"你真好看。"

嵋从来没有听无因这样说话，有些诧异，随口道："我好看吗？"

无因道："当然了。你自己不知道，我随时提醒你。"稍停了一会儿，他说道，"轮船公司来了通知，三周后开船。"

无因要出国，不是新消息，而这船期却告诉了分别就在眼前。

嵋觉得心上像加了一块石头，突然沉了下来。她慢慢走到窗前，两人依窗而立，看着窗外。

无因故意问一些开学的事，嵋随意答应。窗外墙角有蟋蟀的叫声，声音随着微风飘过草地。

嵋低声说："秋天来了，你要走了。"转身看那地球仪，说："世界真有这么大吗？你要走得很远。"

无因走过去，掩了房门，拉嵋在椅子上坐了，说："我一直想要和你说一件重要的事，你愿意听吗？"

嵋不看他，只点点头。

无因说："我要说的事，极为重要。可是有时又觉得那是不必要的。过去我们都还小，一切都是那么美好，不需要语言。现在我们已经长大了，不是轮船上的孩子，也不是火车上的少年，我们都已经成人。我要走了，要分别很久。但是，嵋，你记得吗？那次在去路南的火车上，我们站在车厢外，经过许多山，你问我我在想什么。当时车声隆隆，我没有答话。现在，我要告诉你。”

无因停了下来。嵋抬起眼睛询问地看着他。他接着说：“现在我想的也正是那时我想的。我希望我们永远在一起。”他深深吸了一口气，问道，“你也是这样想的，是吗？”

嵋已经满眼是泪，答道：“当然。”

无因说道：“那就是说你愿意做我的妻子，是吗？”

这话像雷声一样，把两个人都惊呆了。他们拉着手，互相望了一会儿。

嵋低声道：“你想我会怎么说？”

无因说：“我想，你应该说，是。”

嵋说：“你已经说了。”

无因道：“不是我说，是你说。”

嵋蓦地攀着无因的颈项，在他耳边轻声说了一个字：“是。”

无因一阵狂喜，紧紧抱住心爱的人。

“我们出去走一走吧。”他觉得很热，嵋也是。

他们走出家门，果然夜凉如水。两人信步走在小树林里，淡淡的月光笼在树顶上。

无因说：“妈妈对伯母说过我们的事，她这一点倒像个中国母亲。”嵋不回答。无因又说，“你知道，我从小没有母亲，妈妈待我很好。但总是缺点什么，也许是我太苛求。幸好，我们从小就认识，我觉得我的心容量很大，只有你能装满。”

嵋仰头笑道：“我是大象吗？”

无因道：“你是天地。”

嵋道:“那么你是太阳?”

“我是宇宙。”无因说。

两人胡乱说着,有些话像诗,有些又像是疯话。他们在小树林中走了几个来回,又回到方壶后门外。

看见无因的自行车,嵋忽然说:“我要骑车。”

无因一笑,总是有些忧郁模样的双眉舒展开来,在朦胧的月光下,眼睛里藏不住的欢喜,使得他的脸十分明亮。

他一把将嵋抱上车梁,自己轻捷地跨上车,骑过方壶和圆甑的前门,过倚云厅和蓬斋,又骑过荷花池和钟山。

嵋道:“无因哥,我真愿意就这样坐在你的车上,一直到永远。”

无因慢慢骑着,说:“我要在两年以内完成我的功课,我回来接你,再商量安排,我们的命运是在一起的。”

他们走过石桥边的校车站,墙上贴着一条标语,在月光下看得出“民主自由”的字样。

无因说:“我以为我的所学是对国家有用的,一些人在争取德先生,也要有人争取赛先生。只有科学和教育能救中国,没有起码的教育,民主也是一句空话。”

嵋说:“我也以为应该多有一些做实事的人。”

他们讨论的题目太大了,对于两个小小的年轻人,他们这时只需要淡淡的月光,青草的微香,继续游在梦中。

嵋回到方壶,进了房间,听见叩窗,将窗开了。无因倚车立在窗外,灯光在嵋身后照出金色的轮廓。

无因看着嵋,用英语说:“晚安,my darling.”

My darling,多么好听! Darling,darling,它们在嵋的心里高唱着,多么可爱的称呼,多么好听的声音。这声音和着蟋蟀的鸣叫在青草上浮动着、跳跃着散开去。本来就是淡淡的月光,更暗了,一大片云遮住了弯月。

嵋对立在窗外的无因说，缓慢地、轻柔地："My darling，晚安。"

无因骑车走了，慢慢消失在这温柔的夜里。

明天我们还会见面，嵋想。

二

秋日的清晨清凉而爽朗，给人一种透明的感觉。

嵋起身后，在窗前站了片刻，才去梳洗。她在镜中看到自己的脸，她以为应该是容光焕发的，但看上去却有些疲惫。她欢喜又愁烦，她觉得自己真的长大了，变老了，到哪里去把时间找回来呢？

校园中年轻的人群奔忙着，有人骑自行车，有人走路，各自奔向自己的课堂。嵋骑着自行车轻快地向前。

这路真平啊！她想，和昆明的土路不一样。

悠扬的钟声响起了，传遍校园各个角落。较远处还掺杂着清脆的铃声。

复员后的第一节课开始了，嵋坐在教室里望着黑板，想起昆明的那块用"胜利"的字样镶做花边的黑板。这一节课是突变函数，上课的教师恰是冷若安，因为一位教授还没有到校，他暂代这一门课。他口齿清楚，些微的云南口音，使得音调显得很温软。

嵋用心听讲，但好像总是清醒不过来，有些昏沉。直到下课才有些抱歉地想，恐怕要辅导了。

冷若安走过来说："孟灵己，你不舒服吗？"嵋笑笑摆摆手。

有同学来向冷若安问问题，嵋便走开了。她第三节还有课，想在校园走一走，不觉来到图书馆，那是她儿时便向往的地方。

图书馆墙外的爬墙虎红得正盛，在阳光下亮闪闪的。一走进图书馆,便有一种沉静肃穆的感觉。第一阅览室里已经差不多坐满了,虽然是第一天上课。

嵋在一张空位上坐了,心想,绝对不能辜负了学习的时光。她看着四周墙壁书架上的各种工具书,又看着高大的拱形玻璃窗和深红色窗帘。不远处一个高架上摆着牛津大字典,字典是打开的,可以随时查阅。嵋想起自己有一些需要查找的字、词,出神地愣着。

"孟灵己,"有人向她走过来,低声说,"你在做功课吗?"这是晏不来。

他指一指门外,自己先走出去,嵋也走了出去。两人站在窗前,晏不来说:"我们又回到这样好的环境,这是福气啊。"

嵋点点头,不知道晏老师要说什么。

晏不来又说:"我刚刚看到一本杂志,上面一篇文章说,我们需要一个自由民主、进步理性的社会,需要一个好的政府,而这一切一切都需要好的教育。我想,好的教育,应该包括丰富校园的生活,使得学生的人格更完整。所以,我们应该发展艺术社团。"

嵋微笑道:"我对这方面一直是有兴趣的。"

晏不来笑道:"所以,我有一点想法,看见你就想告诉你。"

这时,有些同学走出阅览室,都是要去上第三节课的。

晏不来对嵋说:"你第三节有课吧?我们找个时间谈吧,我现在去查书。"走了几步又走回来说,"我刚刚说的民主自由、进步理性是我在一份杂志上看到的,那是他们办刊物的宗旨。我想,不只办杂志,整个的国家都需要这几条。孟灵己,我把这些零碎的想法告诉你,你不嫌烦吧?"

嵋笑道:"说真的,我很庆幸晏老师能和我这样说话,而不是成本大套。"

晏不来笑道:"零碎的思想是说给朋友的,成本大套是说给听众的。”他对嵋点点头，走到另外一个阅览室去了。

嵋从侧面楼梯下楼，这个楼梯走的人较少。正要出楼门时，迎面一个人推着一小车书走过来，很面熟。正怔忡着，那人向嵋打招呼：“孟二小姐，你不记得我了？我帮你查过周瑜的生平啊。”

是啊，这是在昆明乡下的老魏。嵋忙说道：“魏先生，我怎么不记得，以后还要找你帮忙查书呢。”

老魏笑道：“我可帮不了忙，你好像是上数学系了，是吗？”

嵋道：“那也少不了来大图书馆。”她想，图书馆是个伟大的地方，不过没有说。

第三节是梁明时的课，不知为什么教室安排在校园的边缘，有些同学跑步来上课。

教室里坐得满满的，梁明时刚走到教室门口，见柯慎危从走廊另一头走来，打量着这间教室的号码，似乎要进教室去。

梁明时有些诧异，道：“柯先生，这一节是不是我的课？我弄错了吗？”

柯慎危道：“我正是来听你的课。”

梁明时微笑道：“你要听我的课？请进，欢迎。”

柯慎危道：“先说好，我听听也许要早退。”

梁先生道：“那也好，请便，欢送。”

柯慎危找了个空位坐下，恰在嵋的旁边。

这堂课的气氛很活跃，梁先生讲了约半小时，提出问题让同学们举手发言。大家热烈讨论时，柯慎危悄悄离开了。嵋注意到，他出门前向梁先生鞠了一躬，但梁先生没有看到。

下课后，嵋骑车回家，路过石桥。那座墙边有几个人正在张贴壁报，还有一些人围着看。嵋见不便通行，就下了车，也看壁报。

壁报上大字写着反对内战，下面说国民党军昨日进攻张家口，致使百姓流离，生灵涂炭。回头见朱伟智在旁，朱伟智说：“孟灵己，你给我们的壁报提点意见吧，最好能写文章。”

嵋说：“我哪里会写文章，不过国家大事人人都应该关心的。”

朱伟智说：“正是这样，以后要开展许多活动，我来找你。”说话间，递过一本小册子。

嵋把小册子放进书包，仍骑上车，到了方壶前门。进门觉得屋里空空的，喊了一声“爹爹”，书房无人回答。遂想起爹爹今天中午有事，不能回家。在客厅站了片刻，想着要去禀告母亲的那一件大事。

嵋轻轻走进大卧房，在母亲床前站了一会儿，见碧初睁开眼睛才说：“娘，我说一件事。”

碧初微笑道：“昨晚无因来了，是吗？”

嵋抚着母亲的手说：“是的，他提出一件重要的事。”

碧初问：“到底什么事？”一转念，忽然说，“我猜到了。”

嵋说：“娘猜到了，娘说。”

碧初道：“怎么我说？还是你说。”

嵋在床边坐下来，俯在碧初耳边，鼓起勇气说：“无因说，要我做他的妻子。”

碧初说：“你怎么说？”

嵋看着母亲，低头在碧初脸颊上亲了一下。她的声音更细微了：“我说好的。”

母女对望着，碧初喃喃道：“我的好孩子，你知道娘的感觉吗？”

嵋说：“我的感觉是又轻松又沉重。”

碧初微笑道：“差不多。”

停了片刻，嵋问道：“他应该去向爹爹请求吗？”

碧初道：“当然，这是礼节。”

又停了片刻，嵋说："还有呢，他的船期已经定了，三周后就要走了。"

碧初道："留学是必要的，你也还小——"

这时，房外照例响起四妮的声音："开饭了。"

嵋服侍碧初起床，碧初笑盈盈坐起，在嵋的搀扶下坐到镜台前。镶在硬木流云雕框中的椭圆形大镜子，又映出母女二人的身影，但人已经不是九年前的人了。

嵋拿起木梳，要为母亲梳头。碧初忽然说："头晕。"接着大口地喘气，冷汗涔涔，靠在嵋身上。

嵋不知所措，叫道："娘！你怎么啦？"赶快把碧初平时吃的药给她吃了一片。

碧初呼吸渐渐平稳，仍说头晕。四妮跑进来，帮着扶碧初到床上。

"娘，吃点东西吧？"嵋说。

四妮盛了半碗粥来，嵋用小汤匙喂了几口，碧初不肯再吃，连催嵋去吃饭。

嵋把母亲剩的粥喝了，坐在床边抚着母亲的手。

碧初迷糊睡去，忽又睁开眼睛，用力说道："已经好了，你去休息吧。"

嵋替母亲掖掖被角，自回房间去。

下午，弗之回来，知道家中的事。无因与嵋从小一起长大，这样的发展是顺理成章，令人欣慰的。可是，时局如此，前途究竟如何，谁也难料。当前最重要的是碧初的病。

又过了两天，嵋下课回来，四妮正慌张地向门外走。"二小姐！我正要去找你，太太不好！"

"怎么不好？"嵋说着快步走进内室，见碧初又在大口喘气，身下一片殷红。

四妮说："已经换过好几回纸了，还在出血。"

嵋立刻给校医院打电话，医院来人做了简单的止血处理，说必须赶快送到城内大医院。

碧初住进了东交民巷的德国医院。合子住校，次日才得到嵋托人送来的消息，只说住院了，并不严重。他下午便赶进城，跑步到病房。见母亲躺着，面色苍白，双目合拢，父亲和小姐姐都在床前，忽然以为母亲已经死了，"哇"的一声哭了。

弗之道："孩子，娘没有什么。"

碧初也睁开眼睛轻声说："是小娃来了？我好好的。"

一家人又在一起，都觉得安心不少。而医生对弗之说，现在的办法是止血调养，还要彻底检查。

几天以后，检查结果出来了，最后确诊是子宫癌。

弗之拿到检查结果，对着儿女怎么也说不出那三个字。医生说因碧初体质太弱，做手术危险很大，恐怕下不了手术台，可以服用药物。弗之知道那只是一种安慰，顶多是维持罢了。

不管怎样，碧初经过医院治疗，看来已经平稳很多，血止住了，能进饮食，精神也好些，现在的事就是调养。

碧初回到家中，熟识的太太们都来看望。金士珍原来身体尚可，入秋以来健康下降很多，不再有在昆明乡下探病时的那种豪情。她一跛一拐从校园西边走来，累得不停地喘气。

碧初很感动，说："李太太，你自己要好生保重。"

金士珍始终没说一句话，她知道碧初不会太久长，而她自己也一样。

秦太太谢方立来时带了多种小菜，特别拿了刚从昆明带来的曲靖韭菜花给碧初看，两人都说只看看那瓦制的罐子，便觉得很有滋味。

谢方立说："好容易熬到今天了，可要好好过下去啊。"

玳拉本来计划要和孟家人一起举行一次小宴会，把两个年轻人的事情定下来，现在也顾不得了。

最令碧初欣慰的是，无因来看望，他和嵋站在碧初床前，叫了一声“伯母”。

碧初想坐起来，嵋伸手去扶，碧初又是一阵头晕倒在床上。无因很惶恐。

嵋说：“娘太激动了。”示意无因先退去。

碧初睁眼不见无因，问道：“无因呢？”

无因在外间答道：“伯母，我在这里。”便走进来。

碧初说：“你们的事，嵋对我说了，我和爹爹自然是赞成的。你要去留学，科学报国，这很好。”说着又喘气。

嵋说：“娘，你不要说话了，我们知道了。”

无因单膝跪下，吻了碧初的手。

碧初喃喃道：“好孩子。”

三个人都非常感动。嵋和无因互望着，世界对他们又显示了新的一面。

嵋把碧初的情况用电报告诉峨，峨回电四个字“近日即回”。

碧初很高兴，拿着电报左看右看，对弗之说：“峨能回来，全家团聚几天也就够了。”

弗之捂住碧初的嘴，说：“生活哪有够的时候。”

碧初道：“嵋和无因的事，照说无因应该向你正式提出请求。”

弗之沉吟道：“庄家是我们多年的老朋友，无因是我们从小看大的，我想不必在乎形式了，两个年轻人自己说好了是最要紧的。”

碧初道：“那也好。”

两人虽然高兴，心里都有一点前途莫测的感觉。说着话碧初一阵心慌，拉着弗之的手才渐渐安静下来。

碧初自嘲道：“只能躺着。”

弗之道："躺着就很好。"

几天之后的星期天，合子绕着罗汉松跑步，忽然看见一个人提着一个小箱子向方壶走来。

"姐姐！"他立刻认出，马上大叫着："姐姐回来了！姐姐回来了！"跑进屋去报告消息，然后又跑出来迎着，接过峨手中的箱子，一同进了家门。

峨真的回来了，虽然自昆明别离不过几个月，以前峨也常不在家，这次却觉得特别长久。

合子帮姐姐提着箱子，一面说："要是说一日不见如隔三秋，就几十年没见着姐姐了。"

峨拍拍合子的肩，说："我总要回来的。"不及多说，一直走到碧初床前，看见母亲形销骨立的模样，峨心里酸痛，连着叫了几声娘。

碧初拉着峨的手，只管抚摸，喃喃道："峨回来了，峨回来了。"母女便厮守着，直到晚上峨才到嵋的房间。

峨四处打量着，说："这房间换了主人，也换了个性。"

嵋道："怎见得？我觉得和姐姐住时差不多。"

峨指点着："这样的窗帘我是不会用的，藕荷色的底子太娇了，只有你用。书桌上小书架像个玩具房屋，也只有你想得出。"

嵋道："我们的家具除了城里搬过来的，只从学校添补了些，没有什么好东西，闹着玩罢了。"

说到睡处的安排，嵋说要到宿舍去。峨说："就在你房里搭张床，我睡。好不好？"

嵋笑道："搭张床当然是我睡，姐姐睡原来的床。"

峨道："哪儿还有原来的床！"

嵋一想，是的，这是搬回来时在学校买的床。

峨道："我看出来了，家里没有几件原来的家具，各人有一张床就不错了。”

晚上，姊妹二人各睡一张床，都想起在昆明时挤在一张铺板上。

嵋道：“现在想来，挤着睡也不错。”

峨微叹道：“就是，我们都长大了，我看你又长高了。”

嵋忽然坐起，认真地说：“姐姐，我真的长大了。”便把无因提出的事告诉峨。

峨也坐起，在黑暗中打量着嵋，说：“娘对我说了，我正等着你说呢。你这么个调皮鬼要长成大人，真不可思议。无因的船期是月底吗？那还是我先走。”

嵋说：“你的假期这么短。”

峨忽然看见高窗台上有一个地球仪，颜色鲜艳，很好看。她不记得自己原来在高窗台上摆的什么，随口问：“这是无因送你的吗？”

嵋道：“正是。”

她记得姐姐房间里墙上挂着耶稣受难像，但始终没有问过姐姐为什么要挂这个像，因为她们都不是基督徒，这时便说起。

峨道：“很简单，人太苦了，我在很小的时候就觉得人太苦了。我想让耶稣分担一点。”她停了一下，又说，“现在经历多了，倒觉得实在不算什么，也许是耶稣分去了？”

姊妹各有许多话，却都觉得理不清楚。峨说很累，各自睡了。

孟家因为峨回来，紧张的空气变得松缓安详了许多。过了两天，峨打电话给吴家馨，吴家馨很高兴，又知道碧初的病，也觉得忧心。

她说：“我尽快来看你和伯母。我哥哥在这里，吴家穀，你记得吗？我和他一起来，好吗？”

峨说：“当然好。”

次日，吴家馨和吴家穀一起来了，吴家穀中等身材，面目端正，戴一副玳瑁边眼镜，态度沉静。他穿着一件米灰色哔叽长衫，那是他的礼服。

峨对他几乎毫无印象，但因是家馨的哥哥，谈话并不显得生疏。兄妹俩见碧初精神还好，都说越是身体弱的人，越能维持。

碧初要他们坐下说话，峨和家馨坐在碧初床前，家穀坐在靠窗的一张椅上。大家说了一会儿碧初的健康，连碧初自己都很乐观。

家馨忽然道："孟离已，家穀要到昆明华验中学去工作，过几天就要走。他曾经和你去劳军，你不记得了吗？"

峨茫然地看着家穀。家穀道："是啊，你大概不记得了。"

家穀却记得很清楚，那天，孟离已穿着纯蓝印小白花的旗袍，戴着草帽。这种记忆好像有些唐突，他当然不会说的。

碧初看看女儿，又看看吴家兄妹，问道："到华验中学教书吗？"

家馨道："学校董事会聘哥哥做校长，他们在北平和上海选聘人才，北平这边还有两位教师同去。"

碧初说："华验中学是嵋上过的。当时大学的先生们很有些想法，希望让孩子们的思想活泼些，不受教育部规定限制。"

家穀道："我也是这样想的，教育不能太刻板，那样不利于智力的发展。"

又说了些话，家穀起身告辞。他站在峨和家馨的椅子后面，向碧初鞠躬，说："伯母，好生保养。"

碧初心上一动，没有说什么。

家馨自送哥哥出去，回来和峨两人坐在客厅里谈话。

家馨道："这边都知道你做的毒花研究，这是很有希望的。前几天，萧先生还夸你有毅力，有钻研精神。"

峨道："你们林场的开拓我们也知道，孩子也在那里吗？"

家馨道："我做的是管理，你知道的，很平常。将来孩子要上学就不能在那里了。对了，最近我在一本外国的植物学刊物上，看到一篇将有毒植物转为药材的研究文章。"

峨立刻说："借我看看？我那里消息还是很闭塞。"

家馨道："我今天就该带来，我太粗心了。你到我那里去一趟吧，看看我的环境。"

峨微微摇头，说："时间有限，我不能离开娘。"

家馨道："这几天没有便车，我不能来。家縠应该能跑一趟，可是，我知道他这几天的事都排满了。"

峨道："哪里好麻烦他。"

正说着，嵋下课回来，听见了便说："星期天我去取，我正想看看吴姐姐的林场。"

家馨道："很远啊，没有公共汽车。"

嵋笑道："不要紧的，我能去。"

峨说："家馨，你不要管她，她当然不是一个人去。"

家馨在孟家午饭，饭后又与峨谈了许久。谈到吴家縠，家馨说："我哥哥很苦，在战地服务团时，他有一个女朋友，也是咱们学校的。你大概没有印象，很活跃的，这人后来嫁了一位官员。哥哥很伤心，他是很认真的。"

峨道："他看上去就是个认真的人。"

家馨道："你们都在昆明，你有什么事可以找他帮忙，他很热心。"

峨道："我的生活很简单，不用帮忙。"家馨瞪她一眼。

估计碧初午睡已醒，两人又进房去，陪着说了一会儿话，家馨告辞，赶搭便车回去。

星期天，无因和嵋一同骑自行车去林场。嵋穿着蓝工裤白衬衫，自己改制的卡其布薄外衣，颈上系了一条红白相间的丝巾。她纵身上了车，和无因一样轻快。

出了学校，便觉得蓝天很大，不愧是北平的秋天，旷野，果然已带有北方的凉意。路面越来越不平，还有马车和驮东西的小毛驴伴行。

无因有时拉着嵋的车把，助她一臂之力。有时顺手拉一拉她的丝巾，总是得到一个笑靥。

来到林场办公室，吴家馨恰临时有事，去苗圃了，留下了那本杂志和一张字条，说她尽量赶回，杂志看完就放着，有便车时她会去取。办公室的人说林场的苗圃很远，请他们自己随意走动。

嵋和无因绕着林场看看，有些农家气象。他们没有走到苗圃，就在附近树林里随意走着。这片树林比方壶外的大多了，林中小径曲折很是清幽，他们循着小径慢慢走。

无因拉着嵋的手说："这双手和在昆明时大不同了。"

嵋道："那时怎样？这时怎样？"

无因道："在龙尾村的时候，你的手变得很粗糙，简直不像你的手，我真害怕。"

嵋笑说："你怕什么？"

无因道："怕你的手变粗。我知道那是暂时的。你看你的手现在这样光润，纤细的手指圆圆的指甲，真是一双美手。"他说着，拉起嵋的手让她自己看，又说，"美是别人夺不走的。"

嵋又笑了："这和物理学有什么关系吗？"

无因道："当然有关系。不能用草木灰洗衣服，要好的生活，要科学救国啊。"

两人说着来到一片空地，想要找一块石头坐坐，却只有草丛。层层的树木把他们和尘世隔开了，远处有几声鸟鸣愈显清静，他们手拉着手互相望着，觉得无比的自由和快乐。

无因道："真奇怪，你这样单薄瘦削的身子，怎么就装满了我的心。"

嵋说:“怎么单薄瘦削了？连苗条都不会说。”

无因笑道:“苗条淑女君子好逑。”

嵋要跑开去,被无因拉住。

嵋忽然笑道:“无因哥,我要告诉你一个秘密。”

“什么秘密？谁的秘密?”

嵋道:“我的秘密。”

“你还有秘密?”

“是啊,”嵋调皮地歪着头,“我上中学的时候,有一个倾慕的对象,也可以说是初恋吧。”

无因惊讶地盯着嵋看,说:“我怎么不知道？他是谁?”

嵋道:“这件事我对谁也没有说过,现在告诉你,你可不要嫉妒他。”

无因轻拍嵋的手:“你说,你说。”

嵋附在无因耳边轻声说:“他是周瑜。”

“什么周瑜?”他想了一下,“三国时的周瑜吗?”

无因盯着嵋看了几秒钟,然后哈哈大笑,这是他绝无仅有的大笑,笑得喘不过气来,半晌才说:“我也有一个初恋的对象。”

嵋笑了,说:“你编的。”

无因道:“还不知道就说人家编的。”他很快说了一句拉丁文。

嵋问:“那是她的名字吗？这么长。”

无因道:“就是呀,还有呢。”他又说了一个名字。

嵋举起手来,数着手指头说:“无因哥,你有几个情人?”

无因又大笑,说:“多着呢,我可以一个一个告诉你她们的名字。”

嵋笑道:“我知道,不是拉丁箴言就是物理公式。”

无因仍道:“还有一个名字,我告诉你好吗？六个字,唵、嘛、呢、叭、咪、吽。”

嵋道："我也加一个，吽、咪、叭、呢、嘛、唵。"

两人都大笑。无因道："原来我们都是济公活佛的弟子。你该受罚，你太淘气了。"

嵋道："我是真的，不是编的。"

无因道："我是编的，不是真的。"

嵋也大笑。他们的笑声好像惊动了林中的鸟儿。随着笑声忽然响起一声清脆的鸟鸣，紧接着，响起了许多不同的鸟的歌唱，有的高，有的低，有的粗，有的细。不只好听，而且十分丰富。

两人一时都怔住了，屏息倾听。约有一盏茶的时间，忽然间又是一声高亢的鸣叫，大合唱戛然停止。

两人不约而同地说，这样好听，它们在祝贺，祝贺谁？当然是我们！

无因一把将嵋抱起，嵋挣脱下来，在空地上跑。他们像童年玩耍时一样，那样开心，那样畅快，厚密的树林给空地做了一道屏障。嵋跑了两圈，一下子冲进草丛。

"呀！"嵋忽然尖叫一声，她踩在一团柔软的东西上，脚背一阵刺痛。

"怎么了？"无因跑过来抱住她。

"蛇！"嵋指指草丛又指指左脚。

无因迅速地让嵋坐在自己膝上，脱下她的袜子，脚背上果然有两个鲜红的牙印。无因毫不犹豫俯身下去，吮着嵋的伤口。

嵋叫道："不行不行！你会中毒的！"

无因吐了几次口水，又拿过嵋颈上的丝巾，紧紧绑在她的小腿上。

嵋道："我们快回去快回去，回去漱口！"她的左脚刚一点地，又"呀"的一声。

嵋叫疼的声音还没有停，无因已经一蹲身将她背起，一面说："搂住我的脖子，好好配合。"嵋只有听话。

无因一路快步加小跑，很快便到了吴家馨的办公室。家馨已经回来，正在说这两个人跑到哪里去了。见无因背了嵋进来，十分惊讶。

知道嵋被蛇咬了，说："不会有事的，这里没有毒蛇，我们还有蛇医。"说着安排嵋坐在一张舒适的椅子上。

有人倒了水来让无因漱口，嵋不停地叮嘱多漱几遍，漱干净些。无因到室外漱口，漱了很多遍，直到两腮发酸才结束。他向嵋望去，看到一个满意的微笑。

一会儿蛇医来了，原来是一位老工人，他对周围的一切，植物、动物，也包括蛇，都很熟悉，知道怎样对付。

他看了嵋的伤口，说不要紧的，把随身带的药在嵋脚上敷了一些。知道这伤口已经有过最关键的处理，他有些惊讶地望着无因，说："这位学生好大胆，幸亏这一带没有毒蛇。"又对家馨道，"不要紧的，不过像猫抓了一下罢了。"

大家知道没有毒，都安心多了。

嵋道："在昆明时住校，也有同学被蛇咬了，当时连校医都很紧张。"

他们在家馨处休息了一阵，家馨发愁说："你这个样子，怎么骑车？"

嵋道："我可以骑，让我试试。"

无因推了车来扶她上车，嵋蹬车的脚一弯，伤口疼痛，不觉又"呀"了一声。

家馨道："你看看怎么骑车？在我这里住两天吧，好像后天有便车。"

无因和嵋都连连摇头，无因建议嵋坐在他的车后架上，自己一手拉着嵋的空车，转了一圈。

家馨笑道："你可以表演车技了。不过，路这么远，怎么行。"

无因道:“放心。”就这样上路了。

无因和嵋一路谈话,无因说:“其实,我也很喜欢周瑜,这么多年我们怎么没有说起过他?”

嵋道:“羽扇纶巾,谈笑间强虏灰飞烟灭,多神气!”

无因道:“欲得周郎顾,时时误拂弦。我走以前只想听你吹箫。”

一路说着话,无因便以表演车技的方式把嵋和刊物平安送到方壶。

嵋的伤瞒了父母,只有峨知道。

峨说:“这本刊物代价不小啊!”

嵋故意道:“可不是嘛! 幸亏不是毒蛇。”

峨也故意道:“你去取刊物,难道吴家馨办公室有蛇?”

嵋略一愣,双手捂住脸,咯咯地笑,说:“我们去树林里了。”

峨道:“就说是呢,现在还疼不疼?”

嵋笑道:“已经不疼了,还有些痒。”

果然,两三天后,伤口平复。

外国杂志上的论文证明了峨的思路正确,她做了笔记,又到生物系借了几本参考书,很有心得。她特别跟父亲谈起她的心得。

弗之说:“做学问特别需要旁证,大家吵吵闹闹才能蓬勃地发展。若是只有一家说话,自己也发展不好。”

峨道:“这是很自然的事,能有几个证明才真的站得住。”

和对母亲的关心比起来,峨对花的关心已经是一件小事。她整天依偎在碧初身边。为娘做这做那,每一次很小的服侍,都给母女双方很大的安慰。她们常常安静而又热切地交谈,都觉得很畅快。

这天,秋日的阳光很明朗,峨让碧初坐在窗前靠椅上,看着窗外的秋花,为娘梳头。

峨道："娘，你原来那么长的头发剪了真可惜。"

碧初道："我们姊妹三人原来梳的都是有名的吕家髻，现在只有二姨妈还梳着。二姨妈昨天来信了，"她指指镜台，"就在那边。他们下月下旬也要启程去美国。"

峨道："慧书联系好学校了吗？"

碧初道："只能到了再说。"

峨将碧初的头发梳顺，松松挽起，又用薄毯轻轻盖住碧初双膝。

碧初看着峨说："好女儿，我一直有话想跟你说，你不要生气。"

峨道："我为什么要生气？娘只管说。"说着，挨着母亲坐在一个小凳上。

碧初道："娘的病自己岂有不知道的？我自然知道。娘最不放心的事想你也知道，就是你一个人在昆明。你们有你们的想法，心里有什么主意也说不定，尤其是事业有成的女子，对于成家往往忽略。我是上一辈的人，总是想两个人在一起有照应。一个人对付不过去的事情，说不定两个人就能对付。这是上天这么设计的。"

峨道："娘是说我该结婚？"

碧初点头道："还是我女儿聪明啊！说实在的，结了婚就是两个人一起过日子，从平常过日子里得出的滋味多着呢，不能求全责备，这是生活的大道理。"

峨低头默然半晌，道："娘说的话我懂。"又抚着碧初的手说，"娘只管放心，明年春天我就回来，那时想来娘的身体会好多了。"

碧初微叹道："但愿如此。"

峨道："我还在研究药呢，不断会有新药。"

碧初又喃喃道："但愿如此。"

这几天，孟家人都觉得日子过得特别快，转眼峨又要离家。因为吴家馨安排峨和吴家穀同路，一切都方便了许多。

这天，李之薇来到孟家，托峨带一封信给颖书。她把两根辫子在颈后打了一个结，系了一条红绢带，颇有些喜气。

谈话间大家注意到，之薇将是峨、嵋的表嫂，不免谈论、排比。

嵋对之薇笑道："不知不觉，你成了我们家族的新人了。"

之薇有点不好意思，轻轻推了推嵋道："你别起哄。"

碧初想起两个姐姐，一个出家，一个出国，说道："亲戚们越来越少了，有新人才好啊！难得咱们今天还有这么多人在一起。"大家说笑了一阵。

峨临行这天，吴家穀坐车来接，全家在门外相送。碧初硬要起来，峨、嵋两边扶着，碧初坐在树下看他们上车。

吴家穀对弗之说："希望孟先生指导华验中学的工作。"弗之很高兴。

峨俯身在母亲耳边说了几句话，转脸拭着眼睛。碧初其实并未听懂，只定定地看着她上了车。吴家穀从另一边上车，和峨同在后座，峨向窗外摆手。碧初心上又是一动。

车子绕过罗汉松，又绕过小山，不见了。

三

生活的波动，一波接着一波。当天晚上，庄卣辰来电话，说他和玳拉要来看望，约好次日下午来访。碧初心里明白，他们要来说什么。

弗之说："卣辰素来是不拘礼的，这大概是玳拉怕失了中国礼数。"

碧初道："这本来是一件大事，礼仪也很重要。"

次日下午,卣辰夫妇带领无因来访。弗之说,卣辰是老朋友了,都到卧室坐吧。碧初以为不够有礼,仍坚持到客厅坐。

庄卣辰夫妇从来都是衣冠楚楚,很得体的,今天更显隆重。卣辰打了领带,庄太太穿着长裙,略施脂粉。无因抱了一大捧红玫瑰,放在墙边的八角桌上,靠着摆在那里的青瓷花瓶。他也穿了西装,打了黑领结,已是一位英挺俊逸有担当的青年。

大家坐定,嵋端了茶盘出来送茶。她穿一件桃红底起蓝白花的夹旗袍,仍罩着那件白色外衣。短发蓬松,脸儿红红的,眉儿弯弯的,眼波流动,唇边一丝笑意,自有一种妩媚,一种光彩。

嵋送过茶,便坐在墙边椅上。碧初心想,小小的嵋也到了谈论婚嫁的时候了。

玳拉的目光一直跟着嵋,这时大声赞叹道:“嵋真好看!”

庄先生说:“我们的来意你们其实早已知道,说老实话,我真不知道该怎么说。这是他们两人的事。”他指指嵋和无因,“让无因说吧。”

弗之笑道:“照中国的礼节,你要说话的。”

卣辰搓着双手看着无因,“啊啊”了几声。

无因向嵋看了一眼,站起身对弗之和碧初鞠了一躬,说道:“我从小生长在校园之中,也可以说是在老伯、伯母膝前长大,和嵋从小在一起,如兄妹一般。现在我们都已是成年人,我们希望永远在一起。我很快要离开长辈们去留学,便想把我们的关系确定下来,也就是说,我请求和嵋订下婚约,希望得到老伯和伯母的同意。”

无因郑重地说了这些话,玳拉为他轻轻鼓掌,庄先生也松了一口气。

弗之哈哈笑道:“这件事其实咱们早已心照不宣了,我和碧初素来看重无因,也一直当他是个好晚辈。虽然嵋年纪还小,还是学生,现在无因要出国,这样定了也是必要的。”

一时大家无话，无因和嵋互相望着，都好像进入了另一个天地。两人站起，一同向四位长辈鞠躬。

玳拉走过来拥抱嵋，取了一朵玫瑰花，别在她外衣的纽扣上。然后坐到碧初身旁，问起碧初的健康情况，两人低声谈着。

弗之和卣辰谈到了时事，卣辰道："现在各方呼吁停战方式很多，有的写信，有的出宣言。国共双方停战，谁都赞成。问题是停不下来，出多少宣言也不管用。这样艰苦奋斗得来的胜利，这样的大好机会平白毁掉，真是让人痛心。"

弗之叹道："现在一些进步人士在积极活动，要求国民政府停止内战。我现在的看法和以前有些不同，但是我只希望能多有一些时间办好学校，让在抗战期间好不容易才保存下来的底气维持下去，也能有点时间记下我的一些认识和心得。"

卣辰道："胜利一年以来，日本已经能够出口建筑材料。而我们呢，还在呼吁和平。"他抚摸着玳拉的手说，"连外国人都变成中国人了，中国人总是不能共襄国事。"

玳拉轻轻推了推卣辰，说："其实我也不是那么乖。"她又看了卣辰一眼，"伦敦那边的亲戚屡次来信，要我们到英国去。"

卣辰不说话。弗之不觉问道："哦，怎样考虑？"

卣辰微叹道："怎么离得开。"

玳拉说："孟太太大概累了，我们告辞。"

庄家人辞去，嵋和无因起来送他们。弗之、碧初看无因和嵋走在一起，他还是比嵋高大半个头，很是欣慰。

他们走回卧室，碧初微笑道："这就是天作之合吗？"停了一下，自己喃喃道，"实在很难说。"

弗之说："我们只知道这一步，也只能走这一步，谁也不知道下一步。"

无因和嵋送走了父母，绕到后门，进了嵋的卧房。他们好像有许多话要说，又觉得不必说。

无因说:“这旗袍真好看,不对,应该说你穿旗袍真好看,更显得苗条。”

嵋笑道:“接受教训了? 来,我送你一样东西。”

说着,从抽屉里拿出一个小盒,打开了,取出一块椭圆形的旧式怀表,说,“这是很多年前爹爹从瑞士带回来的,它很勤快,还在走。”

无因看了嵋一眼,接过怀表,不看正面看反面,打开看时果见嵋在里面对他微笑,正是他喜欢的那帧照片。无因大喜,一手拿着怀表,一手抱住了嵋,亲她的脸颊又亲照片。

嵋笑个不停,说:“你可真忙。”说着把怀表放在无因的上衣口袋里。

无因用手按一按上衣口袋,又拉过嵋的手在自己口袋里摸。嵋摸到一个小盒子,拿出来打开看,里面是一个窄窄的、很秀气的红戒指。

无因说:“这是我在澄江得到的,据说是玛瑙。我以为是石头,也不错。我带回来,一直想送给你。前天,我自己在上面刻了两个字母。”

他让嵋看戒指的内侧,果然有两个大写字母,M,Y。M 是孟,也是嵋的第一个字母,Y 是因的第一个字母。

无因道:“M,Y。看见吗? My ,My darling。今天,让它承担这个重大的责任。”说着,把戒指套在嵋左手的中指上。

纤细的手指,套上这一道光亮的红圈,很是好看。无因拉着嵋的手,久久地吻着,两人都不说话。

过了一会儿,嵋说:“你不是要听我吹箫吗? 现在我们有一点时间。”

无因道:“我正想着呢。”便端坐在窗前椅上说道,“洗耳恭听。”

嵋从墙边大瓷瓶里取出一个锦套,里面便是那管玉屏箫。

嵋拿着箫试了几个音,便吹起来。

本来总是显得幽怨凄凉的箫声,这时却很饱满很轻快。无因不知道她吹的什么曲子,也不想知道。他只要这个现实:嵋在为他一个人吹箫,在这个对他们两人都极重要的日子里。

忽然,箫声变了,音调低沉下来,渐渐掩不住箫声本来的沉郁萧瑟。最后,在一个呜咽似的长音上停止了,两人不觉满眼是泪。

嵋递了一块自用的小手帕给无因,低声问:“你不想知道这个曲名,是吗?”

无因很郑重地说:“是的,你是我肚子里的蛔虫。我知道,我问,你也不会说。”

嵋也郑重地说:“你也是我肚子里的蛔虫。”

两人说着,又都笑起来,他们要把这个解答留在那更美好的日子。

“蛔虫”的世界不能长久。四妮来问:“庄少爷是不是在这里吃饭?”

无因惊醒道:“我该回去了,今晚不能见,我们又少了一天。”他走到房门口又回来,说,“还有事呢。”

他吻了嵋的脸颊,两人又拉着手站了一会儿,无因才别去。

又一日下午,弗之在圆甑有一个小会,散会较早。回到书房,摊开稿纸,文不加点写了三四张纸,很觉顺畅。

门外响起了四妮怯怯的声音:“老爷,有客人。”

弗之扶扶眼镜,留恋地把稿纸看了片刻,走出书房。见是社会学系刘仰泽,让坐道:“刘先生来得巧,今天我正好在家。”

刘仰泽似真似假地说:“我打听过了啊。”坐下稍事打量,说道,“还是孟先生府上高雅,我们西边的房子能不漏就很好了。”

弗之道:“苇庄的小院青瓦灰墙,有点明代风格,我一直很喜欢。”

刘仰泽道:“孟先生有古趣,其实那边很落后。”又说些校中闲话,便谈到目前局势,刘仰泽道,“我是无事不登三宝殿,我们有几个人,这些朋友你也是知道的,想要发一个宣言,要求国共停战,现在这样打下去对国家太不利了。”

弗之道:“前两个月纪念严亮祖将军,刘先生的文章写得好。后来,反响怎样?”

刘仰泽道:“不大清楚,主要是国府一方不认识内战是他们的罪恶行为。”

弗之道:“反对内战,宣言是可以发的。双方都应该认识停战的必要性。老实说,当前我们国家的情形,经过千辛万苦,从灭亡的边缘得到胜利,得到全世界的尊敬,正是中华民族复兴的好机会。前天,看见一位印度记者,他说你们是自己扔掉了黄金机会。机会尚且难得,何况是黄金机会。这是非常令人痛心的。而我们能做的只是发发宣言罢了。”

刘仰泽道:“宣言是一种斗争的形式。”

他下意识地摸一摸口袋,里面有已经写好的宣言稿,本来是邀孟弗之来签名的。因听他的口气不很合拍,便没有拿出来。只说:“宣言由我们来撰写,弄好了给你看看,好吗?”

弗之知道刘仰泽属于一个民主党派,他们很激进,倾向性比较明确,自己原来是被他们看中的。现在自己要好好想一想,不愿立刻有所表示,便说:“我当然乐意看你们的宏文。”

刘仰泽道:“不只看看,我们还要请你参加意见呢。”

弗之一面摆手呵呵笑道:“你们几位高人还少吗?我哪里插得上笔?”

谈话不很投机,刘仰泽告别时道:“咱们以后慢慢再说。”

傍晚,又来了一位客人,弗之见了,不认识。这人个子很矮,圆滚滚的身材像个松塔,一双眼睛滴溜溜乱转,见了弗之连连鞠躬。说:“孟先生不认得我,我是您的学生,叫栾必飞。我是前年转到历史系的,因为身体不好,又休学了两年,现在复学了。”

弗之依稀记起,有这样一位学生转了几个系,又休学两年。便问:“现在可以读书了吗?”

栾必飞自己坐下来,说:“可以了,我和南方的新生一起来的。我想先来看一看系里的老师,尤其是孟先生这样德高望重的老师。我希望先能得些教诲。”

弗之不语。栾必飞用他那双滴溜溜的眼睛打量这间客厅,见靠内室门的八角桌上摆着一只青瓷花瓶,光色极好,墙边地下摆着一只两尺来高的双耳铁瓶,很粗糙,但很古雅,不知是什么时候的铁器。墙上挂了一个条幅,落款是“其昌”,心里便把它们判作珍贵文物。

等了一会儿,弗之才说:“好,你这回认真学习历史吧,希望你会感兴趣。”

栾必飞感觉弗之态度很冷淡,他说:“我选的是西洋史,其实我对中国史很感兴趣,我想做一点比较,可是像孟先生这样学贯中西,又能打通文史哲三界谁能做到啊。也许还是先学点断代史,是不是可以先研究宋史?”

弗之皱眉道:“你先要把大的方向确定下来,学一学再说。”

栾必飞忙道:“这回学历史的方向不会改了,能够跟着孟先生读书是大福气。”

弗之又不语。栾必飞又说了几句奉承话,便离开了。

新生到校了。牌坊后的短墙上悬挂着用红笔写在白布上的“欢迎”两个大字。校园内几个主要路口都拉起了横幅,写着“欢迎你,民主道路上的新伙伴”“发扬五四精神,学习知识,建设祖国”等字句,各宿舍门口都有人接待。

新生不多,却引起一阵新的热闹。自开学以来,各个社团都已在筹备，现在正式活动起来。在大饭厅，各社团用大喇叭介绍自己的宗旨、成员等。各壁报社都赶着出壁报，在最适宜的地方张贴。

这天，嵋下课后和季雅娴一起回到宿舍。女生宿舍门前用大字写着“有了你才更辉煌”，接待室有人在等候新同学到来。

两人上楼。

“孟灵己！”有人在叫，嵋回头看是朱伟智。

“你下来吧，我们正好谈谈。”朱伟智说。

嵋询问地看看季雅娴，季雅娴摇摇头说：“我都知道了。”

嵋走到接待室，见李之薇也在，还有几个同学。

朱伟智说：“你大概还不知道我们社团的情况，我们随便谈谈吧。这些社团在昆明就有基础，你是知道的。也还有原来的成员，文学社的基础最好，有人建议给它起一个新名字，叫奔雷社。我想，声音不用这样高，还是叫文学社吧。”

嵋知道，加入文学社的人最多，他们的壁报上有一个小宣言：“文学，为大众服务，为工农兵服务，文学要反映民间疾苦、大众生活。”嵋想，这当然是对的，文学总是要有爱心和同情心。

朱伟智又说：“还有歌唱组织，叫作高歌社，由李之薇和另外一位同学负责。”

李之薇说：“孟灵己是很喜欢唱歌的。”

嵋有些踌躇，半开玩笑地说：“我可不会高歌。”

正说着，进来几位新同学，看去年龄都较小，大家热情接待。没有人分到嵋和季雅娴的213号房间。李之薇的房间分到一位新伙伴，几个人高兴地簇拥着新同学上楼去了。

这时又有几位同学路过，朱伟智招呼他们进来看看，继续向大家介绍他的各路社团。他又讲戏剧方面，在昆明时的一批戏剧爱好者，大部都已毕业，现在人较少。他说有人建议他们的社团叫做狮吼社，要像睡醒了的狮子一样发出吼声，也要唤醒大众。

“不过，我想，”朱伟智说，“那是很重大的任务，我们只是一个戏剧演出团体，宣传进步思想是必要的。但是，也像不了狮子，就叫戏剧社吧。好吗？戏剧在抗战时期起了很大的作用，现在应该继续发挥它的作用。”

人渐渐散去，朱伟智也停止了他的演讲，问嵋道：“你参加哪一个？”

嵋道：“社团的目标无疑是宏伟的，名字越平实越好，我很赞成你的想法。不过，我哪里有时间，我做个票友吧，你有什么事情就叫我好了。”

嵋说着要离开，朱伟智道：“还有一件重要的事。”嵋询问地望着他。朱伟智道：“我们学校东门外有一个村庄，叫大河村。他们那里有一间民校需要教师，我想这正是我们开阔视野、服务社会的好机会，你愿意参加教民校吗？”

嵋眼睛一亮：“当然。”

朱伟智笑道：“你要上课，这可不是票友。”

嵋说：“一定一定，我会安排时间的。”

嵋上楼去。进房看见季雅娴，便说起教民校的事，因问：“你去参加教民校吗？”

季雅娴说：“我要去的，你也去吗？”

嵋点头道：“是啊，我想这是很有意义的事。”

季雅娴有些诧异，说：“我原来以为你不会有时间，没有说这事。其实，我认为你很应该去，可以接近群众。”

嵋微笑道：“是啊，民校需要教师，教师也需要民众。对不对？”

季雅娴也笑道：“有进步。”

下午下课后，嵋看见走廊上的几间教室门外，都有同学交头接耳在说什么。正纳闷间，忽听他们叫道“Toss（折腾）！ Toss！”

拉起一位新同学往外跑，跑到空地上，几个人把他抛起来又接住，大家在旁边拍手叫笑。这是大学对新生的一种礼遇，是个玩笑，也有些恶作剧的意思。

新同学没见过这种阵势，大声喊着："你们岂有此理！"

有大同学在旁说："好了好了，他害怕。"

新同学被放下来，坐在地上流眼泪。

有人从旁边走过说："算是什么男子汉，这点玩笑都经不起。"

嵋和两个女同学走过去安慰他，说："这是开玩笑，大同学都是好意的。"

这少年站起来，抹着眼睛说："我很惭愧。"他抬头看见嵋，迟疑了一下，说，"我是从重庆来的，同等学力考来的，我叫乔杰。"见嵋无甚印象，又问道，"你认识庄无因吗？我在重庆见过你们。"

"哦，天下真小。"嵋说。

乔杰道："我在物理系，我想找到庄无因。"

嵋想起，乔杰就是在重庆舞会上来找无因答题的为首少年，微笑道："只在此山中，云深不知处。他现在也在这个楼里，有一堂辅导课，不知道是哪个教室，你总会找到他的。"

乔杰点头，大家又说了几句安慰的话，各自走开。

嵋回到宿舍，见季雅娴懒懒地坐在床上，便问："你没去上课？"季雅娴没有回答。

嵋说："我看见 toss 了。"

季雅娴漫不经心地答应："前天在大饭厅也有，起哄而已。"

嵋有几天没有来宿舍了，爬到上铺去收拾。

季雅娴道："孟灵己，我上学期应用代数不及格，前天补考了，上午邵老师说我的补考还没有及格。"

嵋觉得这事有点严重，坐在上铺想了一下，问道："要补习吗？”

季雅娴道：“不，再补习还是不及格的，我要转系。”

嵋又想了一下，道：“如果不喜欢数学，确实不要勉强。我印象里你的中文相当好。”

“好哪样！”季雅娴说了一句云南话，心里稍觉宽慰，好像有了一线出路，“那么我转中文系？”

嵋说：“很好呀，我爱看小说，几乎也上了中文系，我觉得上中文系很不错。不过，数学好像更可靠，每个数字都是跑不了的。”季雅娴还是若有所思，嵋又说，“和先生们商量一下。”

季雅娴说：“我问过冷老师了，他说我已经学到三年级了，应该可以学下去，不过，学数学最好不要勉强，及时而退也很要紧。”

嵋微笑道：“这意思好像还是可以转。不过，主要还是在你自己。”

“孟灵己小姐有人找！”楼下李大妈在叫。

季雅娴道：“好像知道你今天在宿舍。”

嵋下楼来，见晏不来站在接待室，正在看壁报上关于文学社等社团介绍。他转身对嵋笑道：“这些社团的名字分贝真高。”

嵋笑道：“我也是这么想。不过，我很尊敬他们的志向。”

晏不来略带沉思道：“是啊。不过，我情愿温和一些。文学方面叫做青草社，音乐方面要组织一个合唱团，一个管弦乐队，已经有同学在筹备。戏剧方面我想不出来，你帮着想想。”

嵋说：“这样的难题晏老师考我了！”

晏不来道：“我很喜欢易卜生，他的作品既反映了现实又有五彩缤纷的幻想，就叫易卜生社，好吗？”

嵋迟疑道：“也许青鸟社更好一些。”

晏不来大喜，说：“好，好极了。这是一种象征，一种理想，也是我们的历史。所以，你必须参加啊。”在华验中学导演《青鸟》的经验是他忘不掉的，嵋的演出也是许多人记得的，“这样吧，你先参加几项活动，试试看。”

嵋道：“你的诸门科目我都可以参加活动，我喜欢。不过怕时间不能保证。”

晏不来道：“当然以学业为主，任何活动我都不主张影响功课。”

嵋看见陆良尧从门外走过，便叫她进来，对晏不来介绍道：“这是外文系的陆良尧，她弹钢琴，在青木关音乐院上过一年钢琴系。”

晏不来道：“人才挖掘不尽啊！陆良尧，这几天音乐室已在报名安排练琴时间，你去报名了吗？”

陆良尧道：“没有，我不知道。”

晏不来笑道：“那么，现在你知道了，参加我们的音乐活动吧！”

说着，看到李芙和一些同学在饭厅说话，晏不来便往饭厅去了。

次日，嵋第三节有课，她推车出了方壶后门，无因正从小树林走过来，说：“我来陪你走一段。”嵋便放了车，和无因一同向教室走去。

无因道：“你记得在重庆跳舞会上有一个叫乔杰的少年吗？”

嵋道：“你也看见他了？”

无因道：“他找到我了。新同学们邀我给他们讲一次课。”

嵋道：“是啊！就算在重庆欠的吧。”

无因道：“他们几个人到家里去找到我，都是很好的少年。”

嵋评论道：“老气横秋。在哪里讲？我也来听。我听得懂吗？”

无因笑道：“数学系高才生，这样说话太谦虚了。”他送嵋到楼门口，自去了。

晚上，在图书馆的一间地下教室里，这个物理学座谈会开始了。无因在讲桌前站了几秒钟，含笑看着大家："我是明仑大学的校友，非常欢迎学弟学妹们来到我们的学校，并且加入物理学的行列。在当今的世界，人对物的了解越来越多，物理学需要新人。你们会越来越发现物理学是无止境的丰富，是无止境的美好。"

无因讲了他从少年时，在父亲的影响下开始学习物理，又讲了普朗克、爱因斯坦的小故事。无因语言很生动，教室内的气氛很活跃，给人印象最深的是这样几句话："进入这个学科十几年来，我不断地发现，我们的大千世界，形形色色的事物都可以逐步地简化又简化，简化到几个方程式，而它们是那样和谐与完美，让我不断地生出敬畏感，我觉得这种感觉很神圣。"

他说这些话时，教室内非常安静，大概同学们都在寻找那神圣的感觉。

无因最后留了同学交谈的时间。乔杰举手道："我入学刚几天，就觉得时间不够分配。想念书，也想参加社会活动，我觉得都很重要，简直不知道怎么办。"

无因道："我可以毫不迟疑地回答你，你来上大学，学习是第一位的。要好好学习，认真学习，努力学习，我们都有社会责任。但是，只有更好地掌握知识才能更好地负担起责任，尤其是科学工作者，我们的国家太需要科学了。"

无因话音刚落，有一位同学站起来，朗声说："庄无因学长的讲话很好，给我很多启发。可是有一点是我不能接受的，就是太强调读书了。我们在大学的这几年里，除了读书还有许许多多社会活动，那都是学生的责任。我们不管，谁来做呢？"

大家小声议论起来，教室里一片嗡嗡声。

无因道："这个同学的意见很好，我想我们可以各自照自己认为正确的方式去行事。我的意见也是供大家参考。”

又有一个同学举手发言，他说：“我赞成庄学长的意见，作为学生当然是要学，学了就是为了服务社会。把两者混为一谈，服务社会的人才水平一定会变低。”

无因道：“感谢这样的理解，我想每个人可以有自己的看法，也可以各行其是。各种事都有人做，不是很好吗？”

散会时，一个同学问无因：“庄老师，π 的小数点后你会背到多少位？”

旁边几个新同学说自己能背到五十位、八十位，有个同学说乔杰能背到二百八十位。

无因觉得真是回到了少年时代，他和玮玮都能背到五百位，嵋甚至还背得多一些。他和坐在最后一排的嵋相视而笑。

这是庄无因在国内的最后一次讲演。

无因启程的日子日渐迫近，他和嵋安排了所有能利用的时间见面，而那是太不够了。

这一天终于到了，车次在下午。玳拉邀嵋到她家一同午餐，嵋没有去，午后才到庄家。一进门，见无因正送两位朋友出门，便先到客厅。庄家人都在客厅，无因的衣箱和一个手提箱都在地上，无采正在往箱子上贴写着目的地的纸条。

庄卣辰有课，不能去车站。他对无因说：“你完全有能力独自在外生活，这一点我们是很放心的。我相信你会对得起科学，对得起国家。”

无因陪父亲走到小院门外，他搂抱了父亲。庄卣辰拍拍儿子的手臂，转头向马路走去。无因望着父亲的背影消失在树影中。

不久，车来了。玳拉让无因坐在嵋身边，自己坐到前边，嵋拉无采一起坐了。车子慢慢驶出校园，无因不自觉地紧紧拉住嵋的手。

车子驶到正阳门东侧的火车站，那是北平唯一的火车站。月台上人并不多。他们一起进了车厢，看了无因的床位，仍下了车。

玳拉道："我们先到车站外面，嵋留在这里。无因一切要自己当心，愿你有好运气。"

无因揽住玳拉的肩，叫了一声"妈妈"，又说："谢谢妈妈。"

玳拉很感动，无因从小到大很少叫她妈妈。她抬头看着长得这样高的儿子。无因拥抱了玳拉，又说了一次"谢谢妈妈"。

无采说："哥哥，我会想你的。"无因也拥抱了妹妹。

玳拉和无采走开了，让嵋和无因话别。嵋有些木木的，两人慢慢在月台上踱了两个来回，不时对望着。一个报童跑着喊着"晚报！晚报！"

两人站在一个柱子旁边，嵋说："明天在校园里看不到你了，真是不可思议。也许不发明那么多交通工具倒好，走不了那么远。"

无因说："有了交通工具，远也可以变近，也可以回来。"他拿起嵋的手，轻轻地吻着每一个指尖，轻声说，"你猜，我想什么。"嵋摇头，无因道，"我想把你抱上车，和我一起走。"

嵋喃喃道："我想你和我一同回去。"

无因拿出放在上衣口袋中的怀表，打开表盖，两人望着嵋的那帧小照。

无因说："这是你吗？我们永远在一起。"嵋把表仍放回无因的上衣口袋。

这时，几个人急匆匆跑过来上了车，月台上铃声响了，车就要开了。

两人走到车门前，无因在嵋的额上轻吻了一下，又紧紧地拥抱她，在她耳边连声道："My darling，my darling，等着我。"

他上车了，嵋不由得喊了一声："无因哥！"

无因转过身来向她招手。车门关了,车启动了。车声隆隆,声音越来越响,又越来越小,车走远了。

月台上空荡荡的,嵋还站在那里。

"嵋,"是无采在旁边。她们又站了一会儿,无采道,"妈妈在外面等你,我们回去好吗?"

嵋想了想,说:"请庄伯母先回去吧,我要走一走。"见无采仍望着她,又说,"我会坐校车回去。"无采点头自走了。

嵋出了车站,信步走过正阳门,来到了长安街上。夕阳透过树影,显得很暗淡。嵋背着夕阳向东走去。

真的,明天校园里就没有无因哥了,这怎么办呢?我要叫他回来。

东单牌楼就在前面,嵋想起附近有一个邮局,便加快脚步,进了邮局。她要打电报,叫无因马上回来,到天津就回来。她站在柜台前,电报往哪里打呢?她不知道。

营业员有些诧异地看着她,嵋也不觉得。在柜台前站了一会儿,退出来站在邮局外面,也不知自己向哪里去。

暮色渐渐笼罩了北京城,有过多少离别的北京城。高大的东单牌楼,告诉行人要休息一会儿,因为路太长了。

嵋到西单赶校车回到学校。经过西直门时,正见一群暮鸦从城楼上飞过。暮色已重,嵋觉得每只乌鸦的负担也很重。这一群飞过了,又来了一群。

它们飞向哪里?嵋看着城楼、天空和向远处飞去的乌鸦,觉得十分怅惘。这种怅惘绕着城楼,随着暮鸦,和古老的北平城连在一起。

嵋走进家门,家里静悄悄的,书房没有灯,爹爹不在家。她在娘的卧房门前站了一会儿,轻轻推开门,见娘正扶着床栏杆站着。

嵋上前扶娘躺回床上,自己坐在床前矮杌上。

碧初轻声说:“无因走了?”

“无因走了。”嵋说。她扶着碧初的手臂,突然呜咽起来。

碧初道:“悲欢离合,人生总是有的。”

嵋伏在碧初耳边说:“娘,无因他,他会不回来吗?”

窗外秋风吹过,爬墙虎的叶子瑟瑟发抖,发出悠长的叹息。

一封发出而没有到达的信

亲爱的嵋：

我到天津了，你大概也到家了吧？车渐行渐远，我看不见你了，看不见北平城了。可是，我眼前仍然有你，有北平城。有人来查票，叫了我几次我才听见。我很迷惑，我们怎么能分开呢？

可是，事实上我们分开了。你可知道我有多么爱你，我不知道怎样形容。那是无边无涯，弥漫在空气中的爱包围着你和我。我真想大喊一声："嵋，我爱你！"可惜你听不见。

嵋，我们是多么幸运，因为世上有你。这么多年，我们相知相识，不需要寻找，我们太幸运了。分别几年，互相等待，这点磨炼应该是可以承受的。你说是吗？

今天到南京，我们在岸上停了很久，我们坐在车里，火车上了渡船，整列火车分成几次才能渡过江去。我想，这里应该有一座桥，要建桥并不困难，而且不需要很久，只要中国人同心合力。

到上海了，上海很繁华，我注意到旅馆大门前挂着一面国旗，许多高楼大厦和临街的民宅都挂着大大小小的国旗。你记得我们去云南时，船过上海，看见在闵行上空飘扬着青天白日满地红的国旗吗？它孤零零地夹在太阳旗和许多外国旗帜中，那是中国人保卫祖国的决心。现在我们的决心实现了，我们胜利了，我们的国旗不再孤零，而是在晴朗的天空下自由地高高飘扬。

我和刘桓一起上船，他家在上海，也去过昆明。你不认得他。我们住在一个房间，我随时想起我们逃难时在轮船上的生活。现在航行的方向不一样，但海和天还是那样的阔大和深远，似乎隐藏着无限的奥秘，永远是人类要探索的。

今天我在船上已是第四天了，你猜我遇见了谁？当时我靠在甲板的栏杆上，和一个英国朋友说话，有人叫我的名字。我回头看，一群年轻人走过来，其中一位是殷大士，她说："你是庄无因吗？"确定了以后，她介绍自己说，她是孟灵己的同学，澹台玮是她最好的朋友。她问我到哪里上学，并说，他们几个的目标也是波士顿。她的弟弟殷小龙也在，他也自我介绍说他是孟合己的同学。男生中还有一个人叫辛骁，我们在舞会上也见过的。

这个船上有网球场和游泳池，我们在昆明从来没有打过网球，看来这是很好的运动。餐厅不用餐时便是活动室。晚上，刘桓拉我到餐厅打桥牌，我们和两个外国人打桥牌，殷大士他们也在。后来我们的牌友有事离开了，辛骁和殷大士说他们不会打桥牌，不过可以试一试。我们四个人出了几次牌，实在无法打下去。殷大士放了牌，说不打了，对我说："我知道你是澹台玮的好朋友，你能说说他的事吗？"我有些意外，我想玮是在她心中的，怎么轮得到我讲呢？辛骁插进来，说这船上的饭菜不如另外一条船上的。我们又随便说了几句话就散了。

这几天我们每天黄昏时去游泳，刘桓游泳技术很高，耐力也比我强得多。今天，我觉得水很凉，没游多久，就到甲板上看落照，宏伟的太阳就要落进海里去了。殷大士和她的朋友也在甲板上。我想起我们和玮玮一起看日出的情景，玮玮还背了曼弗雷德的几句诗。太阳落了，明天还会升起，而玮玮消失了，再到哪里去找他？可是太阳也是会死的。那年在船上，你已经猜到我心里在想什么。你记得吗？蛔虫。人的死确实是不一样的。玮玮的死是那样高贵，我有什么资格去讲他呢？他是死在自己的职守上的。他的责任是保卫自己的国家，不让敌人侵犯。这是他从小就有的愿望，因为我们从小就被敌人侵略。

我忽然想告诉殷大士一件玮玮小时候的事。正好殷大士走了过来，说："你在看太阳落？"我便讲了北平沦陷以后，我们上学时那件事，玮玮在走过街口的时候，照日军规定，要向站岗的日军鞠躬。他不肯鞠躬，想冲过岗台，日本兵下来追他，他站住了，日本人向他呵斥，他还是坚决不鞠躬。忽然有人喊："打倒日本帝国主义！"这句口号帮助了他。日本兵去追查喊口号的人，玮玮便逃脱了。你当然记得这件事情。当时都传开了，说是玮玮喊的口号，又说我们是有神助的。神在哪里？我想，就在熙熙攘攘的路人中间，也在那些安静的方程式里。

殷大士听了没有说话，自己走开了。我很抱歉，你说我该讲还是不该讲呢？殷小龙也在旁边，他沉思地说："澹台玮确实很勇敢,我见过他。”又问,“孟灵已、孟合己是澹台玮的表妹表弟,你是他们的什么亲戚?”我没有回答。我们现在不是什么亲戚,可是将来我们不只是亲戚。

太阳落海了,海天连成一幅宏伟的、绚丽的图画。

今晚,船上有舞会。我们不会跳舞,刘桓也不会,他想去看看。我们便到餐厅,坐在一个较隐蔽的角落喝咖啡。舞会正在进行,他们跳得很优雅,音乐也比较柔慢,声音很低。坐在餐厅另一端的殷小龙看见我,走过来说话。他问我为什么不跳舞,我说没学过。遂问他为什么不跳舞,他说学不会。刘桓说跳舞有什么学不会的。就这样说着闲话。

音乐间歇时,殷大士和她的女伴们也过来了,我们只好站起说话。殷大士说:“澹台玮永远是我的好朋友。”我们沉默了一阵。我想,殷大士也永远是澹台玮的好朋友。她率性而为,很纯真。她要教我跳舞,我也说学不会。她们都笑了,说你还学不会。我怕打搅别人跳舞,便和刘桓一起离开了餐厅,虽然那里的咖啡很好。殷小龙也跟着走出来,我们便又在甲板上谈话。殷小龙问了一个问题:“科学能救国吗?”我对他讲了一些最平常的话:“没有科学是不行的,只有科学也是不行的。科学是必要条件,但不是完全条件。”我们还需要民主,这问题太大了,我懂得很少。殷小龙这样的少年能提出这样的问题,是令人欣慰的。我们在甲板上谈了一会儿,甲板上一排灯光,像一条小巷,光亮在海波上向黑夜散开去。光总是能散开的,是吗?刘桓说他有些头晕。回到房间,我就拿出我的“护身符”,久久地看着你。

你啊!亲爱的嵋,我们什么时候相见?

又是几天过去了。船上有一对外国夫妇，带着一个两三岁的小男孩，他很漂亮，说话也很清楚，一点不怕生。他跑到我们桌前，指着墙上的画问我："那是什么？"图画里是鲜艳的花。我反问他："你知道那是什么？"他笑了说："花。"他又问我手上拿着什么，我拿给他看，他说："书。"他的父母走来，我们攀谈了几句，他们说他们很不愿意离开中国，不过，必须离开了。他们希望再来。

我想起那次玳拉妈妈带我去英国，那一年我六岁。有几个大人问我许多问题，我说我"不说话"。其实，我习惯向自己的内心说话。我对自己的生母几乎没有印象，在我两岁的时候，她去世了。当时父亲在英国，后来父亲回来了，不久，玳拉妈妈也来了。这些都是你知道的。

昨晚，我在梦中看见我的母亲，她坐在海波上。一手抱着我，一手拿着那块表，也就是你的照片。黑夜茫茫，海风在吹，波涛在起伏。一个大浪打来，我们都不见了。

嵋，我带了几本物理学杂志，自己看后还可以和刘桓讨论。还有我们常读的那本英国诗选，这本书虽小，内容却厚重，它们让我从惆怅中感到安慰。济慈的《秋颂》和《希腊古瓮颂》念起来真好听，刘桓也打着拍子念了好几遍。

"白昼渐逝，云朵映霞光似花儿开放，将玫瑰色涂抹在收割过的草场。"我想，那玫瑰色也会涂抹在方壶周围树林的绿顶上。《希腊古瓮颂》中的最后两句："美即是真，真即是美。这就包括你们所知道的和该知道的一切。"

真和美、动与静、瞬间和永恒，这真包括了讨论不完的道理。

还有那首勃朗宁夫人的《葡萄牙十四行诗》，我不敢读，我要等着和你一起读。可是，要等到什么时候？刘桓带了《唐诗三百首》，我还有一本《古诗源》，我们也常念。在船上漫长的这半个月，最能安慰我的是什么？你可以想见，那是你在我怀表中的小照，我的护身符。我久久地端详你，那样调皮又那样娴静。我觉得玻璃有些湿，亲爱的嵋，你哭了吗？我们是最幸运的人了，想想看，我们只需要等待，煎熬人的等待。在等待中又会有许多有趣甚至是辉煌的事。是吗？

今天是十月十日双十节。清早，我在甲板上看海，太阳已经跳出海面很高，阳光有些刺眼。伟大的海！伟大的太阳！我想到，我们的国家已经列入世界四强。可是，实际上我们配吗？我们还在打内战。前几天，听到广播中说，双方接受了马歇尔停战十天的建议，不知道能起多少作用。

现在是傍晚，我从广播中听到，总统将任职期满，因为即将举行国民大会，将任期延至宪法实施后依法当选之总统就职之日止。真能这样吗？那大概也是换汤不换药的。要是真有了民主富强的国家，我和你一起在青天之下，该有多快乐！

Darling，明天上午，船将到旧金山。我一上岸，就把这封拉杂的信寄给你。这是在我们的生活中，我写给你的第一封正式的信。上天对我们多么厚待。以后，大概会很少能这样从容地写信。我看见海岸线了。

亲爱的嵋，我爱你。到死也不会终结。

你的无因

第四章

一

一九四七年一月，正是三九天气，北风扑面风头如刀。房檐下挂上了粗粗细细的冰凌，一排一排的，像是水晶的帘幕。校园中的各个湖面都早已结冰，冰层很厚。有两处湖面从去年十二月中旬就开放了冰场。溜冰是年轻人爱好的运动。

女生宿舍后面的荷花池也结了冰，有些枯梗露出冰面。冰面上因常有人走，形成了一条弯曲的小路。

213房间的北窗正对着荷花池，陆良尧倚在窗边，看着远山、枯树和冰面。季雅娴见她良久立在窗前，便也走过来看。正见两个人一前一后走下冰上的小路，走在枯梗之间。前面的人蓦地摔倒了，他伸手去抓身旁的枯梗。枯梗折了，后面的人快走几步将他扶起。前面的人连连拱手，表示感谢。后面的人连连摆手，表示不用谢。他身上背了一双冰鞋，大概是到西边的冰场去。前面的人指指冰鞋，他们一边谈话，走过荷花池去了。

陆良尧说："这两人以后便是朋友了。"

季雅娴说："也不见得，也许还会打架。后面的人大概是去溜冰的，你看见他背着冰鞋吗？"

陆良尧说："看见呀，溜冰又好玩又好看，我也要学。"

正说着，嵋推门进来，还有李之薇。嵋抱着一摞书，她刚下

第一节课。之薇正准备去上第三节课。

季雅娴说:“你们俩都是北方人,怎么一个冬天没见你们溜冰?”

李之薇道:“那时我家不住在校园里,再说我年纪也太小了。”

嵋道:“可不是,我上过几次冰场,还没学会就离开北平了。我的姐姐、表姐、表哥们都溜得很好。”她望着窗外的荷花池,说,“我们可以学。”

陆良尧微笑着从床底下拿出一双新冰鞋来,皮质的鞋面和冰刀都闪闪发亮。季雅娴拿过去摸了摸说:“真好看,这很贵吧? 我们拿贷金的学生买不起啊。”

嵋道:“平常有租冰鞋的,你不用买。”

季雅娴问:“你有吗?”

嵋道:“我用姐姐的正合适。”

她们商定晚上去图书馆后面的冰场学溜冰。晚上去是嵋的主意,晚上人少些,摔跤少些人看到。

李之薇看着嵋说:“我不能去,我母亲这几天身体又不好,家里的事做不完。”又对季雅娴说,“朱伟智让我告诉你,明天中午在大饭厅门口碰头。”

季雅娴道:“真的,文艺社的活动我有好几次都没参加。”

李之薇道:“明天去吧。就在大饭厅门口的小过道里,那里不冷。我第三节有课。”她碰碰嵋的手臂,便匆匆走了。

嵋坐在桌边,说:“季雅娴,你怎么又不去上课?”

季雅娴懒懒地说:“我反正要转系了,就不想去听那些听不懂的学问了。”

嵋道:“转系是下学期的事,还要原来的学分,你还是把这学期的课上完才好,我和你一起复习。”

季雅娴看了嵋几秒钟,说:“你是好人,我好像应该这么做。”

陆良尧站起道：“我也该去上课了。”

嵋随口问：“是尤甲仁先生的课吗？”

良尧道：“是的，尤先生到学校晚了，听说是聘书发得晚了。”

嵋道：“听说他很博学。”

良尧一面穿外衣一面说道：“他讲了许多小故事，随时背出来一段段书，好像这书就在眼前似的，记性真好。”她向嵋微笑，出门去了。

嵋把这堂课的讲义给季雅娴看，并且做了讲解。

季雅娴道：“其实也没什么难的，就是我不够专心。”

嵋道：“那就专心点吧。”

季雅娴道：“你是好人。”

嵋笑道：“好人回家去了，晚上见。”

嵋回到家中，四妮迎着她摇着一封信。

嵋捧着信到自己房里，把信放在桌上看了一会儿。这是无因的信，那熟悉的孟灵己小姐几个字已经让她感动不已。

无因走后，这是第四封信。信上说了他学习和生活的情况，他很忙很充实，也很愉快。信上照例地问，他从旧金山发的一封长信收到没有，他每次信都问。嵋这次的回答还只能是没有收到。

晚饭后，嵋做完母亲身边的琐事，站在床边。

碧初催促道：“你该干什么就去，我没有事。”

嵋嘱咐了四妮几句，背了书包和冰鞋去图书馆。

嵋喜欢大图书馆，在这里精神特别集中。她有一个固定的座位，在阅览室的最里边靠窗，那是她从小就看中了的。奇怪得很，这个座位很少人坐，总像是给她留着。

她坐了下来，安详地在数学世界里遨游。她思考了课堂上的讨论，又做了习题，满足地收拾起书包，在座椅上坐了片刻，看着肃静的大阅览室。一排排的年轻人都伏案专心地做自己的功课。有人在查高几上的大字典，发出轻微的翻页声音。安静里好像有一种精神鼓舞着人，又安慰着人。

嵋缓缓地背起书包和冰鞋，走出图书馆，向冰场走去。在冰场入口处，季雅娴正在租冰鞋，陆良尧坐在旁边的长凳上换冰鞋。冰场的灯不很亮，周围小山坡上的枯树影影绰绰，冬天的空气冷而清爽，没有风。

大家都很高兴，陆良尧问嵋："我们怎样学，就这样在冰上走吗？"

租鞋的人说："只管放心走，冰刀刃很宽。"

嵋到底小时候溜过几次，穿好鞋便在冰上试着滑行。见另一处有高木凳出租，便推了一个给陆良尧。季雅娴也装备齐全，上了冰场。

嵋滑了几步，自觉手足都很紧张，勉强到了湖中心，"扑通"摔倒了。

她坐在冰上向四处看，靠岸处也有一个人坐在冰上。两人对望了一下，都大笑起来，那人原来是冷若安。冷若安从去年冬至就开始学溜冰，已经不是生手了。他很快站起，向嵋滑来。不料，有一处冰面不平，又摔倒了。

陆良尧和季雅娴都推着木凳到了嵋身边，两人靠着木凳将嵋扶起。冷若安一手按着冰面想要站起，没有成功。这边三个人都忍不住笑。

这时，一个人熟练地滑过来，却是邵为。他要去帮冷若安，若安摇摇手，自己很快站起来了。

两人滑到嵋等身边，冷若安道："滑冰摔跤是正常的。"

嵋笑道："可不是，不摔跤是不正常。"又对邵为道，"邵老师你抗战以前就在校园里，你教我们吧？"

邵为道:“我那时还是冰球队员呢。”

陆良尧不认识邵、冷二人,见冷若安有点外国人的样子,有些好奇,询问地看着嵋。

嵋说:“这是我们系的邵老师、冷老师。”又介绍了陆良尧的名字。说着,试着离开木凳,向岸边滑去。

陆良尧心里想,这样的人是从什么地方来的?也推着木凳和季雅娴一起在冰上走。

嵋绕着冰场慢慢地滑了一圈,成为蛱蝶穿花般的溜冰者中的一员。

溜了一会儿,见前面冰上又坐着一人。那人见嵋滑过来,便喊了一声:“孟——”

嵋停下来,见是重庆的小同学乔杰,迟疑地说:“只怕我帮不了你。”

乔杰道:“我不要你帮,只是招呼一声。”

说着,邵为滑过来了,伸出一只手臂,拉乔杰站了起来,又各自滑开。

冰上有几个女同学滑得很好,她们有时手拉着手滑行,十分整齐好看,令人想起四个小天鹅的芭蕾舞。邵为还和一个男生滑内八字和外八字,有时互换场地,也很好看。

他们滑了快一个小时,负责冰场的校工站在土坡上,大声说:“到时间了!要关场了!”

大家纷纷散去,还有几个人仍在滑。

校工又大声说:“我要泼水了!”

那几个人才恋恋不舍地离开。留下空荡荡的冰场,仿佛还响着青春的笑声。

嵋等和邵、冷一同走,乔杰和几个新生跟着,一起向宿舍走去。天空十分明净,清冽的空气里飘来淡淡的幽香。

有人问是什么香,嵋道:“是腊梅吧?”

季雅娴道:“北平哪有腊梅?”

这时,不知是谁带头,唱起了黄自的歌:“雪霁天晴朗,腊梅处处香。骑驴灞桥过,铃儿响叮当。响叮当,响叮当。好花采得瓶供养,伴我书声琴韵,共度好时光。”

大家唱得兴起,一起向钟亭那边走去。钟亭下面有一小片空地,周围的银杏树已经落尽了叶子,枯枝在冬夜中显得很庄重。他们停住了脚步。

邵为道:“这里没有人,可以大声唱。”

他们唱《旗正飘飘,马正萧萧》,唱到“好男儿、好男儿报国在今朝”,都觉得热血沸腾。又唱《毕业歌》,他们要担负起天下的兴亡。又分为两部轮唱《踏雪寻梅》,一部唱到“响叮当”时拖长了音,另一部跟着唱“响叮当,响叮当”。又是一阵大笑。

冷若安说道:“晏不来老师给我一个歌篇,是新写的《大同歌》,《大同歌》已经唱了好几年了,新曲很好,简练得多。我这里好像有。”

他摸了摸口袋,掏出两张纸来,递了一张给邵为,一张给嵋。大家在月光下哼唱起来,一会儿,便把中华民族从古就有的大同理想唱了一遍。

大道之行,
天下为公,
选贤与能,
讲信修睦。
故人不独亲其亲,
不独子其子,
使老有所终,
壮有所用,
幼有所长,
是谓大同。

大家一口气唱了十几首歌。邵为说:“时间不早了,散了吧。”

乔杰等几个新同学说想听冷老师唱歌,冷若安看了邵为一眼,见他没有反对的意思,便唱了一首英国民歌《我的心在高原》。

My heart's in the highlands, my heart is not here,
My heart's in the Highlands a-chasing the deer.
A-chasing the wild deer, and following the roe,
My heart's in the Highlands wherever I go.

他接着最后一个音唱了一个拖长的高八度,声音在冬夜中散开去,余音袅袅。大家禁不住鼓掌。

嵋道:“这首歌让我想起云南的高原,虽然那里没有路。”

陆良尧又好奇地问道:“冷老师是云南人吗?”

冷若安道:“正是,云南弥渡。”

乔杰要学那首民歌,冷若安道:“那很容易,以后来参加音乐活动吧。”

他又唱了一遍《踏雪寻梅》,在“响叮当、响叮当”的歌声中,各自回宿舍去。

冬夜很宁静。邵为边走边说:“冷若安,你的歌越唱越好了。”

冷若安道:“我只是自己瞎唱,没有好好练过。”

嵋道:“如果有伴奏就更好了。”她忽然转头看看身边的陆良尧,“呀,伴奏在这里。”

陆良尧一惊,道:“我差得远呢。”又迟疑了一下说,“我愿意学。”

冷若安很高兴,走过来说:“我的音乐训练很不正规,我们试一试好吗?”

陆良尧微笑道:“当然好。”

冷若安道:“明天我就去问晏老师要时间。”

陆良尧道:“我小时到过弥渡。”

冷若安道:“那里很偏僻,你怎么去?”

陆良尧道:“我父亲在滇缅公路局工作,我们跟着他去了很多地方。有些地方好像和公路毫无关系。”

他们一路说着弥渡,同路的人渐少,陆良尧也到了宿舍,最后剩了嵋和邵、冷三人。又到分路处,邵、冷要送嵋到方壶。嵋说:“不必。”

两人也不说话,一直陪她沿着小溪走到小桥边,看着嵋进了方壶的后门,才转身回蓬斋去。

次日中午,季雅娴到大饭厅去参加朱伟智召集的会,内容是几个社团负责人联合介绍情况。

这里的墙壁是张贴壁报的园地,最初是为了征求对膳食的意见,后来扩展到各式各样的意见,但还是以对膳食的意见为主。

现在那里正贴着一张大字报:“膳委们睡大觉去了?整天青菜豆腐,营养够吗?”

有人回应:“言过其实,昨天吃过回锅肉,忘记了?”

下面就形成了对话:

“那么一点点肉,看看就没了。”

膳委回音:“物价涨,没办法。我们要努力,尽量让同学们吃好。”

“比昆明时好多了。”

“不要比昆明,我们胜利了,我们有权利吃好。”

“最好停止内战。”

季雅娴正看着,朱伟智在饭厅另一头道:“季雅娴你来了?文艺社有好几次活动你都不来,还等人请吗?”

季雅娴走过来解释道:“我要转系,自己在解决思想问题。”

朱伟智道:“那天好像听谁说了一下,你要转中文系?我深表欢迎。我们要实现民主的理想,需要活动的时间。”

季雅娴道:“其实我并不愿意转系。好了,不说了。”

旁边一个同学说:“不管转系不转系,你是文学社的老社员。我们要开展活动,出点主意吧。”

又有人说:“在昆明时诗朗诵很受欢迎,复员以后还没有来得及举行朗诵会。”

朱伟智道:“诗,本来是为了念的,朗诵比无声的阅读更有感染力。”

大家谈着,简单地总结了这一学期的工作,对已经成立的社团下学期怎样开展工作,交换了意见。

这天下午,弗之走过冰场,看见冰场上很热闹,年轻人在冰上飞快地穿来穿去,几个女同学穿着紧身小棉袄,围着各色的围巾,戴着各式的帽子,在冰上有时成一行,有时成一排,都很好看。还有一个体育教员在指点。

弗之看了一会儿,晏不来走过来招呼,弗之见他背着冰鞋,说:“你来溜冰?”

晏不来道:“我已经溜完了。”他看见嵋正在和几个女同学拉着手一起滑,便指了指说,“孟灵已进步很快。”连着几天,嵋都去溜冰,技术大长。

弗之这才发现嵋也在冰上,在那一行一排的女生中,很是自如。

弗之点头道:“溜冰可以说是寓美育于体育之中了,本来很多体育运动都很美。”

嵋也看见弗之,又溜了一会儿便上岸来,和弗之一起回家。

晏不来同路,弗之说:“我一直认为美育很重要,可以加强改造我们的国民性。这当然要从学校里开始,只是一直没有条件。”

嵋问:“爹爹,现在我们有条件吗?”

弗之略微迟疑,微叹道:“我们争取,首先要有和平环境。”

晏不来道:“音乐是美育的一个重要部分,现在的音乐室可以大大发展。我知道这学期孟先生和萧先生都在考虑成立音乐学系的事情,我和北平艺专的几个熟人说起,都觉得条件已经差不多了。”

弗之道:“是的,首先是大家都有兴趣。要有人愿意做,而且能做,能够承担。”

晏不来道:“这个人早已经有了。”他和弗之相视而笑。

弗之道:“你和我想的准是一个人。”正说着,有人过来和弗之说话。嵋便自回家去。

学期快结束了。天气很冷,连着下了几天雪。校园内的几处广场、大饭厅前、图书馆前都堆起了雪人,两个煤球是眼睛,一根胡萝卜是鼻子,一个个很神气地站在那里,有的还围着真的围巾,戴着真的绒线小帽。

这几个广场也是运动场,学生在这里打雪仗,特别是低年级的学生。他们把雪捏成雪球,互相投掷,中了几球以后便满身都是雪。还有人追赶着把雪球塞进别人的衣领里,到处都是笑声。

圆甑、方壶旁边的小河早已结冰。河边一排枯树枝上结满了冰,变成了冰树,现在又堆满了雪。圆甑、方壶之间的小路虽有人时时清扫,也常常蒙着一层雪。

这一学期大学各系科室的工作都有相当成绩。这天,秦巽衡校长邀了几位先生,大多是评议会委员,到圆甑漫谈学校的发展。

圆甑的客厅和书房之间的格栅打开了,高煤炉里的火很旺。比起去年夏天举行复员以后的第一次校务会议时,这里已经更舒适,更有气派。

先生们陆续来到，他们从雪地里走来，带着清冷的空气，都是神采奕奕。大家说着雪下得真好、雪景真好等闲话。

坐定后，秦校长仍坐在那张圈椅上，说道："复员时间不长，我们工作的成绩真是很显著。我们这一群人，每个人或许都有些缺点，但总体上都是一致的，都有着为国家为教育的拳拳之心。我们在这里办学校，不是要凭借办学校得到什么，办好学校本身就是目的。我们的工作有时受到阻力大，有时阻力小，也就有时慢有时快，但总是向前进的。"他停了一下，拿出两个文件夹，说和大家通通消息。

他举起一个文件夹说："这件事我也没有料到，城里的一个高级职业学校向教育部申请，将他们的学校附设在明仑大学里面，说是这样可以提高职业学校的质量。他们的理由很多，但说来说去也还是要提高质量。"

大家听了那些理由，都不以为然。

卣辰道："大学和职业学校培养的对象是不一样的，职业学校培养的是谋生的手段，这是社会和个人都需要的。大学培养的是独立的全面发展的人，而不只是技术手段。"

弗之道："大学培养出来的人，应该有理想有热情，能够独立地判断是非，而不被人驱使。我们培养的是人，不是工具。大学不只是教育机构，还是学术机构，它的任务是继往开来、传授知识并且创造知识。国家的命脉在于此。"

王鼎一说："这事似乎不用讨论，大家都有共同的认识，大学和职业学校是两回事。这样的要求真是匪夷所思。"

巽衡道："这也说明现在有些人对大学的认识不大清楚，好在是很少数。"他把那文件夹放在一旁，又看下一个文件夹，"这是教育部的一封来函，要求我们的公民课用教育部的统一教材。在昆明这些年来，他们一直要求我们用统一教材，我们没有照办。现在，我们更不能用。学术自由的空间应该是越来越广阔，这是我们坚持的方向。”

弗之道：“学术自由兼容并包的方向是不能改的，只有这样，学术才能发展，人的智慧才能发展。大学是一个学术集团，应该能顶住各方面的干扰。当然，对付上面，周旋应付的功夫也是很麻烦的。”

巽衡点头，说：“大家努力。”说着又举了举一个信封，说，“这是袁令信的信，是令人振奋的消息。”袁令信是一位出身明仑大学，在法国多年的核物理专家，这是大家都知道的。巽衡继续道：“他建议在大学设立核物理研究室，并且愿意回来工作。”

这个消息令大家都很欢喜，庄卣辰更是兴奋，说：“这是我们该做的了。”又和徐还悄声议论，“你们同在欧洲，认识吗？”

徐还道：“不认识，当时德法之间交往不密切，我们回来得很早，只知道他很出色，真才实学。”

萧子蔚提出了生物物理和生物化学方面的建设，还有几个学科也有大或小的建议。

巽衡看着弗之道：“你是早有准备的喽。”

弗之道：“我先有一个历史方面的建议，近一百年是中国历史大变革的时间，历史材料很多，可是还没有好好整理，也没有一个看法得到公认。我们需要对百年史做专门的研究，用史家的精神，公正客观，不要偏见，认真搜集资料，编写这一段历史。我想这是我们这一代人应该做的。”大家都说这很重要。

弗之提出来的第二个建议就是成立音乐学系，他说：“我们的大学从来都很关心美育，开展美育实在是改造国民性的需要，美育当中音乐是最重要的。柏拉图在《理想国》里说，人在二十岁以前，最重要的两个学习内容是音乐和体育。音乐培养心灵，体育培养体魄。我们的学校一直是很重视这两方面的，只是以前条件不够，顾不上这方面的建设。我想，现在只要有一点机会，我们就要抓紧时间做这件事。”

巽衡道:“首先是要有人能挑起这个担子。”

大家都不约而同地看着子蔚。王鼎一道:“我们有一个最合适的人选,就是郑惠杭。前天,我在收音机里听见她的歌,真是此曲只应天上有。而且听说她不只是歌唱家,理论方面的造诣也是很高的。”

这时,几个人低声谈论,郑惠杭正在和那位柳先生办理离婚手续,已经不再用柳夫人的名号。柳先生不同意离婚,但自复员以来,离婚一事已经有相当进展,都说是很快就要办成了。

子蔚道:“郑惠杭是准备到北方来,北平艺专要聘请她。如果明仑大学需要,来任教大概是不会有问题的。”

卣辰天真地说:“你说大概,你很谦虚。”

子蔚微笑道:“这是民主。”大家都很高兴,从心里祝愿子蔚得到他的幸福。

弗之想起一件事,说道:“对了,博物馆的工作可以由钱明经负责,这是一个恰当的人选。”大家同意,都雄心勃勃兴致很高。有几个人说只要有一个和平的环境就好了。

大家静了片刻,巽衡微笑道:“还有一件高兴的事,昆庄的房子建筑很顺利,在冬季休工前已经初具规模。到明年下半年造好,大概不成问题。”

一位先生说:“我们的精神可嘉,但还有一个先决条件,就是战事的发展。”

巽衡道:“只能在条件许可的情况下尽力而为了。”

子蔚说:“中国人好不容易推翻了帝制,对自由民主的追求是不会放弃的。我想,我们还有一个追求,就是真善美,这三个字不知是谁最先把他们连在一起。”

梁明时道:“这是很好的标准,可是有些抽象。在具体化的时候,容易歪曲。”

子蔚道:“这倒不怕,只要用最基本的常识标准就可以了。

科学是求真,关于人文的学问是求善,艺术是求美。”

弗之道:“是的,关于真善美的书,可以写很多本,还可以专门探讨。不过,最根本的还是基础常识,简单明了,而且包罗万象。”

这时,听差到巽衡身边报告,晚饭已经齐备。巽衡请大家到饭厅,一切都已安排整齐,现在已经不用谢方立操心,自有厨房办理了。

大家兴致很高,喝了几杯酒,秦巽衡举杯道:“我们为过去的艰难奋斗和成绩而饮。”他喝了一口酒,又说,“我们为将来的更艰难和更大的成绩而饮。”大家都喝了酒,巽衡又高举酒杯,说,“我们不碰杯了,为我们的父母之邦,为中华民族的发展而竭尽绵薄。”

大家举杯一饮而尽。

雪花还在纷纷扬扬地飘落,先生们满腔热情踏着闪着银光的雪路,各自去寻真善美的理想。

二

春天来了。桃花开时又下了一场雪。花枝、花瓣上堆着白雪,它们并不以为冷。桃花是很勇敢的,接着,迎春、连翘成为一道道金色的墙,横在这里那里,它们也许想守住春光。

大学生活有条不紊地进行,除了学习知识以外,学生们还要提高修养、锻炼身体,各方面的活动都很有趣,尤其是音乐活动。音乐室计划在四月中丁香盛开的时候举行一次音乐会,冷若安的独唱是少不了的。冷若安自从有陆良尧伴奏以来,歌唱的水平又有提高,两人合作得很好,常在一起练习。

嵋也得到了练琴的时间,她的教师是一位白俄老太太。嵋虽然功课很忙,练琴却很认真,进步很快。白俄老太太很喜欢她，常在她回琴完毕后用手指点一点她的前额，说："好！好！"

一天下午，嵋下课后去琴房，见音乐室外面藤萝架下的石凳那里有两个人，正是冷若安和陆良尧。陆良尧拿着琴谱坐在石凳上，冷若安站在后面俯身看。

嵋不想打搅他们，骑车一直向前。冷若安看见了她，叫了一声孟灵已。陆良尧抬头，也向她招手。她只好下车走过去看。陆良尧指着琴谱说那是自己要在音乐会上演奏的曲子，奥芬巴赫的《船歌》。

嵋高兴地说："这首曲子很好听，我很喜欢，你独奏吗？"

陆良尧笑道："我还没有独奏过，晏老师鼓励我说我们这里都是业余水平。"晏老师下面还有一句"你就是专业了"，陆良尧没有说。

冷若安从石凳上拿起另外一本琴谱，翻了几页给嵋看，说："我唱这首歌。"那是当时流行的《桑塔露琪亚》。

嵋道："就唱一首吗？"

冷若安道："还有一首《嘉陵江上》。"

嵋微笑道："也是我喜欢的。我要好好听，洗耳恭听。我要去练琴了。"便上车向音乐室骑去。

嵋练完琴后走出琴房，听见《嘉陵江上》的歌声，还有琴声。忽然琴声停了，听见陆良尧说，这里不对，重来。嵋不觉微笑。走到楼外，遇见音乐室的李老师，听他说了一遍开音乐会的计划，才骑车回家。

一会儿，有人骑车从后面赶来，到她身边放慢了车速，还是冷若安。他默默地在嵋身边骑了一段路，嵋找话道："你们合得很好。"

冷若安道："我每次唱《嘉陵江上》都想起一个人。"

嵋默然半晌，说："我知道。"

他们又骑了一段路，去蓬斋的路已到。

冷若安看看嵋，说："我拐弯了。"

嵋回家后，先去母亲房里说些外面情况。说天很暖和，草绿了，迎春花都开了，大家在准备一场音乐会。

因弗之不回来用晚饭，嵋留在家中，她扶母亲坐起，在床边吃过晚饭，又服侍了晚间洗漱。这些时碧初的病情比较平稳，大家都很安慰。

嵋回到房间，拿起小书架上的书摊在桌上，那是梁先生给研究生指定的参考书。嵋在桌边默坐片刻，就用心读书，进入了数学世界。读完自己规定的页数，正要收拾睡觉，忽然想起什么，从抽屉里拿出一个信封，打开看了一遍。

一张讲究的信纸上工整地写着："庄无因学长，孟灵己学弟：请接受一个朋友的衷心祝贺。"下面端正地写着冷若安三个字。

去年无因和嵋订婚，只有最亲近的几家人知道。嵋特地要李之薇告诉了冷若安，不久得到这封信，信是从邮局寄来的。

嵋看着信，朋友的定位显示了写信人的决心，简短的贺语在富余的纸张上似乎承载着伤痛。

嵋为歌者遇到伴奏感到安慰，却在心底有一丝惆怅。她想着无因，他在做什么？在实验室？在图书馆？也在想我吗？

嵋默坐良久才收拾入寝，很快便进入青年人快乐的梦乡。

在众多的音乐活动中，夏正思家的唱片音乐会是重要的一项。夏正思酷爱西方古典音乐，有人形容他可以把音乐当饭吃。若是试一试，让夏先生不吃饭，只听音乐，估计他是可以活下来的。

夏先生在桃庄的住宅较小、较新，廊、院俱全，是抗战前添造的，那时他就住在这里。他的音乐会每两周举行一次，多在星期五的晚上。他自己主持，预备节目、找唱片、擦拭唱片、换放唱片等琐事都一身承担，还有简单的讲解。

人们坐在客厅、廊上和院子里，音乐笼罩着这一小方天地。如果适逢月圆，连同音乐都浸在水晶世界里。一些音乐爱好者，大多是管弦乐队的成员，常来和夏先生一起在音乐中度过两小时。

嵋在昆明就曾听过夏先生的音乐欣赏会。陆良尧是夏先生的学生，很快成为音乐会的积极参加者。

一次，陆良尧和冷若安的练习正在星期五下午，良尧问若安："晚上去夏先生家听音乐会吗？"

若安道："模糊听说过，没去过。"

良尧道："怎么不去？"

若安不假思索地回答："孟灵己没说呀。"

良尧好笑，心想，什么事都要孟灵己发话吗？于是告诉若安那里的音乐很好，若安便也去了两次。

嵋因功课、家事都忙，有许久没有到夏家去了。这天，听说之薇的母亲李太太病情加重，便到李家去探望。看到李太太坐在床上喃喃地念佛，之薇倒有些憔悴，便约她一起去夏先生家听音乐。李太太很赞成，说之薇太累了，应该散散心。嵋和之薇到夏家，正遇见大家坐在一起听音乐，冷、陆都在那里。

夏先生对嵋说："你怎么许久没有来？被公式困住了吗？"

嵋笑道："那是暂时的，音乐能解救我。"

夏先生很高兴，他换了新唱片，轻轻地擦了，放好。音乐响起了，几首莫扎特的钢琴协奏曲，使得大家心神安定。

音乐会结束后，嵋想让若安和良尧一起走，自己和之薇走另外一条路。但不知怎么，总是分不开。后来之薇说家里有事，先走了。嵋也想走开，却不料冷若安说他要到系里去，径自走开，只剩嵋和良尧同回宿舍。

良尧问嵋道："冷老师有外国血统吗？"

嵋道："不知道，不过，看起来像是有。"

陆良尧有许多话要问嵋，但没有说。

四月中旬，丁香盛开，校园里弥漫着淡淡的香气。音乐会在音乐室的大厅中举行，除了常参加音乐活动的同学和教师，还有许多听众。朱伟智、李之薇、季雅娴等都来了。大厅里座无虚席，还有人站在门外、窗外。

郑惠杬要来参加音乐会的消息不胫而走，有些人是因她而来。过道两边墙壁贴了几张报纸，内容都是关于郑惠杬的，她从复员以后已经不再用柳夫人这个称号。报上有关于郑惠杬前几天举行独唱会的报道，有评论郑惠杬的歌唱艺术的专文，都介绍了她毕业于美国朱丽亚音乐院，在国际上曾获多种奖项，抗战时在重庆青木关音乐院任教，是我国数一数二的女高音。

郑惠杬来了，前面几排的同学都站起来，自动让出了座位。她穿着便装，米色上衣和墨绿色长裙，头发向上梳了一个高髻，斜插了一只玉簪，旁边一位神情潇洒的绅士正是萧子蔚。同来的还有一位年长的女性，那是郑惠杬多年合作的钢琴伴奏。

郑惠杬向大家点头致意，坐定后，音乐会开始了。第一个节目是合唱，演出的队伍很快排列整齐，嵋也在其中，唱的是斯特劳斯的《春天圆舞曲》。“啊，春来了！ 春来了！”回荡的歌声仿佛带着花的香气。接着是小合唱、女生三重唱，还有提琴独奏和小号独奏等。

陆良尧弹了奥芬巴赫的《船歌》和贺绿汀的《牧童短笛》，然后是冷若安独唱，由陆良尧伴奏。若安唱了《嘉陵江上》和《桑塔露琪亚》，大家热烈鼓掌。冷若安略微欠身请陆良尧到台前，良尧只站在琴旁深深鞠躬，很是优雅得体。

音乐会的高潮，是郑惠杬的独唱。晏不来先走上台介绍，他说：“郑惠杬女士是大家都熟悉的歌唱家，前天，我在无线电里听到了她唱的歌，想到今天就要面对面地亲耳听到她的歌声，觉得很兴奋。我想大家也急于听她的歌唱，我还啰唆什么。”说毕，伸手请郑惠杬上台。

郑惠杬走到台上，含笑望着大家，同学们鼓掌再鼓掌。她先唱了《玫瑰三愿》，又唱了《渔光曲》。在《渔光曲》两段词之间有钢琴间奏，原来比较简单，惠杬配了吟唱成为一段华彩，人们仿佛在打鱼人的渔船上。掌声如雷鸣般响起，“Encore（再来一次）！Encore！”喊声不绝。晏不来站在台侧，向惠杬抱拳点头，请她再来一个。

郑惠杬说：“今天我到学校来，看见这么多年轻的面孔，又看了你们的演出，无论器乐、声乐都很有水平，真是很高兴。《船歌》是奥芬巴赫的轻歌剧《霍夫曼的故事》里的一段女高音唱段改编的。奥芬巴赫是法国轻歌剧创始人，他的这个咏叹调和钢琴曲《船歌》都是非常好的作品，多年来常在音乐会上演出。现在陆良尧同学弹了《船歌》，我就加唱那首咏叹调，好不好？”大家鼓掌，欢声雷动。

她颔首向伴奏示意，琴声起了，歌声起了。听众凝神屏息，心神随着歌声上下飘动，仿佛置身意大利水乡，坐在贡都拉上。歌声停止后，掌声许久仍不停止，encore 的喊声也不停止。郑惠杬风度优雅地一再鞠躬。

晏不来走上台来，两手虚按，说：“大家的热情欣赏，郑先生都知道了，只是她晚上还有别的安排，不能多留。请大家谅解。”

掌声渐渐稀落，人们陆续退场。有人低声议论，为什么是萧先生来陪音乐家。有人说，大概是代表学校吧，萧先生很喜欢音乐的。

朱伟智等几个人在掌声还热烈时已走出来，季雅娴道：“冷老师的《嘉陵江上》唱得真好，我听着怎么有悲凉的感觉。”

嵋微叹道：“因为胜利是多少人的生命换来的。”

季雅娴道：“是啊。现在这个时局，唱什么轻歌剧？”

李之薇道:“《渔光曲》加得好。”

嵋道:“那一段华彩也加得好,更丰富了。”

朱伟智道:“我不懂音乐,好听倒是好听,但不如《茶馆小调》《团结就是力量》直接有力。”他想了一下,又说,“这些可能是宣传,我们需要宣传。”

李之薇道:“五四快要到了,我们要纪念吧?”

朱伟智道:“当然,这是一个有号召力的节日。”

几个人说着向女生宿舍走去。

晏不来本想音乐会结束以后举行一个小规模座谈会,请郑惠杬讲一讲,她没有同意。待她出了大厅,许多同学围上来,提出一些关于音乐的问题,她一一回答了。

有人问轻歌剧是怎么回事,郑惠杬说:“轻歌剧是歌剧的一种,比较轻快,贴近生活,曲调也比较简洁,都是很好听的。刚刚陆良尧弹的和我唱的都是轻歌剧的创始人霍夫曼的作品,他是法国人。艺术是多种多样的,音乐也是多种多样的,耳朵要大,心胸要大。我希望大家能从各个方面接触美的事物。”他们边谈边行,几位演出者随在左右。

晏不来笑道:“这不是座谈会,是行谈会了。”

又有同学问对内战的看法,惠杬说:“当然反对。”

晏不来觉得谈得够多了,也怕同学提出什么不便回答的问题,便和李老师将同学引开。

陆良尧等仍跟着郑惠杬走。惠杬问陆良尧是哪一系的,学了几年琴,陆良尧回答了。

邵为忍不住说:“我以前对女高音的印象是声音尖细,好像是挤出来的,不大悦耳。今天才知道女高音这样好听。声音虽高,也觉得很宽广明亮。”

子蔚介绍邵为是数学系教师,又介绍冷若安,说他是云南人。

惠杭道："我正要问，你的声音很好。是在哪里学声乐？"

若安道："我哪里学过，一些基础知识，都是在昆明平政街教堂得来的。"

平政街教堂？惠杭和子蔚互看了一眼，他们想起那架破旧的钢琴和在那里度过的快乐时光。

说着到了子蔚住处，便大家散去。

子蔚已由倚云厅迁到桃庄的一个院落，在庄卣辰的院子旁边，格式和庄家的差不多。敞亮的中式北房，院中有两株海棠树。惠杭第一次到这里，立刻爱上了这座院落，当然是因为里面住着的人。她的离婚数天前已经得到批准，她和心爱的人即将进入生命的新阶段。

一周后，萧子蔚和郑惠杭的婚礼在东交民巷的一个天主教堂举行。他们都是无神论者，但惠杭喜欢教堂的气氛，有时也去做礼拜。她觉得只有在教堂举行婚礼才够庄严，天主教或基督教对她是一样的。这座教堂不大，但很秀雅。他们两人都喜欢这建筑。他们又都喜欢教堂音乐，选用了一首圣歌。

婚礼只有四位宾客：郑惠枌和赵君徽、孟弗之和孟灵己，孟灵己是碧初的代表。另外还有一个小合唱队，是北平艺专的师生组成的。

惠杭穿着白缎本色团花旗袍，长及脚面，还有一件同样料子的披肩。脚下是一双银色浅口高跟鞋。头上仍梳着高髻，插了一支珠钗，一头有小珠串垂下，随人行动摇摆。她戴了一副长及手肘的白纱手套，左手捧着一束马蹄莲，右手轻轻挽着子蔚的手臂。子蔚一身藏青西装，打着白色领结。两人站在神台前，不时转头相视一笑，虽都是中年人，却洋溢着青春的光彩。

四位宾客分别站在两旁，守护着这简单又隆重的婚礼。嵋想，如果用花来形容的话，郑惠杭就是白玉兰，华贵而清雅。

子蔚和惠杭很快回答了神父的恒久不变的问题，在青天之下，红尘之间，他们已成为夫妇。

一个小合唱队走到神台一侧站定，前面一排是六位女子，后面一排是四位男子，他们唱起意大利作曲家阿雷格里的《求主垂怜》，歌声在教堂里回荡，大家都感到平静和安慰。

歌声停止，合唱队向两边分开，从中间走出一个人来，弗之和嵋都有些诧异，因为这人是冷若安。他唱的是一首纳兰容若的词：

一生一代一双人，争教两处销魂。
相思相望不相亲，天为谁春。
桨向蓝桥易乞，药成碧海难奔。
今得执手成连理，偕老霜鬓。

最后两句是惠杭改的，也深得子蔚之心。冷若安的声音极为浑厚而明亮，最后一句又由合唱队重复了两遍。

结束后，若安走到弗之身后。子蔚带着微笑和在场的人一一握手，惠杭只依在子蔚身边，轻轻点头连声道谢。众人送子蔚夫妇上车，车开动了，驶向明仑大学他们的家。

嵋问惠枌："你们不去吗？"

惠枌摇头："对他们两人来说，这是神圣的一刻，让他们神圣一下吧。"

弗之和惠枌夫妇说了几句艺专的情况，这边嵋对若安道："由你唱这首词，我怎么一点不知道。"

若安道："原来不是我，他们学校里人才多着呢。一个很好的男高音，他有事到南方去了，我是替补，临时练了几次，没错就好。郑先生自己做的曲，似乎简单，并不容易唱。当然，我很愿意做这件事。"

嵋道："你唱得很好，实在有进步。"

若安道："等你结婚时我也来唱歌，当然，你们请我的话。"

嵋看了若安一眼，没有说话。

弗之和嵋回到家，为碧初描述了这场婚礼。

碧初微笑道："这词最后的一个字应该是平声，现在的偕老双鬓是仄声。不过，也真难为惠杬了。改得好，这样大的喜事，自然有灵感来。"

弗之看着碧初黄瘦的面庞，柔声说："你是灵心慧性。快点好起来，大家还可以唱和。"碧初轻轻摇头，微叹。

次日，数学系收到法国大使馆的一封信，冲散了歌声的袅袅余音。信上通知明仑大学数学系教师冷若安，关于不动点类理论的论文获得法国一种极有声誉的高级数学奖项，并邀请他去法国做访问学者，为期一年。

梁先生很高兴，拖着跛腿在屋里来回踱步，对周围的人说："我一直想冷若安到了一个阶段，应该到外国学术界去看看，扩大眼界，一直没有机会，现在机会来了。"

柯慎危道："我看冷若安不用出国，闭门造车就可以了。不过，要能逛逛也好。"

梁先生看重冷若安，厉康总觉得有点过分。他比冷若安年长许多，也不能说是不服气，只能说是每个人有不同看法。

厉康说："听说冷若安很会唱歌，不大专心吧。"

柯慎危看着自己一只长一只短的裤腿，竟伸手把长的裤腿卷上去，一面说："我倒喜欢听，数学家能写童话，也能唱歌，很自然啊。"

厉康瞪他一眼，不再说话。

后来邵为对冷若安说："应该嫉妒你的是我。我比你大七八岁，还不算多，可以较劲。可是我想嫉妒也嫉妒不起来。我觉得梁先生很公平，法国数学界也很公平。"

冷若安的歌声和数学上的成绩使得他在校园里成为被人关注的人物。有几个女学生给他写信，说要请他教唱歌，或是请他补习数学，无非是爱慕之意。

若安有些惶惶然又有些飘飘然。对于这些来信，他不想理会，又不知是否失礼。他很想找人谈谈，最先想到的就是嵋。可是他知道她是最不适合这种谈话的人。因常和邵为在一起，谈话时便说起这些。

邵为笑道："好运气总是一起来的，这些信用不着回，回了麻烦，就当没收到好了。不过，你也该考虑这问题了。其实，已经有了现成的人选。"冷若安睁大眼睛看着他。邵为笑道："一个弹，一个唱，你不觉得吗？大家看着都很顺眼合拍。"若安沉默不语。

陆良尧温婉娴静，他们于练习之外也有话说。但若安觉得自己心里有一个屏障，是别人进不去的，也许时间久了能够打开？他自己也不知道。

夜里，若安做了一个梦，梦境接着前几天婚礼的情景。梦里他对嵋说，你结婚时我来为你们唱歌。嵋抬头看着他说，你结婚时我能做什么？若安仿佛看见嵋的黑发上有几片紫色的花瓣，那是云南军车驿站里的叶子花，他脱口说道，来做我的新娘。他自己从梦中吓醒了，醒后用力擦拭前额，想要把这句唐突的话擦去。左看右看肯定只有自己知道，才又蒙眬睡去。

丁香谢了，藤萝一串串花苞鼓了起来。五月四日快到了，这是学校里的重要节日。各社团都在准备纪念活动，北平各报刊也在准备纪念五四运动的文章。

晏不来的老同学，记者陈骏到学校来过几次，准备请几位教授谈谈五四运动的意义和展望。他们想到刘仰泽、钱明经等人，孟先生当然是少不了的。陈骏说，如果孟先生太忙，可以单独采访。弗之说，大家在一起可以交流，并建议请李涟也来，各方面的意见都可以听一听。他知道李太太这些天病得很重，又加了一句，如果不能来，就不要勉强。

四月底的一天，这个小型座谈会在倚云厅一间小会议室举行。

刘仰泽先谈了五四运动的政治意义和文化意义，特别讲了“打倒孔家店”的重要意义，他说：“我们的国家必须要走民主的道路，现在的统治势力是一个障碍，好像一座大山挡住了民主的河流。另外还有一座大山，就是我们的旧文化，也就是说儒家文化。儒家文化从来都是为统治阶级服务的。只有把这些清除掉，走全盘西化的路，才是正路。”

李涟听了摇头，说道：“从五四以来，进步人士都以儒家文化为敌，鲁迅的《狂人日记》里说，过去的线装书里满纸都写着‘吃人’两个字。胡适说中国文化就是吃鸦片烟，裹小脚。我觉得很不可思议。照说他们对过去的文化都有了解，怎么堂而皇之说出这样肤浅偏激的话来？全盘西化最是荒谬，把自己的文化连根刨了，种上移来的东西，这能活吗？不要说文化不能活，连民族都要消灭了。”

刘仰泽站起来说：“我们的民族正需要去掉这些腐朽的烂掉了的东西，才能获得新生。五四以来，请进德先生、赛先生已经成为共识，可是到现在成绩在哪里？对于科学好像是有所认识，对于民主还是没有改进。你把民主请进来，让它坐在哪里啊？没地方呀。”

李涟也站起来，说：“祸国殃民。”

刘仰泽瞪大眼睛又要说话，弗之两手虚按，说：“两位不要急躁，怎么没说几句话就这样了？可见怎么样对待我们的传统文化，在大家心里真是个大问题。五四运动提出了请进德先生、赛先生的口号，这是非常正确而且重要的，缺少这两位先生正是我们的大缺点。现在对请进科学已经相当重视，对请进民主还是众说纷纭。究竟该怎么请进，究竟是什么阻挡了民主的发展？”

“那还用说吗?”刘仰泽翻翻眼睛。

弗之没有看他,接着说:“正如刘先生所说,全盘西化论者以为儒家文化是一座大山,阻挡了社会进步,这就有了如何对待传统文化的问题,就要研究传统文化究竟是不是一座大山。我们的传统文化主要是儒家文化,是有缺点的。比如:以君为中心、三纲思想、等级的规定。可是关于三纲的说法,是后期儒家才有的说法,君为臣纲,父为子纲,夫为妻纲。秦汉以前,原来是两方面负责的,君仁臣忠,父慈子孝,夫意妇顺。文化是慢慢生长的,一种文化的形成,总是有变化的。后来添加上的,再后来也可以除掉。其实,推翻了帝制,没有了君臣关系,也就无所谓君为臣纲,三纲自然应该清除。”

说到这里,弗之停了一下,“我们可以旧瓶装新酒,可以把不符合时代精神的去掉,发扬那些光明面。我不赞成连根刨,我赞成一种说法,我认为是对待传统文化最正确的态度。那就是今人哲学家冯友兰提出的主张。冯友兰在一九三四年写成的《中国哲学史》,被胡适认为是正统派,冯友兰在自序中说,他自己也认为是正统派。但他的正统派的观点是用批评的态度而得到的。黑格尔的辩证法讲正反合。他的观点不是最初的‘正’,而是最后的‘合’。所以他的观点经过最初的正和后来的反,到最后的合,已经到了最高的阶段。他尽量挖掘中国文化里面的光明面,告诉人们我们是有根基的,是有祖先的,是有能力吸收别的文化的。我赞成他的这种态度。”

晏不来拿来热水瓶,往大家的茶杯里一个一个地添好水,又回到座位上说:“我素来喜欢读冯友兰的书,他对传统文化和现代化的思考,是从共相和殊相的哲学道理来的。在《别共殊》这篇文章里说,西方文化之所以先进,并不是因为它是西方的,而是因为它是现代的。近百年来我们之所以吃亏,并不是因为我们的文化是中国的,而是因为我们的文化是中古的。我们不能照搬一个个体,可是可以从一类当中吸收适合自己的东西。多精辟啊!”

弗之道:“就是,我想全盘西化这样的激进主义,恐怕实际上是行不通的。现在所说的文化本位主义,”他温和地看了李涟一眼,“现在的文化本位主义也有必须改的地方,冯友兰的这种适合现代化的就拿来,不适合现代化的就舍去,可以说是中道。我看是最适合的。”

这时钱明经走进来,两手抱拳道:“对不起,我来晚了。”

明经这些年对字画、瓷器、家具都很有研究。他除了甲骨文教授、诗人之外,又加了故宫博物院玉器专家的头衔。他还是那样风流少年的样子,并未显露太多沧桑的痕迹。

他看看众人,说:“我在门外听见了孟先生的话,《别共殊》这篇文章,我在昆明时就看过,觉得这正是我们的文化现代化的一条正路。当时大家正忙于抗战,就没有怎样注意,今天孟先生提出来正是时候,确实中道最为适合。”

座中有两位青年教师问:“《别共殊》是在《新事论》这本书里吗?我们要再仔细看。”

弗之应道:“很值得。”

散会后,弗之回到家,见嵋正在碧初房里说话。

嵋说:“新同学昨天去长城了,他们对祖国的河山感受很深,历史不能抛弃,正如长城不能拆毁一样。”

弗之道:“是啊,这是极明白的道理。”遂说了些下午讨论的情况,并要嵋看看《别共殊》这篇文章。

嵋说:“合乎现代化的就保留,不合乎现代化的就删去。对我们有用的就拿来,无用的就扔掉。这应该是很简单的事。可是,做起来怎么那么复杂。”

弗之笑道:“这才有事干。”

嵋见碧初精神还好,便说:“娘,我和爹爹陪你在房间里吃饭吧。”

说着，到厨房和四妮各端了一个托盘进来，在卧房小桌上摆了晚饭。有粥和馒头，还有两样青菜，一碟醋熘白菜、一碟蒜煸胡萝卜。还有一小碟肉松，是为碧初预备的。

弗之坐下道：“听说大饭厅贴出很多条子，都是抱怨伙食不好。”

嵋道：“有不少人给伙食委员提意见，其实他们够努力了。那天我听见一个采买和大师傅说，他每天一大早就到市场去，可是菜太贵，钱不够啊。”

弗之叹道：“是啊，教授间也在酝酿加薪，物价涨得太快了，如果无法控制，加薪也没有用。”

碧初喝了几口粥，只看着他们父女进餐，轻声道：“我也出不了主意改进伙食了。”

弗之道：“我并不觉得怎么样，我们在昆明训练有素了。”

一时饭毕，碧初说累得很，嵋仍旧扶她躺下。

嵋用一半的脑子想着明天给娘做点什么吃食，另一半的脑子被一道数学题缠绕着。弗之照例进入书房。方壶很快又进入了一个平静而又勤奋的夜晚。

三

随着五月的到来，校园里柳枝已经成荫，各类花朵依次开放，五月的鲜花十分绚烂。桥头的墙壁、大饭厅、各宿舍张贴了许多纪念五四的壁报，也有很多反饥饿、反内战的标语和文章。关于传统和现代化的那次座谈会淹没在这宏大的声音里了。

五四到了，校园里举行了诗歌朗诵会、学术报告会、音乐会、漫谈会等等活动。以“高声唱”为题举行了两场音乐会，一场演出了《黄河大合唱》，气势磅礴。另一场是以《茶馆小调》为主的

争自由、争民主的歌曲。《茶馆小调》勾勒出茶馆里的人们对国事的不满情绪,茶馆老板有一段独唱:

诸位先生！生意承关照,
国事的意见千万少发表,
谈起了国事容易发牢骚啊,
引起了麻烦你我都糟糕。
说不定一个命令,你的差事就撤掉,
我这小小的茶馆贴上大封条。
撤了你的差来不要紧啊,
还要请你坐监牢。
最好是,今天天气哈哈哈哈!
喝完了茶来回家去,
睡一个闷头觉。

接着是喝茶的人们的歌声:

老板说话太蹊跷,
闷头觉睡够了,
越睡越糊涂呀,
越睡越苦恼呀,
倒不如干脆大家痛痛快快地谈清楚,
把那些压迫我们,剥削我们,
不让我们自由讲话的浑蛋,
从根铲掉!

歌声很是激昂,随着歌声,已有掌声,渐渐地听众也高声唱起来,台上台下合在一起“把那些剥削我们、压迫我们,不让我们自由讲话的混蛋,从根铲掉!”

诗歌朗诵会参加的同学最多,诗人艾青的《大堰河——我的保姆》最受欢迎。诗歌朗诵是季雅娴所长,她担任了一段领诵。

我是地主的儿子,
在我吃光了你大堰河的奶之后,
我被生我的父母领回到自己的家里。
啊 大堰河,你为什么要哭?
…………

大堰河,会对她的邻居夸口赞美她的乳儿,
大堰河曾做了一个不能对人说的梦:
在梦里,她吃着她的乳儿的婚酒,
坐在辉煌结彩的堂上,
而她的娇美的媳妇亲切地叫她"婆婆"。
…………

大堰河,深爱她的乳儿!
大堰河,在她的梦没有做醒的时候已死了。
她死时,乳儿不在她的旁侧,
…………

大堰河,含泪地去了!
同着四十年的人世生活的凌侮;
同着数不尽的奴隶的凄苦;
同着四块钱的棺材和几束稻草;
同着几尺长方的埋棺材的土地;
同着一手把的纸钱的灰;
大堰河,她含泪地去了……

这些诗句在年轻的心里跳动,伴随着的是社会的动荡,物价高涨,学生贷金维持生活的水平逐渐降低。从南京中央大学开始的反饥饿的呼声,和五四纪念日前后高涨的民主活动,形成了“一二·九”之后又一次声势浩大的学生运动。

大饭厅的墙壁上不断贴出抱怨吃不好、吃不饱的文章。有的同学不很理解,说有贷金,上学白吃饭还不好吗?国家这样困难大家也该体谅。

这种言论立刻受到激烈的反驳,反驳者认为对反动政府的宽容就是罪恶,必须让反动独裁、与人民为敌的政府醒一醒。

学生会发出了罢课三天并游行的呼吁,成立了罢课委员会,在大饭厅工作。从五月中旬同学们便开始忙碌准备,大饭厅前许多架油印机同时运转,油印宣传材料。印好的材料由宣传队送到城里,在大街小巷张贴。

213 房间季雅娴和陆良尧成为对立面。季雅娴积极参加宣传工作,常常半夜才回来。她很看不惯陆良尧按部就班的生活,几次追问陆良尧是否参加即将到来的游行。

陆良尧说:“我很同情游行,可是我不想到街上去参加游行。”

季雅娴道:“那为什么?”她心想,你还是局长小姐啊!正好嵋推门进来,就没有说出口。

嵋已听见她们的对话,就对季雅娴说:“我原来也有些迟疑,因为功课太多了。昨天我家四妮收到家信,她哭了一阵。我看了,信上说村里许多人家都揭不开锅,简直等不到割麦子了。看来,反饥饿、反内战是一个大题目,我应该去。我要去参加游行的。”

陆良尧迟疑了一下,对季雅娴说:“我也去。”

季雅娴道:“好呀,人怎么能一点正义感都没有呢!你们现在就和我一起去大饭厅做点事好不好?”

她和嵋互望一下,随季雅娴一同到大饭厅投入了热火朝天的工作。

李之薇更是忙碌,她一方面参加具体工作,一方面协助朱伟智调度全面进程。

另外,她更有一桩难处,就是母亲病重,需要她照顾。李涟不同情民主运动,也不支持之薇的工作。之荃则不关心。

之薇尽力做好母亲身边的琐事,也尽力做好她所承担的工作。那些工作是很有计划的,似乎有一个看不见的、极有组织能力又富有经验的指挥员在安排着这一切。

五月十八日、十九日,罢课委员会派出了宣传队,他们带了大批材料进城,到东单、西单一带宣讲张贴。在西单的宣传队遭到警察制止,起了冲突,有两名学生被打伤,还有一名同学被拘捕。

消息传到学校,山雨欲来的校园像打了一针兴奋剂,群情更加激昂。一些平常不大参加民主活动的同学,也到罢委会来帮助工作。大饭厅里热气腾腾,只听见刻蜡板的声音,油印机的声音。做联络员的同学迅速地传递消息,罢委会的同学紧张地商讨问题。

五月二十日清晨,校园提前醒来。同学们在体育场集合,整好队伍,迎着朝阳,准备出发。

李太太金士珍午夜时分忽然吐血,之薇要送她去校医院。李太太不同意,说有大神呵护,不必找医生。

之薇很不放心,一再说她就要去游行了,最好请医生看看。李涟叫她不要去游行,之薇十分为难,说:“怎么能不去?”

折腾到天亮,李太太似乎平稳些。之薇和父亲商量好,如果再有情况还是要送医院。

之薇走出家门,回头好几次,待赶到体育场时,队伍已经出发。她跑步到东校门,远远看见大队的尾巴,继续跑着追上了队伍。

季雅娴说:“你怎么才来?”

嵋同情地问道:“李伯母怎么样?”

之薇大口喘着气,轻轻捏捏嵋的手,没有说话。

她马上投入到情绪激昂的人群中,觉得自己每向前迈一步都是为争民主、争自由做出了贡献。

队伍走到沙滩一带,和城内的学生会合,总罢委会的同学做了一个简短的演讲,说这次游行的意义重大,会使全国人民进一步认识反动政府的无能、腐败和残忍。

队伍又开始前进,最前面由男同学组成方阵,臂膀挽着臂膀,大步迈进。“团结就是力量”的歌声前后呼应,人们斗志昂扬,不断高呼着反内战、要民主的口号。宣传队在队伍两旁前后奔走,张贴墙报,或做街头演讲,遭到军警制止,发生争执,一个同学被推上警车。

游行队伍末尾是中学生的队伍,有几个少年跑过来帮着和军警理论,其中一个是孟合己。几个同学争着讲话,军警见他们年纪太小,只喊:“走开走开! 要开车了!”

同学们下意识地后撤,只有孟合己还站在车前口若悬河,讲人权,讲民主,讲自由,讲法律。

这时,跟着队伍的女生舍监李芙老师跑过来将孟合己拉开,安慰道:“学校会来交涉的。”

原本已经有些疲惫的人群,因为看到有同学被捕,又振奋起来,“还我同学”的口号喊得更加响亮。

虽是初夏,北平的午后已经很炎热,有几个同学坐在马路边呕吐。有一位同学晕倒了,那是陆良尧。李芙老师和一名负责救护的同学忙着给他们喝水,服用人丹。学校准备了接学生回校的卡车,已有两辆停在胡同里,陆良尧等便在车上休息。

明仑大学的队伍走到沙滩一带时天色已晚,由十辆大卡车把同学们运回了校园。

车子进了校门，李之薇跳下车便往家中跑去。拐上住宅区的街道，就在暮色中看见自己家门前站着几个人正向这边张望。之薇心里暗道不好，更加快了脚步。那是几位邻居和会众，一个人看见之薇，大声说："之薇回来了！李太太正等你呢。"说话声音略带哭腔。

之薇跑进室内，见父亲和弟弟都在母亲床旁。李涟看了她一眼，说："你母亲怎么也不肯去医院，大夫马上就来。"

金士珍忽然睁开眼睛说："什么大夫，不用大夫，神佛守着我呢。"

之薇大声叫："妈，我回来了，我在这儿。"

金士珍似乎感到安慰，她用眼睛寻找家人，勉力竖起一根手指，手指刚刚伸直便垂下了。眼睛闭上，她去了。

消息传出，同事们和会众们帮助料理后事，校园里的熟人们都很难过。朱伟智等和之薇相熟的同学都来慰问，只有季雅娴悄悄议论，说李太太走得不是时候，搅乱了五二〇运动的影响。更让她不悦的是她的同屋陆良尧的表现。

陆良尧在游行途中晕倒，回来后发高烧，卧床数日。在这几天中，原定的一次和冷若安的合练她不能去，十分不安，就写了一张字条，托嵋带给若安。若安看后托嵋带话，说练唱事小，请她安心养病。因为没有回条，陆良尧似乎有些失望，她一再问嵋还说了些什么，幸好季雅娴当时没有在屋内。

金士珍去世的消息让碧初很伤心，十年来风风雨雨，两家都是互相关照互相帮助。回到北平以后李太太也没有享什么福，竟先去了。一个多月以来碧初的健康也大大下降，几乎都在床上，没有精神。

这天傍晚，弗之接到萧子蔚的电话，说他和惠杭要来拜望，问能不能见到碧初，次日晚餐后是不是合适。

嵋在旁边听见说:“娘能提起点精神才好,娘还没有见过郑惠杬呢。”

碧初道:“这是喜事,怎么不见?”弗之去继续接电话。

嵋对碧初说:“娘见客,换件鲜亮的衣服吧。”碧初不置可否。

嵋拿出几件短绸衫,挑了一件绿底带黄花的,衣领衣襟都有绣花。

碧初叹道:“这也不知是哪年哪月的衣服了,做了就没有顾得上穿。”

嵋笑道:“我那天在樟木箱子里找出来的。”

碧初看着嵋,用手摸了摸衣服,叹道:“总还算有你。”

次日晚,嵋和四妮一起为碧初换好衣服,整理好被褥,让她靠在床上,自往图书馆去了。

不久子蔚夫妇来到,他们在客厅坐了片刻便到卧室来,大家都很高兴。

惠杬双手握住碧初枯瘦的手,连说:“孟师母派小妹妹做代表参加我们的婚礼,我很感谢。知道师母身体不好,一直没敢来。”

碧初目光昏花,看不清眼前的人,只觉得她穿了一件连衣裙,很好看。她喃喃道:“我也盼着这一天啊。”

弗之端了两张椅子放在床前,自己坐在床角。子蔚二人问碧初的起居,都说看起来气色不错。

子蔚道:“学潮这样此伏彼起,让人忧心。我有几次没有参加校务会议了,想来,麻烦事不少。”

弗之道:“学生运动这样轰轰烈烈,罢课成了平常事,教师们实在是很难尽责。既是学校就要教,就要学,不然成什么学校。我们只能以保护学生为原则,尽量维持学校秩序。”

子蔚说起他们的近况,郑惠杬收到美国一所歌剧院的邀请,他们要演出歌剧《图兰朵》，请她出演歌剧中的中国公主图兰朵。

惠杬自婚后一直没有演出，对这个角色兴趣很大。恰好美国生物界有一个重要的学术会议，邀请子蔚参加。子蔚又收到母校康奈尔大学的聘请，回去任教一学期。两人准备一同出国，各种手续都已办完，船期在八月，他们此来也是向弗之和碧初告别。关于音乐学系的事，各有关方面仍在进行。

弗之说："现在学校的工作要开展，很艰难。当局似乎无力于此。不过，总会慢慢进行。正式开拓局面，就要等萧太太回来了。"

惠杬听到这个称呼，从心底漾起一阵喜悦，看了子蔚一眼，说："我们明年上半年回来，应该赶得上一点准备工作。"

子蔚笑道："惠杬很喜欢人家叫她萧太太，不过，孟先生叫她的名字好了。"

又坐了片刻，二人怕碧初太累，起身告辞。

惠杬仍握了碧初的手，说："孟师母这件衣服真好看，现在很少这样的做工了。"

碧初想不到有人称赞她的衣服，十分高兴，老实地问："真的吗？"

惠杬道："怎么不是真的，我不说应酬话。请孟师母好好保养，我们回来就来看你。"说着，在床前行了个屈膝礼。

碧初只觉得她带着歌唱家的满台的华灯异彩，又有些少女般的妩媚天真，不觉笑出声来，看着他们走出室外。

子蔚夫妇去国以后不久，卣辰夫妇也离开了。

本来在得知学校要建立核物理实验室后，卣辰十分高兴。可是他发现物理系有两位进步的青年教师，还有一些学生，对他的态度有些奇怪。他敏感地觉得那是因为玳拉的关系，这是许多年来他没有感觉到的。

他和玳拉几次商量，最终决定离开中国，到英国去，那对于无采也比较适合。他们悄悄地走了，在许多人心里留下问号。

过了几天，被捕的两名宣传队的同学，经秦校长多方交涉被放了回来。罢委会组织了欢迎会。整个校园都在游行、罢课的余波中。

冷若安去法国的行期在八月中，行前和陆良尧还有一次练唱。他们又唱了《嘉陵江上》和《桑塔露琪亚》，又把合练过的歌曲几乎都唱了一遍。两人都很投入，唱完很久还沉浸在音乐之中。

陆良尧一面整理琴谱一面问："你就要走了吗？我到车站去送你。"

若安忙道："不用不用，系里有人去，也还有别的系的同学去欧洲。"

若安推着车送陆良尧回女生宿舍，良尧道："快放暑假了，我要回上海去，开学再来。"又问，"你回家吗？"

若安沉默片刻，说："学校就是我的家。"

良尧知道一些若安的身世，觉得自己唐突了，连说对不起。

若安笑道："应该问的，因为每个人都有家。"

两人走到女生宿舍楼门口，陆良尧塞给冷若安一张纸条，说："这是我家在上海的地址。"他们握手而别，陆良尧看若安骑车拐了弯，才进楼去。

这些普通人的平凡生活，掺和在历史的洪流中，历史的洪流不会被这些平凡的生活阻挡，却也永远少不了这些生老病死这些缘分。

四

五二〇运动影响遍及全国，昆明各校学生也都罢课游行，经过这次斗争的洗礼,学生的政治认识提高了很多。

严颖书去年底离开了荣军院,回到昆明,在地方上一所医士学校任校长。他对学生运动很同情,并积极帮助。

在各种联系交涉中,颖书和华验中学校长吴家穀渐渐相熟。吴家穀不赞成学生运动,尤其认为中学生参加这种政治活动太早了。在多次罢课中,华验中学和医士学校都曾有几名学生自去上课,学生们对这几名上课的学生痛加批判。

颖书同意这种批判,因为这几个学生危害了集体。家穀不同意批判,认为上课是学生的权利,罢课不是他们的义务,可以随自己的主张认识行事。他们都痛恨当局的专制和腐败。

颖书和家穀也是明仑大学的同学,在交往中他们两人求同存异很谈得来,尤其是彼此知道有共同的熟人,更觉亲近。这熟人便是孟离己。

吴家穀和孟离己去年一同从北平回到昆明,一路没有说过几句话,家穀知道峨专心科学研究,全家北上,她只身留在昆明,对她很有几分敬意。又有妹妹的嘱托,一直想去看望她,又怕冒失。和颖书相熟后,也曾说起孟离己。

这天,家穀收到家馨的来信,因为信中提到孟家人,他便约严颖书同去看孟离己。

颖书有些为难,说:“你知道,孟离己脾气有点特别,她很可能不欢迎我们。不过,我也正想去看看她,就算她不欢迎,我们的人情到了。”

一个星期日,他们驱车前往位于东郊黑龙潭的植物研究所。孟离己请他们在接待室坐,没问他们来做什么,神情也是淡淡的。

颖书先问了三姨妈身体是不是好些,峨微微摇头道:“还是老样子。”

家穀说这一带古木参天加上茶花盛开,真是好景色。峨不置可否。

颖书道:“我把翠湖西边的房子收拾好了,我住我母亲那个院子就够了。正院让医士学校的学生住,还有一个跨院给女生住,跨院里有空房。你若是进城,可以落脚。”

峨道:“谢谢了。植物所在城里有房子,专门拨给我一间。”

家縠见颖书有些尴尬,便说:“家馨前天来信了,问你呢。她去看孟伯母了,孟伯母情况平稳,过几天她会有信给你。”

峨道:“家馨是热心人。”又问颖书道,“大姨妈好吗?慧书有信吗?”

颖书道:“亲娘在庙里身心都很安静,我前几天去看过,精神很好。慧书已经进了大学,她是不常写信的。”

家縠又问:“实验做得怎样?”

峨道:“慢得很。”

颖书道:“不怕慢,只怕站。”

家縠很想去看看峨的实验,却不敢说。因峨不再说话,两人起身告辞。

峨回到实验室,这是她星期日的照例去处。她正在做第一百二十次提高花毒质量的实验,操作台上摆着那名为拉帕奇尼女儿大毒花的标本。

峨不觉想起了萧子蔚。子蔚和惠杬结婚的消息早已尽人皆知,峨刚听到时,好像是揭开了一个谜底,觉得有些轻松。她在黑龙潭那唐朝的梅花之下,点了一支香,为他们祝福。

峨在点苍山几年的钻研,让她在植物所有了一定的地位。毒花提炼出毒素的过程比较简单,可是,毒素怎样变成药、怎样用于治疗是非常复杂的。要懂得药学。拉帕奇尼的女儿似乎不愿意为人类做好事,许多设想、许多实验都失败了。峨的研究还停留在提高毒素质量的阶段,她正在花的世界和药的世界里彷徨。星期日照例刻板地过去了,没有新发现。

过了约半个月，峨收到吴家馨的信。家馨在信中很坦率地说："孟离已，你整天和花和药相对，你应该和人打交道。现在你应该做的是结婚，这一点我和伯母的意见极为一致。前几天我去方壶了，伯母精神还好。我们说起你和家縠一路去昆明，伯母说希望家縠能帮助你。你对他有点印象吗？他对你很有好感，说你做事全都在情在理。有人说你矫情，其实你有自己的道理。别的不能说，只能说我哥哥是好人。"

峨看了，颇有几分感动。默然片刻，仍然回到实验室，与拉帕奇尼的女儿相对。

日子一天天过去，碧初的病日益沉重。峨连续收到嵋的信，报告病情，她在实验室中仿佛看到病榻上的母亲。

看来，分别是不可阻挡的。怎样能让你高兴，亲爱的娘。峨在心里说。

昆明连着下了几天大雨，到处都滴着水。吴家縠穿过大雨从学校回到宿舍，把雨衣挂好，换了鞋袜，倒了一杯水端在手中还没有喝，有人敲门。

吴家縠心想，这样大雨谁来？一面说："请进。"

门开了，是孟离已站在门前。吴家縠十分诧异，诧异中又有几分欢喜。

"这样大雨，你怎么来了？"一面招呼峨脱去雨衣，说，"我这里有干爽的鞋，你换上吧。"

峨换鞋时旗袍下摆滴水打湿了鞋，家縠忙又拿来一双让她再换。两人坐定，家縠有些好奇，询问地望着峨。

峨沉默了一会儿，很平静地说："我是有点事。"

家縠道："什么事，我能帮忙吗？"

峨又沉默了片刻，冷冷地说："吴家縠，我们结婚吧。"

家縠惊得几乎跳了起来，没有回答。

峨问道："好吗？你同意吗？"

家榖道:“我同意,什么时候?”

峨道:“现在。”

家榖不知所措,说:“现在怎么样? 上哪儿去?”

峨道:“去登记。”

家榖给峨找了一双雨鞋,两人穿好雨衣,打着伞,匆匆地到有关部门登记。手续很简单,登记完了走到门外,见雨已经停了,天上正有一道彩虹。

家榖看着峨,说:“手续是不是办完了?”

峨说:“还没有,我们去打电报。”

他们到电报局打了一份加急电报,电文是这样的:“父母大人,我们已登记结婚。峨和家榖。”

都办完以后,家榖建议一起吃晚饭,两人到华验中学附近一家店里,在楼上临窗桌坐了,望着窗外彩虹的余光。

半晌,峨说:“你觉得委屈吗?”

家榖道:“为什么觉得委屈? 你觉得委屈吗?”

峨道:“我觉得很安心。”隔了一会儿,又说,“吴家榖,我知道你是一个好人,我可以告诉你,我会努力做一个称职的妻子,不过,我实在不知道怎么样是称职。”

家榖微笑,认真地说:“你当然是称职的。那么我来说,我会是一个称职的丈夫。”

家榖的态度和声调,不只恳切而且热烈。峨枯井般寒冷的心中漾起一阵暖意,她自己都觉得很奇怪。

家榖送峨回到住处,这时暮色渐浓,又落下了雨滴。

峨拿出一张电报给他看,是嵋打来的,只有三个字:“母病危”。这三个字包含了许多内容。

峨告诉家榖,她本来准备立刻回家,因为大雨没有航班。她所能给母亲最大的安慰便是他们结婚的消息。

门外有人喊:“孟离已收电报!”

峨快步跑出房门，淋着雨去接了电报。家穀跟着她，怕她摔倒。

回到房内，峨急急拆开电报，两人同时看到了下面的字样："凌晨5时37分母病逝。"发电的日期是八月十八日，电报是嵋打来的。

峨双手拿着电报，不住地颤抖。她靠着门站了一会儿，走到桌前坐下，双手扶头，不停地流泪。

天已经黑了下来，雨越下越大。

峨忽然抬起头冷冷地说："吴家穀你回去吧。"

家穀像触电似的站起来，走到室外。见夜色茫茫，大雨如注。

他定了定神，又走回室内，说："孟离己，你这是一个称职妻子的话吗？"

峨一怔，还是冷冷地说："你请坐。"

家穀道："坐哪里？"

峨道："随你便。"

家穀找到热水瓶和两个杯子，倒了一杯热水给峨，自己在桌子对面坐了。

两人沉默良久，峨终于捂着脸呜咽起来，接着便放声大哭。

家穀走过去抚着她的肩，说："哭吧，大声哭。我在这里。"

哭声穿过雨声，向黑夜散开去。

入秋以来，碧初病情恶化，几次大出血，不得不又住进了德国医院。那时医院不准家人陪护，只有按时探望，弗之三人轮流伺候。

这一天轮到弗之，碧初精神尚可，断断续续对弗之说："我的病自己知道，是到头了。我怎么舍得这个家，可是死生有命谁抗得过。我走后，最好有人陪伴你。你要听我的话。"

弗之心如刀绞，连说："胡说什么。"

一面把打湿了的眼镜拿下来擦，眼镜掉在地上，还是护士过来捡起。

碧初叹息，喃喃道："你看看，你看看。"

嵋的照顾总是那样细致，充满了柔情。她用小勺给碧初喂水，碧初喘息着想说什么，嵋轻抚她的头发，俯身下来说："娘，你要说什么？"

碧初断续地说："每个人都有母亲，可是母亲不能跟着一辈子。我很安慰，我觉得你就是我的母亲。"

嵋叫了一声娘，俯下身去抱住娘的头，母女二人的眼泪合在一起。

合子到母亲身旁时，碧初已不能讲话。

合子大声说："娘，有我呢，你有儿子。"

碧初用力睁开眼睛，便又无力地闭上了。

碧初一息尚存，一位护士走进房来，手里拿着一张纸，大声说："加急电报。"

合子接过来看，惊喜地大声说："姐姐结婚了！"

弗之、嵋与合子轮流各念了一遍，碧初听得清楚。她的手放在弗之的手上，看了一眼嵋与合子，面带微笑离开了人间。

碧初由家人护送到万安公墓，停棺三日。在安葬这一天，峨和家縠赶到了。孟家人围在棺旁，洒泪向这个家庭的主心骨告别。

秦巽衡和谢方立、梁明时和他不怎么出门的太太、萧子蔚和郑惠杬、郑惠枌和赵君徽、吴家馨、徐还和女儿周燕殊等亲近的友人都到了，大家垂首默哀。

棺木落到墓穴中，棺盖上放满了鲜花，其中有峨从云南带回来的，路远迢迢有些已经萎谢。万安公墓里十分肃静，绿荫成帐，遮蔽着沉睡的逝者。天地悠悠，人在这里得到了归宿。

次日，照规矩逝者的子女要到参加葬礼的长辈家谢孝。家縠和峨与嵋、合子一同出门，先到秦家。本来长辈是不必见的，因听陈贵裕说孟家有了新姑爷，大小姐结婚了，谢方立邀他们到客厅坐。四人到了客厅，秦校长也从厨房出来，峨等鞠躬致谢。

巽衡知道家縠是昆明华验中学校长，很关心地问了当地教育情况。

方立拉着峨的手说："这回娘可以放心了。"

峨道："总算让母亲得到了安慰。"

他们接着去了梁明时家，梁太太姓齐，名小圆，是南方小县的人。她文化不高，人生得很清秀。抗战时她没有到昆明，一直在家乡带孩子，照顾梁明时瘫痪的母亲。

梁母去世后，正值抗战胜利，他们母子到了北平。夫妇虽分别很久，也一如既往，很是相得。

梁太太加入大学眷属生活较晚，没有见过家縠，也没有见过峨。嵋介绍了，梁太太打量着这一对新人，拢起手来拜了拜，连说："好人，喜事。"

梁先生说："你们的母亲虽然去了，可是生命是不会停止的。"梁太太又和嵋低声说了一会儿话，四人起身告辞。

出了门，峨道："回家吗？"

嵋道："还有萧先生那里。"

峨很不想去，又说不出原因，只随着大家走。

到了桃庄，子蔚和郑惠杬正在院中说什么。四人进来，互相介绍了。

子蔚知道峨已结婚，深感欣慰。峨凝神望着惠杬，心想，原来你是这样的。惠杬友好地微笑。

子蔚对惠杬说："孟离已是植物学界新秀，正在做一种研究，已经做过一百多次试验了。她很有钻研精神。"

峨略一低头，又看着郑惠杬，由衷地说："你真美。"

惠杬道:“我最佩服科学家。前几天在杂志上看见你关于高山杜鹃的文章,你真了不起。”她看着峨说,“你们三人很像,一看就是一家姊妹。”

子蔚道:“就是很像,不只是外貌,有一种神气。”

他让大家坐了,问起峨现在实验的情况,峨择要报告了。

子蔚道:“这是你的创造,创造总是艰难的,不要气馁。”又问了昆明植物所的情况。

峨觉得萧先生像是一位亲切的兄长,心里十分平静。

惠杬端了茶来,又拿出一个精美的盒子,里面是一块从国外带回的丝巾,送给峨作为结婚礼物。

她取出丝巾在峨颈上比着,嵋端详着说:“真漂亮。”

惠杬退后两步,站在子蔚身边。峨拉了拉丝巾,不觉向身旁的家穀靠近一步。她看着萧先生和歌唱家,心想,每个人都要找到自己的位置。忽然,又觉有一丝凄然从心底爬上来。她转头看见嵋正在凝视着自己,心里说:“小鬼头!”索性拉住家穀的手。

惠杬和子蔚相视而笑,他们都从心里赞许峨和家穀这一对新人。

嵋和惠杬谈到母亲的病情。在谈话中,峨、嵋姊妹都觉得心情好了一些。似乎母亲也在这里,仍在生活中。生活继续向前。

离开了萧家,路过原来的庄家。嵋曾在这里出入无数次,现在不必进去了。大家慢慢走回家,一路上谁也没有说话。

第五章

一

北方夏日的大平原，下午的阳光更加灼热，黄褐色的土地上这里那里散布着村落。这些村落的树木不多，它们大多是国槐，国槐又带着槐树虫。树木在骄阳下很干渴，树下落满了槐树虫，倒是显得绿茵茵的。

季雅娴、李之薇、孟灵己等人参加教民校以后，便在这里的大河村担任教职。大河村其实并没有河，和别的村子一样，一片黄褐色的屋顶，中间有几片青灰色，那是瓦房。这里几个村子才有一个小学，没有小学的村子大多有民校。季雅娴等从骄阳下赶来，进了简陋的民校教室，都觉得阴凉。

民校教员邱春是一个看去老实敦厚的中年人，他除教员以外，还兼任校长、教务主任、校工等职。

这时他一手抱了一卷纸，一手拿了一壶水，把壶放在教桌上，说："老师们来了？喝水吧，凉白开。我先把这东西贴在墙上。"

季雅娴问："宣传画吗？我帮你贴。"

打开那卷纸，原来是一张二十四孝图。三人都知道有二十四孝图，却没有见过这样大的，都围过来看。邱春便把图打开放在课桌上，三人一张张看过去。

季雅娴说:“我昨天恰好读到鲁迅的文章,他非常反对二十四孝。尤其是老莱子娱亲和郭巨埋儿。”

说着拣出了这两幅图,一幅画着一个老人穿着婴儿的服装,坐在地下啼哭。有字介绍,大意是七十岁的老莱子为了娱亲,做婴儿状。

季雅娴指着图说:“肉麻吧?”

又指着另外一张,那是郭巨为了不让儿子和老母争食,要把一个活泼泼的亲生儿子埋掉。嵋和之薇看着图,不寒而栗。

之薇大声说:“这也算孝道?!”

季雅娴说:“恐怖。”

她们因为要上课,不能多讨论。

嵋问邱春:“能不能先不贴?”

季雅娴说:“他哪里做得了主。”又问邱春,“是吗?”

邱春答道:“是啊,这是村长让贴的,村里的人都喜欢,我看着也很好。”

他有些不解地望着嵋,说:“老师们先上课吧。”便把壶和图都拿出教室去。

季雅娴也说:“问问村长吧,别贴了。”

孩子们陆续进来了,很有秩序地坐在自己的座位上。李之薇和孟灵己也走到自己授课的教室。

不久,教室里便传出女大学生清脆的讲课声音。季雅娴在教学生念鲁迅的文章《秋夜》,李之薇在讲太阳系的九大行星,孟灵己在讲鸡兔同笼的四则题。孩子们大都专注地听讲,也少不了交头接耳。教室外还有一些更小的孩子,有的在玩沙土,有的向教室内好奇地探头探脑,那对他们是一个新世界。

课程结束了,老师们走出教室,孩子们照例跟着。他们有时会听到一个小故事,有时会得到几粒糖。

三人推着自行车,嵋一手牵着一个孩子的小手,孩子的手很脏,脸上满是鼻涕。嵋没有带纸,拿出手绢擦去挂在孩子脸上的鼻涕。她想把手绢扔了,看看四周,没有合适的地方。

一个十来岁的女孩跑过来说:“老师,这是我弟弟,把手绢给我吧。”她觉得这条手绢很好看。

嵋把手绢递给她,很想再送她一条干净的,但没有带。

女孩拉过弟弟的手,一起向嵋鞠了躬。

嵋道:“我们下礼拜还会来。”

孩子们停下,看着三位老师骑上自行车慢慢远去。

三人骑了一段路,听见火车的声音,轰隆轰隆的越来越响。她们走的是一条抄近的小路。三人到铁路边停下来,让火车通过。

季雅娴道:“这里该有一个红灯的设置,阻止行人过铁路。”

李之薇道:“这不是一条正式的路,是人走出来的。”

嵋担心地说:“不知发生过事故没有。”

之薇道:“我也是这么想。不过,村里人对这个路很熟悉,会教孩子们注意的。”

火车过去了,冒出的白烟向天空飘去,渐渐淡了。三人上了车,向学校骑去。

晚上,嵋和爹爹、合子在一起时,说了下午的见闻。

弗之道:“这些年实行新生活,久不见二十四孝这种东西了。大河村的人还很喜欢,可见清除旧的影响是多么不容易。”说着,他忽然咳起来。

嵋道:“怎么夏天就咳嗽了?”站起身在弗之背上拍了几下。

弗之从在昆明时就得了支气管炎,到北方天气冷,这两年有所加重。

等弗之咳定了,嵋接着道:“我记得以前看过一幅曹娥投江寻找父尸,还有郭巨活埋了儿子,王祥卧冰求鲤,真是又愚昧又迷信又残忍。”

弗之道："孝是一种亲情，也是一种责任。我国过去为父母之丧要守庐墓三年，为的是念父母之恩。感恩是一种很美好的感情，其实也就是良心。有良心，能知道感恩，人就不会变坏，社会就会和睦相处。二十四孝所标榜的种种过分的举动实在是愚昧，再得到上天的赏赐就更是可笑。"

合子一直在旁听着，这时说道："要是真有天老爷就好了，可是，这个天老爷只能自己做。"

三人议论一阵，各自做事。

嵋回到房间，四妮拿来一封信，说是下午收到的，放在厨房里忘记拿过来。信是无因来的，嵋满心欢喜，以为他就要回来了。捧着信，凭窗站了一会儿才打开。

无因的信还是那样亲热，那样一往情深。可是，信中的消息令人十分沮丧。无因说，他本来是计划明年回国的，现在有一个非常重要的课题，导师要他参加。说是他不参加，课题很难进行。

无因写道："Darling，课题无论怎么样重要，还能比你更重要吗？你即将毕业，可以出来留学，明年我不回去，我们也能相聚。你如果觉得可行，现在就可以申请学校。"

嵋又把信抱在胸前，在窗前站了好久。

合子本来不想考大学，要和他的同班同学去解放区。他们是中学生中颇有头脑的一群，出了《同路人》的壁报，讨论各种问题。他们曾认为英国工党最为理想，后来读了《方生未死之间》等书，又有民主青年同盟的指导，都向往解放区那一片光明。在这些年轻人心中，那里住着天老爷。

过了几天，孟家父子、姊弟三人深入讨论了合子考大学的问题和嵋留学的问题。

关于合子考大学，弗之说："抗战胜利，我们的民族得到了独立和自由，这是从最基本的意义上讲的，国家的前途还是很艰难的。从个人来讲,我们要争取个人的自由,人没有自由是不能称其为人的,但是要争取这一切,都离不开科学。你应该学习,你不是要造飞机吗?你不上学,飞机谁来造?国家的科学谁来提高?我们的国家就永远这样落后吗?”

嵋觉得爹爹的话很有启发,说道:“民主与科学,永远是必需的。只上了高中,你还不够了解这个社会。”

经过一番讨论,合子又和周燕殊等几个同学商量。有的同学家长不干涉,徐还则更坚定地主张年轻人应该学习。最后,合子和燕殊一起报考了明仑大学,有几位同学瞒着家长去了解放区。

关于嵋留学的问题,弗之的主张很明确,嵋应该去。时局虽然很乱,只要是维持现在这样的局面,每年还是有公费留学名额的。

嵋觉得自己正站在一个十字路口,一方面是无因在召唤她,一方面是她实在舍不得爹爹和这个家,也不愿错过新时代的变化。她也和梁明时商量。梁先生认为,因为是无因为你准备了一切,这就不光是学业的问题;可是孟先生身体不大好,这又不能只考虑无因。说来说去,只有你自己决定。

嵋在思考、彷徨、忐忑不安中度过了许多不眠之夜。

到了明仑大学发榜的日子,合子一早就去看榜,早饭时还没有回来。嵋和弗之坐在饭桌前,不时望着门外。

一阵脚步声,合子从小院跑过来冲进饭厅,叫着:“爹爹!小姐姐!”却不说话。

嵋迟疑地问:“好消息?”

合子点头:“当然,榜上有名。”

他身材修长,已经比弗之高了,穿一件白衬衫,一条卡其布长裤,戴一副窄边眼镜,站在那里十分精神,俨然是个大学生了。弗之放心地喝了一口粥。

嵋问:“周燕殊呢?”

合子道:“当然也考上了。”他停了一下说,“我站在榜前,看着我的名字,觉得孟合已三个字真好看。”

弗之道:“合,是事物的最高境界,从字的形式来讲,它的组成是人、一、口,一人都要有一口,这个想法很妙。”

合子道:“是啊,不能有的人有很多口,有的人没有。”

弗之道:“合子会为国家做出一番事业的,我相信你会的。”

嵋盛了一碗粥放在合子面前,轻声说:“爹爹说得对,我从来都是这样相信的。”

孟合已很快上了大学,戴上了白底蓝字的校徽。

李涟的小院里树荫斑驳,静悄悄的。这天上午,来了一位衣冠楚楚的客人,这位客人不是别人,正是蒋文长。

李涟诧异道:“老兄,你怎么光临寒舍?”

蒋文长笑道:“我们在昆明多年,李先生是我的师长辈,我今天回到学校,自然要来看望。”

李涟记起,蒋文长曾托他向孟先生说情,请求免服军役,当然碰了个大钉子。那是过去的事了。当下就请坐让茶,两人说些复员后各自所见,很热络。原来蒋文长想到明仑大学中文系工作,活动了一些时间没有成功。

蒋文长道:“这几天台湾有两个大学来约我去工作,北平这边没有什么好事,我是要到台湾去的。”

“你要到台湾去啊?”李涟很有兴趣的样子。

蒋文长道:“他们那边要请史学界的人,见过了栾必飞,可是又不太中意。不过,当然他要去工作也是可以的。他们希望要有更深资历的,有更高学术地位的。”

李涟笑道:“老实说,我想去呢。”

蒋文长道:“你在这里什么都有了,有了头衔,有了房子,你要走？”

李涟道：“时局不稳定，是明摆着的。学潮的攻势很明显，民主的口号是有很大迷惑性的。糊涂啊，糊涂！我想晚走不如早走。”

蒋文长道：“明天就请台湾的朋友来会一会。”

次日，果然有台湾来人，来和李涟谈了，很投机。不过李涟已经接受了明仑大学的聘书，现在要走是很麻烦的。

他去见孟弗之，到了方壶，大有冷清寥落之感，和弗之相见，各自都觉凄然。两人落座后相对无言，默然良久，李涟说了自己的想法。

弗之道：“历史一时是看不明白的。你既然想离开，现在又有机会，我不勉强留你。只是你已经接受了聘书，课时也不好安排，能不能改在下一年度？”

李涟听到不好安排等话，以为弗之不同意。及至听到改在下一年度，心想，有望。便说：“到时候不知道局势怎么样。”

弗之道：“很难预料。照说，台湾那边正在建设，很需要人。不过，我们还是以本校的教学为主，明年去吧。”

李涟又问：“哪里有孟太太照片？”

弗之引他到原来的卧室。墙上有碧初的照片，她坐在藤椅上，虽是病容，仍然端庄娴雅。李涟肃立鞠躬，然后辞去。

过了两日，弗之在校务会议上说了李涟的事。

秦巽衡道：“抗战胜利，收复了台湾，当然应该帮助台湾的建设。台湾来聘请各方面的人才，教育是最重要的。我们的毕业生也可以到那边就业。李涟要去是可以的，只是好像急促了些，明年最好。”

他询问地看着弗之，弗之道：“正是，我也是这个意思，明年再去为好。”

李涟也向之薇、之荃告诉了他的决定。

之薇道:“爹爹明年去了,什么时候回来?”

李涟微笑道:“明年才去呢,就先说回来。”

他仍旧安心教书,同时,也不断留意台湾那边的情况。蒋文长已到台湾一所大学任教,和李涟时有联系。

又是一年了,在日益升级的内战中,在物价节节上涨引起的忧虑和抱怨声中,在接连的政治运动中,学生们艰难地学完了学业。

暑假来到了,嵋和李之薇都毕业了,她们即将走进社会的大课堂。数学系几位负责人考虑孟灵己可以留校,是在数学系还是数学所没有确定。其实系里和所里的教师差不多都是兼职。

李之薇要到昆明去工作,先参加一个少数民族的考察团,由刘仰泽领队,大概要去半年左右。

她很舍不得离开父亲和弟弟,家里只剩下他们父子两人,谁来管家事?临行的前一天,她为父亲和弟弟做了一顿好饭,还为父亲备了一小瓶绍兴酒。

在饭桌上,李涟举举酒杯又放下,说:“你这一去,总是要在那里结婚的。时局动荡,在我离开以前,你肯定是不能回来了,不能回来也不用挂念。咱们父女的政治态度素来是对立的。我们互相尊重,很少吵架,我很满意。时局怎样发展还不知道,反正我是要走的。现在的问题是之荃该走哪条路。”

之荃走到李涟身边说:“我跟着爸爸。”

李涟道:“你有自己的前途,你要多想想。”

之荃说:“我无所谓,有球打就行了。爸爸年纪老了,一个人挺闷的,我跟着做伴不好吗?”

之薇呜咽道:“这么说我简直不想走了。”

李涟慢慢地说:“去吧,颖书是好人。明天你走得早,不必来见我了。”

说着站起身，不等之薇说话，一挥手走进自己卧室。

李之薇收拾好桌子，到方壶去和嵋告别。嵋已买了十来瓶花露水，包好了交给她说："昆明蚊子多，你带着。"

之薇道："我也买了好些。"

嵋道："多带点无妨。"

两人依依不舍说了很多话，直到入夜。嵋送之薇过了桥，过了山，看着她踏着月光走了。

嵋回来，见桌上摆着一封信，又是四妮延迟送来的。她急于看无因的信，又怕无因催她。不安地打开信，信比较简单。

亲爱的嵋：

我盼着你的信，但两封来信都说得不够确切。你能来吗？我已为你订好船票和车票。

嵋恨不得一下飞到无因身边，可是她怎么飞得动？她有他们两人之外的责任。

又是一个不眠之夜，嵋久久地望着无边的黑暗。直到天色发亮，才蒙胧睡去。

清晨，之薇起身准备出发，她到李涟卧室外，低声说："爸爸，我走了。"里面没有动静。

之荃扛着姐姐的行李，送她到集合地，刘仰泽和另外两位教师已经在那里。大家上了车，车开动了，车声划破了清晨的安静。

李涟办了各种手续，在秋季始业之前，便带了之荃到台湾一所大学任教。

那座小院里杨柳依旧低垂，和长高的野草一起随着清风摇摆。

二

自从李之薇毕业，严颖书日夜盼望她的到来。他认真地收拾翠湖西路院落的那几间正房，把院子截成两半，使正房和厢房隔开，成为单独的小院，房间不多，但是宽敞舒适。

他在房间里走来走去，想到母亲杀蛇的场面。他不喜欢看到母亲一手拿刀，一手挥舞着死蛇，类似女巫的举动，不觉用手掩住了眼睛。

他擦了擦眼睛，又洗干净拖把，再一次仔细地擦了地板。把各种物件都妥善地摆好以后，他想到李之薇即将成为这座小院的女主人，一阵暖流在心中漾开。

这天是之薇到达昆明的日子。颖书一早就收拾好自己，从容地到巫家坝等候从重庆来的飞机。直到中午，飞机才降落在机场。

太阳照着大地，亮得使人睁不开眼睛。在走下舷梯的旅客中，他一眼就看到了之薇。他觉得之薇很窈窕，她长高了。之薇也看到了在机场边等候的颖书。两人走到一起之前，彼此的目光已经说了很多话。

之薇介绍颖书见了刘仰泽，又请了假，和颖书一起到翠湖西路严府。这里已不是当时的军长府邸，但并不荒凉。作为医士学校的宿舍，一切都是整齐有序的。

颖书带之薇看了他的改革。他把手指卷在之薇的辫梢里，一路走一路说："一切还等你来布置。"

之薇也觉得一股暖流在心里漾了开来，这里会是他们温暖的家。两人商定，待之薇考察结束后再考虑婚事。

明仑大学四人和当地的伊仑大学八人组成了考察团，刘仰泽、李之薇和伊仑大学的两位教师分在一组。一位男教师名字是高明，大理人，生得不俗，幼时读过几篇古文，说话文绉绉的。一位女教师名字是许明，是民主运动的积极参加者，和颖书相识。

他们即将去考察的是云南最最落后的地区。四人乘车出发，三天后到达县城，在县政府开了介绍信。再往前已经没有车行的路。他们徒步走在蜿蜒的山路上，觉得正在走向历史的深处，越走越接近古时候。

一天，经过一小片树林，一座青翠的山横在那里。山道相对来说倒是平坦，绕过山便见一片开阔的平原，散布着许多村落。这里是青岩族，是一个母系社会的部落，已经有人来做过调查。刘仰泽和高明、许明对这里都有些了解，李之薇却感觉很新奇。

他们走进一个村子，在路上看见几个女人都肩扛锄头，穿着土布衣裙，类似小和尚穿的直裰，个个身材都很苗条。看见有生人来，她们停住，悄声议论着什么。

许明和李之薇走过去说明来意，便有一个女人引他们沿街走去。街旁都是认不清的花木，转了几道石墙，便见一道河水，河水清澈，缓缓地流。沿河几户人家，衬着花木，映着河水，甚是好看。

女人推开一户竹门，里面花木葱茏。草棚下一个男人坐在那里编斗笠，旁边都是削好的细竹片。一个四五岁的男孩跑过来，拉着女人的手，说："妈妈，舅舅的手破了。"

编斗笠的男人举起他的右手，有血从指尖上流下来。女人看了，没有反应。

她请之薇等坐，交谈了几句。女子会说几句云南话，他们得知这女子姓吉，说了一个名字，发音不太好记，他们就叫她吉三姆。

许明拿出介绍信给吉三姆看，她看了一眼，仍还给许明，说："你先拿着。"

吉三姆很快便为他们安排了住处。她留许明和李之薇住在这里,引刘仰泽和高明到隔壁人家。隔壁人家出来接待的也是一位女子。

这时已是下午,她们还要下地去,许明和李之薇就随着一同去了。她们的耕作十分原始。一直劳动到暮色降临,许、李二人已经很累,吉三姆等人都还很有精神。

她们回到家中,随着更浓的暮色,这里那里飘起了轻柔的歌声和竹弦琴咿呀的声音,情人的约会开始了。

蚊子和情人一起来了,李之薇拿出花露水来搽,也给许明搽了一点。

吉三姆很好奇,说:“什么东西?这么香!我闻闻,给我也搽一点。”

之薇便给她搽上,吉三姆很高兴。之薇一面搽一面说:“搽了蚊子就不来咬了。”

第二天,吉三姆说:“昨晚蚊子少了,很管事。”她很积极地领他们串了好几户人家。

之薇等住了几天,每天都有收获。吉三姆说:“你们还没有见到我们的高姆。”

许明说:“我们还带着介绍信呢。”

这天,又走了几户人家,走进一家较大的院子,一样的花木葱茏。敞间里有几个女人在说话,听不懂她们说的什么。

吉三姆和这家的主人说了一会儿话,主人走过来向刘仰泽他们介绍,其中的一位是他们这里辈分最高的母亲,也就是这个部落的管理者吉高姆。吉高姆看上去年纪尚轻,很不像长辈。

许明取出介绍信递给吉高姆,吉高姆看了一眼,眼波在客人身上流转,笑着说:“有哪样好调查?欢迎。”她的云南话似乎比别人好一些。

刘仰泽等问了几句生活情况,随意谈话。谈话中,吉高姆不时看着高明。

晚上,刘仰泽和高明回到住处,谈论着今天访问的成果。一个女子来招呼高明,让他到长辈母亲那里去。

高明去了,见这里的房屋比别处大。到了一个房间,那位吉高姆正坐在那里,她请高明坐,说:“听说就要走了,让他们走吧,请你多住些时,可好?”

高明不解,说:“做什么?”

吉高姆嫣然一笑,指一指自己,又向左右看了看。高明这才发现她是坐在一张床上,相对来说这是一张很漂亮的床,床上堆着大红被子。又看了看女主人,发现她很俏丽。

吉高姆继续说:“你就留在这里,住多久随你意。”

高明忽然明白,这位吉高姆是在招夫,不觉一身冷汗,站起身说:“谢谢,我们就要走了。”转身快步走出屋去。

他走在街上,看到街上有不少男人,有的提着盒子,有的提着篮子,心想这大概是去赴约的。

高明回到住处,告诉刘仰泽这件事。

刘仰泽笑道:“这倒可以做一次实地调查。”

高明正色道:“刘先生开玩笑了。”

次日,他们和许明、李之薇商量,又做了些扫尾工作。又一日清早,四人便离开了这风光秀丽的女儿国。

他们准备去的下一个部落,更为奇特,却没有这样轻松。他们走过一个山谷,好像进了一个洞,里面仍是一座座山,山路崎岖难行。就在这崎岖的山路上,有两个人背着大包往上爬,不久,他们坐下来休息。刘仰泽等人赶上来,见这两人面部黧黑,短衣短裤沾满了泥草,看去黑乎乎的。

高明上去搭话,知道他们是那个部落的人,正在往寨子里背盐。其中一人会说云南话,知道高明他们来意,说了一句:“小心了。”

说着，又背起包向前走了。他们虽然背着东西，走得却很快，转几个弯就不见了。

高明他们继续绕来绕去，看见一处较开阔的平地，也看见一个很大的村落。那是一个寨子，两棵很大的松树间横架着一根长木头，这是寨门。

他们刚走进去，便有一个衣着较整齐很壮实的人走过来问："你们来做什么？"这人眼光很不和善。

刘仰泽道："我们是大学里的，来考察社会情况，能在这里住几天吗？"

这人让他们在树下等候，自己走到不远处较整齐的茅屋里去了，不久回来说："酋长可以见你们。"

他们走进茅屋，屋内的陈设和外面的简陋比起来，可以算得华丽。一个人威风凛凛地坐在那里，当然是酋长了。

酋长问了他们的来意，刘仰泽拿出介绍信。酋长看了，很和气地请他们坐。说："明天正有事，你们要看就看吧。"

刘仰泽说要先到人家走一走。酋长眼珠一转，旁边的人看来是侍卫，便领他们出了房屋，向巷子里走去。

刘仰泽等四人仍是分住在两户人家。许明和之薇住的这户人家姓杨，女主人生得不难看，目光比男人还活泼些。

许明问明天有什么事，女主人道："明天你就知道了。"

当晚，许明、之薇太累了，有个床就赶快睡了。

第二天，刘仰泽他们随着女主人来到一片乱草丛生的坡地，已经有许多人围在那里。有一个人拿着一面鼓放在岩石上，向天看了一眼就敲起来。

鼓声咚咚咚响了三遍，一个很普通的人把另外一个很普通的人押进来，把他按倒，跪在地上，如同抓一只小鸡。又抡起一柄不大的刀，一刀下去，那人砰的一声倒在草丛中，被行刑的人一脚踢到坡下去了。

刘仰泽等人看得心惊胆战，本地观众毫无反应，仍是木然站着，不反对也不助威，可能是看惯了。

那个侍卫对刘仰泽道："你们回住处去吧。"

刘仰泽道："我要见见酋长。"

侍卫想了一下，便引他们到了那座较华丽的房屋前，先进去禀报了，才来领他们进去。

他们顺着屋子的拐角走进去，迎面是一个廊子，酋长坐在廊上吃饭，面前摆着几样菜肴。见他们过来，酋长问："你们吃饭了吗？"一面自己只管吃。

刘仰泽心神未定，半天没有说话。

高明便问："今天那人所犯何罪？"

酋长说："他议论庄稼长得不好。"

高明微笑道："那就想法改进，不行吗？"

酋长看了高明一眼，道："他没有资格说话，砍他一刀教训他。"

听口气那人并没有死，几人心里好受了些。许明和李之薇都有些害怕，便拉了拉高明的衣袖。

许明道："我们上哪儿去吃饭啊？"

酋长让侍卫带他们回到住处。四人同在许明住的这家吃了饭，那女人道："今天有盐巴，好饭啊！"

许明想，这大概就是前几天背上山的盐巴，便问："从山下背上来的，家家都能分到吗？"

女人左右看看，说："能啊。"迟疑了一下，又说，"就是太少。"

高明又问："今天被砍的人伤重吗？"

女人道："还能治。有时轻有时重，就看命了。"

刘仰泽问："大概都能活吧？"

女人又左右看看，说："以前多半不能活。"又小声说，"所以人家叫我们砍脑壳的，听说了吗？现在好多了，一般不伤命。”

饭后，他们去村子里访问，感到这里还停留在较原始的社会。

晚上，之薇又拿出花露水来，觉得它可以帮助自己安定一下。女主人见了也很好奇，说：“这么香。”也要搽一些。

第二天，女主人领之薇二人到一处山泉去洗脸，另一个女人和她说话，扒在她肩上闻了闻，说：“什么香？”

李之薇从口袋里掏出花露水递给她，让她也搽上。

女主人低声告诉之薇这是酋长的女人，酋长的女人在泉边洗脚，别人是不可以同时下水的。

之薇看见酋长的女人的小脚趾指甲分成两半，心想，“哦，原来她是汉人。”

她从颖书那里知道荷珠的小脚趾指甲是两半的，所以，荷珠是汉人。她把这个发现告诉刘仰泽和高明。

刘仰泽说：“很可能有汉人流落到这里，这倒是个题目。”

高明道：“我特别奇怪，这种野蛮的制度，怎么会保存这么久。”

在访问中，渐渐形成了一个小集会。他们和村民谈话，刘仰泽发表了演说，讲到人权的要义和民主的真谛。他们还想做些深入的访问，决定再住几天。

这天，侍卫来邀他们去酋长处。酋长问：“你们这几天做什么？”

刘仰泽道：“和村民闲谈。”

酋长道：“我这里很好吧？”

刘仰泽试探着说：“不让别人说话好像不太好——”

他的话还没说完，温和的酋长忽然大怒，走到墙壁边取下一把刀，照着刘仰泽就要砍。

刘仰泽身不由己，一手捂住眼睛一手扶壁，双膝一软，扑通一声跪下了。

高明上来将他慢慢扶起，低声说："他不敢砍外边人的。"

刘仰泽站起，连说："惭愧，我是没站好。"

刘仰泽这一跪，让李之薇对他的敬意减了不少。

酋长放好刀，哇啦哇啦说了一大篇，夹杂着云南话，可以听懂的是说："你们，我们族里的事你们管不着。"

本来调查研究是不应该管别人的事。刘仰泽等尽快收集了必要材料，和留宿的主人告别，下山去了。

走了几十里山路，好容易到了县城，他们请见县长，说了调查情况。

县长苦笑道："那是这个部落的特点，这几年已经好多了。省里来过人想帮他们改进，可是族人都拥护他们原来的办法，管不了。等着看吧。"

刘仰泽将简单的调查小结交给县长一份，县长很感谢。

四人回到昆明，已经是十二月初。他们住在伊仑大学做总结，讨论的一个主要问题是：这样落后的部落，怎么能生存到现在？关于汉族和少数民族的血缘关系，由李之薇搜集了以前的材料，和这次调查一起写了专题报告。

颖书每天来看之薇，他们的婚事定在十二月中旬举行。颖书本来很想举行一个隆重的大场面的婚礼，但他熟悉的进步人士，劝他办得简单些。他们就在翠湖西路的家中，正房楼下摆了几桌酒席。

之薇这边没有什么亲人，峨和吴家穀来了。峨似乎比以前温婉了许多，她和吴家穀站在一起，看去十分般配。刘仰泽和高明、许明也都来了。

医士学校的教师家属要把之薇的辫子梳成髻，之薇和颖书都反对。峨用大红缎带将之薇的两根辫子扎在一起，系了一个蝴蝶结。以后就成了之薇平常的发式，只是不时更换缎带的颜色。

楼下是礼堂,楼上是新房。人间又多了一对好夫妻。

刘仰泽在参加之薇的婚礼以后回北平去了。之薇受聘为伊仑大学的教师。

一天晚上,许明要之薇跟她到校园中一处花坛前,她在花坛泥土上写了 M、C 两个字母。之薇略一思索,知道是民主青年同盟的意思,这是共产党的外围组织,便点点头。许明要她写一份自传。

之薇回家也不敢和颖书说,好在她的家庭情况和本人的经历都比较简单,次日便交了上去。过了几天,许明要她再写一份材料,详细讲明参加远征军的情况,之薇如实写了。又过了几天,许明通知她,她的申请已经批准了。

后来,在民青小组会上,大家学习要加强组织观点,也就是一切服从组织。有人提出如果组织错了怎么办,小组讨论后一致的意见是认为组织不会犯错误。

为了抗议日益高涨的物价,昆明学生组织了一次较大规模的游行。游行队伍到了正义路,受到军警劝阻,双方发生了冲突。有些学生被打伤,有两个学生被逮捕。严颖书知道以后竭力营救,学生不久获释,医士学校又对被打伤的同学用心医治和调理。

颖书这次的举动很得昆明地下党组织的重视,又结合他以前的表现,还有严亮祖“中国人不打中国人”的遗言,颖书被云南地下党组织吸收为中国共产党党员,没有候补期。他也没有对之薇说。

三

正当李之薇走上人生道路的新旅程时,孟灵己还在人生道路的十字路口徘徊。

今年学校数学方面没有公费留学名额,她现在出去读书,势必一切依靠无因,增加他的负担。那是不小的负担,是她不愿意的。而且弗之的支气管炎日益加重,在一次严重感冒后,转成肺炎高烧不退。校医院的大夫来看,嘱他们立刻送到城里大医院。恰巧合子出去实习了,四妮建议让合子回来,可是回来又怎么办?

嵋在病床边守着爹爹的输液瓶,眼前出现了娘去世时的情景。谁来帮助爹爹对付肺炎?谁来帮助他喝一口水?会有人的。可忙得过来吗?能放心吗?

等到弗之的病情渐渐平稳,嵋也从十字路口走出,她终于做出了痛苦的决定:留下。留学的事明年再说,也许明年无因就回来了。

她很快跨进了明仑大学数学研究所的高门槛,戴上了红底蓝字的教师校徽。她在厉康领导的研究室工作,同时也在数学系教基础课。

明仑的南校门有几棵银杏树,掩映着一座小楼。小楼的一大半是物理研究所,一小半是数学研究所。

嵋每天骑车绕过小山过河去所里,不知道什么原因,这几天在石桥边她常常碰见柯慎危。她觉得这位奇人似乎在路上等她,她就每天走不同的路。

这天,嵋从后门出去,看见柯慎危站在草地上站得笔直,一只裤脚卷着,另一只裤脚拉得很直,白衬衫上没有写意画,比平常整齐多了。

他看见嵋出来,就走过来咳了一声。嵋不知道他有什么事,也向他走了几步。

柯慎危道:“孟灵己,你喜欢吃冰淇凌吗?”

嵋很诧异,回答道:“一般来说我喜欢的。”

柯慎危道："我请你，那边的冰淇凌店很不错。"他迟疑了一下，"我怕它快关门了。"

嵋更觉诧异，便说："我下堂课有讨论，谢谢柯先生。"说着，便骑上车走了。

第二天，嵋出门又遇见柯慎危，便有些不高兴。

柯慎危又对她说："我请你吃冰淇凌。"嵋摇摇手，只顾走了。

又一天，嵋在研究室的书桌上看见一张请帖，是自制的很精美的一张请帖，仍是请她吃冰淇凌，邀请人当然还是柯慎危。

下午，嵋到梁先生家去送材料，进到书房，梁先生正在书桌前，梁师母坐在书房的另一端织毛线衣。

嵋向梁先生报告了所里的事，梁师母也过来说几句闲话。

嵋拉了拉那件浅灰色的毛衣，说："梁师母织的毛衣花样真好。"

梁先生笑道："前些时已经给儿子织了一件了，这是给柯慎危织的。"

梁师母也笑道："颜色合适吧？"

嵋想了想，便说了柯慎危请吃冰淇凌的事。

梁先生笑说："倒是个活人啊。"说话时，不时抬一抬右臂。

梁师母关心地问："还疼吗？"

梁先生道："好多了。"又向嵋说，"昨天夜里忽然想起一个问题，起来写下，摔了一跤。"

梁师母道："我就说呢，天亮了再写吧。说是不行，怕忘了。本来左胳膊就不会动，左腿在重庆又摔瘸了，现在右胳膊又负了伤，自己的胳膊和腿都不方便，总得小心呀。好在伤不重。"

嵋道："吉人天相。"

梁先生忽然道："吉人天相这四个字要是对对子，怎么对？"

梁师母微嗔道："又来了。"

嵋知道梁先生喜欢对对子,却还不知道梁师母的名字和对子的关系。梁先生结婚时出了个对子让新人对,他出的对子是“大方”,妻子红着脸,扭捏了一会儿才说:“小圆。”那时,许多女性没有名字,有了名字也是轻易不告诉别人的。

这时,嵋觉得,梁师母对梁先生说话的口气,很像自己母亲对父亲说话的口气,不禁心里酸痛,便走到窗前。她擦擦眼睛,看见窗外一片绿色,不是草地,是菜地。

梁师母也走过来,说:“我种的菜好吧?”便领嵋去看她种的菜园,一畦韭菜,一畦小白菜。已是秋天,还是绿油油的。

梁师母弯下腰,很利落地掐了一把韭菜,又挖出两棵小白菜,在石头上摔打了几下,用纸包了递给嵋,让她带回去。

嵋道过谢,捧着这把新鲜的蔬菜,踏着还有暖意的秋阳走回家去。

后来,梁先生在和柯慎危谈工作时,告诉他嵋已经和庄无因订婚了。

柯慎危皱着眉头想了一下,说:“我还是要请她吃冰淇凌。”

梁先生笑说:“你最好问她要不要吃枣泥馅的点心。”

柯慎危自己不喜欢吃枣泥馅的点心,他要等自己喜欢吃时再说。

嵋总是在解一道一道的难题,也帮助厉康做教学工作。她的工作充实,生活很丰富,心里却不安。

一个夜晚,嵋翻来覆去不能入睡,后来好容易进入梦乡,做了一个梦。梦见自己骑车到一个楼里去办事,出来发现自行车不见了。四周白茫茫空荡荡,什么也看不见,嵋很害怕。这时,远处有人骑车过来,近看时是庄无因。嵋大喜,以为他是来接自己的。但他一直骑过嵋身边,没有向旁边看一眼。嵋想叫,却叫不出来。眼看车过去了,越骑越远,四周仍是一片白茫茫空荡荡。嵋醒来后一身冷汗。她安慰自己,梦是反的,无因总会回来的。

次日，嵋到所里开会，看见冷若安坐在那里。他去了欧洲一趟，似乎更像外国人了。

他走过来，对嵋说："我知道今天会看见你，我昨天刚回来。"

嵋说："陆良尧回上海了，她有一封信留给你。我应该带来。"

若安道："不要紧，我下午去方壶取好吗？"嵋点头。

下午，若安到方壶。嵋把信交给冷若安，若安拆开了，先递给她。

嵋笑道："我为什么要看你的信？"

若安自看信，信上写：

> 若安老师，因为音乐学系没有成立，我不能留校。我家里不放心我一个人在北方，只好回上海去。你会来上海吗？希望我们能在上海见面。

下面是陆家地址。

若安把信折起，对嵋说："陆良尧回上海了。"

嵋道："你该写信给她。"

若安看嵋一眼，眼光里有不解，有询问，还有几分温柔。

嵋转头看着墙上挂的条幅，那是明人陈白沙写的唐代李益的一首诗。"天山雪后海风寒，横笛偏吹行路难。碛里征人三十万，一时回首月中看。"

嵋对若安道："这幅字写得真好，当然诗也好。李益的诗我很喜欢。"

若安道："我是外行，只觉得这字不只好看，而且有力气。李益是不是还有一首《江南曲》？"

嵋道："回去看《唐诗三百首》，里面好像有几首李益的诗。"

若安道:“字是真好看。”在条幅前站了半天看字。

嵋笑道:“原来你这么喜欢书法,前几天和四妮一起擦屋子,看见还有一些条幅,都是土。”

说着去书房取了几幅卷轴出来,又取了两块抹布,和若安一起擦拭。

正擦着,合子推门进来了。他和若安在校园里常常遇见,知道他是数学系的教师,但没有打过招呼。

嵋道:“这是我们系里的冷老师。”

若安道:“叫我冷若安好了。这些字很好看。”

合子道:“我们平常也难得有时间看书法。”便和若安一起来拉卷轴。

这是一个横幅,纸已发黄变脆,他们小心地在地下拉开,是文天祥写的《木兰辞》。

合子说:“气势磅礴。”

若安道:“就这名字和这首诗,就把人吓一跳。”

三人在字旁站了一会儿,又小心地卷好。

嵋笑道:“据说是赝品。”

若安道:“在凡尔赛宫看见几张抽象画,那线条让我联想到中国书法和几何图形。”

合子忽然想起,传说冷若安是雅利安种,便随口问:“你到欧洲有没有回到故乡的感觉?”

嵋瞪了合子一眼。

若安笑道:“中国云南是我的故乡。”

三人又看了几幅,合子说:“看个改样的。”说着从自己屋里拿来一幅,打开一看是篆字。

若安说:“这是篆字,谁写的?”

嵋微笑指着合子:“他呀。”

若安道:“原来你会写篆字。”

合子说:“我从小刻图章,所以学写篆字。”

他们一起念这幅篆字,那是一首新诗。

“用篆字写新诗第一次看见。”若安道。

狂风撼动了参天大树
撕破了厚重的霞裹云裳
快乐的歌声高声唱
自由　自由
让心灵无拘束
让头脑无屏障
自由　自由
让大写的
人　呈现在蓝天上

合子举起手臂大声朗诵:“自由!自由!让大写的人,呈现在蓝天上!”

若安也念道:“自由,自由,让大写的人,呈现在蓝天上。”念罢点点头问,“这诗是谁写的?”

合子指指嵋:“她呀。”

嵋道:“其实,是受爹爹的启发,和合子合作的。”

原来,那天弗之说到民族独立和个人自由后,嵋和合子议论了,嵋执笔写了这首诗。

若安对合子说:“你能照样写一幅给我吗?”

合子道:“写几个篆字倒没什么,只怕诗作者不答应。”

“我那几句算不得诗。”嵋说,“正经还是让合子写一首旧诗才相配。”

这时弗之回来,在拉开的条幅前看了一眼。

嵋请爹爹选一首旧诗,弗之说:“用篆字写的话,可以只写两句。李商隐的‘永忆江湖归白发,欲回天地入扁舟’。”又仔细看了合子的篆字,笑说,“可以写。”便进书房去了。

冷若安说:“我不懂这两句诗什么意思。”

嵋微笑道:“老实说,我也不懂。”

合子道:“恐怕我们要到五十岁以后才能懂。”

三人一面说着,一面把条幅卷好。若安辞去,嵋姊弟把卷轴放在书柜中,说:“以后再看。”

过了不久,在梁先生指导下,厉康、冷若安等组织了一次全校性的数学比赛。比赛中有两个学生得到满分,一个是物理系的乔杰,一个是航空系的孟合己。合子对数学有了更大的兴趣,和冷若安很投机。

在知识丰收的同时,合子加入了民主青年同盟。工学院的民青组织委员向他讲解,加入民青要树立几个观点:唯物观点、群众观点、组织观点、劳动观点。合子默记。组织委员说,组织观点就是个人要服从组织。

合子想了一下问道:“如果组织有了错误怎么办?”

组织委员一怔,他觉得那是不可思议的,但他没有说不可能,而是说:“真是组织犯错误,到时候总会有办法的。”

合子也想了想,说:“还有上级组织呢。”两人都很安心。

内战每天在打,物价每天在涨。人们的生活像永远解不完的数学题一样,一道又一道等在那里。

永远的结

蜿蜒的小河边
青草地绿得那样新鲜
那是什么流动的颜色
一群小人儿舞翩跹

它们忽然化作1234567
整齐的队伍如军队般威武庄严
不久它们变成音乐符号
五线谱上的大头宝宝
多来咪发唆拉西
跳动在青草间

数学公式中的“因为”“所以”
滚动着,滚动着,落入草书中
化成了书法中的“上”和“下”
一样的无言
多么美啊
人的思维　人的想象　人的尊严

草上的音乐奏出快乐的曲调
而我是这样茫然
没有人能听懂我的话
能懂的人远在天边

人生是一个过程
我正停留在一家旅店
旅店里挂着大大的结
解开了才能继续向前

下一站又有下一站的结
解开它变化万千
也许会带来花一样的笑容
也许会带来一双泪眼
也许会让你啼笑皆非
也许会让你柔肠寸断
它们都是人生的礼物
给你许多经验

快乐地迎上去吧
那就是新的挑战

让每一天新生的太阳照亮你的脸
让你的生活更丰满
听啊　下一个结正在召唤
人生的游戏告诉我
结　永远解不完

第六章

一

在一段时间里，生活是多种多样的。在孟灵己、李之薇毕业之前，春天在昆庄有不同的画面。

明仑大学的新住宅区建成了，这里的房屋不像别的住宅区，而是各有自己的风格，有一座座小楼，也有几处平房。靠一边有一个小广场，是别的住宅区没有的，但没有什么体育设施，只是光秃秃一片。路边、宅边已移植了一些花木，还有原来就生长在这片地上的几株桃、杏、海棠，都在准备开放。

教师们从去年底便陆续迁入昆庄。刘仰泽因家里人多，搬进了一处较大的平房。厉康搬进了一座小楼，说是一座，实际上很小，只能容一个小家庭。楼房外各有一个小花园，对厉康很合适。按柯慎危的条件，他也得到一座小楼，但他拒绝了。他说，住在倚云厅很好啊，一间房子能容身，为什么要两间呢？

钱明经从去年下半年就和临近大学的一位女教师来往，到年底已经要结婚了，也得到一座小楼。他们开始收拾新家。

不料婚期迫近，那位女教师的父母出来干涉，他们不知在哪里听了什么闲话，认为明经不可靠，婚事没有成功。

不过，明经还是搬进了新住宅。他说，我反正要结婚的。

搬进昆庄的还有尤甲仁和姚秋尔，在昆明时他们和钱明经住在相邻的小巷，现在成为真正的邻居。两座小楼可以隔窗相望，下面的花园只隔着一排冬青树。这里离刘仰泽的平房不远，大家遇见时总要说几句话。平房也有院子，刘太太说要从昆明移几棵腊梅来种。姚秋尔笑道："我倒想种菜呢，现在白菜都这么贵。"

徐还原来在桃庄有房子，但是已经破旧，学校要她搬到昆庄。

她本来不想搬家了，但是房子漏雨，有的窗户关不上，三天两头要找人修。

燕殊不耐烦，说："妈妈，我再不愿意给零修组打电话了，咱们搬家吧。"

在燕殊的极力主张下，她们搬到了昆庄。这时已是春暖花开，原有的几株桃花开得很盛。在这战火纷飞的春天，昆庄倒有些欣欣向荣的气氛。

搬家那天，航空系的一些师生来帮忙，其中当然有孟合己。周家东西不多，一天就搬完了。

徐还累得坐在床上喘气，说："这一回可再也不搬了。"

燕殊举着一个大镜框，让合子来帮忙钉在墙上。镜框里是父亲的大照片，还有一张小照片，是母亲和已是少女的燕殊的合影。小照片放在大照片中父亲的胸前。她没有了父亲，可是，她们三个人还是在一起。

这时，这个住宅区里又搬进一个新家庭。袁令信从法国回来了，还带了一位漂亮的法国太太。她有棕色的头发、蓝色的眼睛，出入时常挎着丈夫的手臂。袁令信高而瘦，太太娇小玲珑。不久，就被钱明经形容为一个花篮吊在竹竿上。

依蓝从巴黎高等师范大学物理系毕业，在学习时就听过袁令信的讲演，以后又参加学术活动，对袁令信产生了倾慕之心。她从上中学时就喜欢中国文化，开始学认中国字。后来虽然入了物理系,也还不断自己看点中国书。再后来嫁给了这个中国人,再再后来,她随着丈夫来到中国。袁令信根据她法国名字的读音,为她起了“依蓝”两个字,现在她的名字叫作袁依蓝。

她用中文说:“我有了这个名字,觉得自己更美貌了。”她为自己能说美貌这两个字有些得意。袁令信说:“你本来就是美人。”

照依蓝的学历,她可以教一门课,但她愿意在实验室做一些较简单的工作,好有时间学习中国文化。她去听孟樾讲中国历史,还去听晏不来讲宋词。她在晏不来处看见几帧书法,有董其昌的、文徵明的,还有孟樾的那帧条幅。晏不来给她讲了词义,她特别喜欢,说:“中国书法像是图画,又像舞蹈,又像音乐。因为那些诗句不只看起来很美,而且念起来好听。”

回到家中,袁令信抱着她说:“你是中国文化的知音。”

依蓝扮了一个可爱的鬼脸,说:“高帽子。”

她的家离徐还家很近,很自然地成为朋友,和姚秋尔遇见时也常谈话。有时三人在一起站在路边说话,徐、袁两人不自觉地谈到她们的工作。

秋尔在一旁笑道:“哎呀,我还真有不懂得的事呢!”

依蓝说:“每个人都有不懂得的事。”

徐还真心地说:“我就不能背莎士比亚。”

秋尔面有得色,想对依蓝说什么,却停住了。

有时刘仰泽也参加她们的谈话,他称赞依蓝汉语说得好。

依蓝遇到用汉语表达困难的时候,就说一段英文,总是秋尔为她翻译。

大家对办好学校,提高国家的科学文化水平满怀热情,时常谈论。刘仰泽渴求民主,对将来充满信心,他的见解得到袁令信的同情和尊重。

有一次他们谈论到战事,刘仰泽为共产党在东北的胜利很高兴，说光明快要来了。袁氏夫妇回到家中，依蓝说：“我真不明白，中国已经胜利了，为什么自己还要打仗？”

袁令信道：“我有时也这样想。可是我们的想法可能太天真了，太幼稚了。”

依蓝天真地眨眨眼睛，说：“我想，幼稚的人很多。”

依蓝去听宋词课，是晏不来讲欧阳修的《渔家傲》。

> 花底忽闻敲两桨，逡巡女伴来寻访。酒盏旋将荷叶当。莲舟荡，时时盏里生红浪。
>
> 花气酒香清厮酿，花腮酒面红相向。醉倚绿荫眠一晌，惊起望，船头搁在沙滩上。

这首词，一般的宋词选本较少选用，依蓝却很喜欢，但是不能全懂，下课后还和晏不来讨论。

他们在楼门口说着，见孟灵己走过，晏不来叫道：“孟灵己，你来看看这是谁。”

嵋走过来，对依蓝微笑道：“早听说了，欢迎你。我是孟灵己，在数学系。”

依蓝道：“我也听说过你，我是袁依蓝，在物理实验室。”

两人说了几句话，不知为什么嵋想到了雪妍姐姐。虽然她们的外貌并不相像，却觉得依蓝的气质有些像雪妍姐姐，或说雪妍姐姐的气质有些像依蓝。这点印象很快就淹没在数字的王国中。

一天下午，有人送给嵋两包口蘑，她又买到一些新鲜菜，就带了一包口蘑和青菜来到徐还家。正好依蓝也在那里，她自己做了蛋糕，带到徐还家中一起喝茶。

依蓝见嵋穿了一件简单的竹布旗袍，轻盈苗条又端庄文静，不由得说：“你是我看见最有中国韵味的姑娘。”

嵋也逐渐明白，为什么看见依蓝会想到雪妍姐姐，她们有一种相像的气质，可以说那是一种纯净的浪漫情怀，也许是文化的熏陶。

三个人随便谈话，说到旗袍，依蓝说："旗袍很好看，可是对外国人不适合。"

徐还说："我也这样想，可是，以前庄太太穿旗袍很好看。"

依蓝笑道："也许对法国人不适合。"

嵋道："不见得，哪天你穿一回试试。不过，你可能会觉得拘束。至少，我想穿旗袍不能运动。"

依蓝看看自己身上浅绿色的连衣裙，说道："这样的衣服当然好一些，不过，要打球、赛跑也是不行的。我看到倚云亭那边有一个网球场，咱们这边的小广场好像也可以做一个。"

徐还问依蓝："你好像喜欢运动？"

依蓝道："我们有一点运动的习惯。"

嵋道："周伯母在德国时候一直打网球。"

依蓝又问嵋："你打网球吗？"

嵋道："我没有学过。我们那个时候没有设备，只打排球。其实，我有一种运动就是走路。在昆明长大的孩子，大概都会走路。去上学都要走很长的路。"

依蓝眼睛一亮，说："我参加过竞走。"又看着徐还说，"咱们开一次小运动会好吗？"

徐还道："你们俩赛吧，我现在慢走都费力呢，不能竞赛了。"

嵋觉得很有趣，说："我去张罗。"

不久，在昆庄的小广场上，真的举行了一次小运动会。数学系和航空系各有十几个人参加，晏不来和中文系的几位教师也来观看了。

嵋和依蓝的竞走临时改为赛跑，因为她们两人都觉得，竞走的姿势是所有运动中最不好看的。

担任裁判的邵为说："随便你们赛什么，我都可以裁判。"

她们决定跑一百米，还有两位女教师参加。哨声响了，她们轻快地冲出去，先是依蓝在前面，后来另一位女教师赶上了，紧接着嵋追上了她们，比她们先两步到了终点。依蓝拥抱她，祝贺她。袁令信也走过来向嵋祝贺。

嵋笑道："只能算是平局。"大家都兴高采烈。

下一个是厉康和冷若安，他们要跑一个来回，二百米，这是厉康安排的项目。他特别挑了冷若安做对手。

邵为说他们不在一个年龄组，厉康说没关系。前一百米冷若安占优势，可是再返回时，他崴了一下，差点摔一跤，厉康先到终点。

若安和嵋等都向他祝贺，厉康很高兴，笑说："没有奖品吗？"

运动会结束以后，大家还在议论。邵为说："我想冷若安是故意的，他不愿意占先。因为他们不在一个年龄组。"

晏不来道："胜负并不重要，乐趣在运动，在比赛。"

生活虽然有这些活动点缀，基本上是越来越艰难。物价上涨，法币越来越不值钱。国民政府两次更改币制，仍不能稳定物价。到了八月十九日，发行了金圆券，金圆券每元法定含金量0.22217厘，发行总额定为二十亿元，金圆券一元折法币三百万元。金圆券的发行，并没有起到稳定物价安定人心的作用。正相反，人心更加惶惶不安。

这时，尤甲仁收到了台湾某大学的邀请信，邀他前去工作。他和秋尔频繁地讨论走还是不走，两人觉得，无论谁执政，只要不反对，总是能平安的。最终倾向留下，但未作决定。

政府为了支持金圆券，禁止私人持有黄金、白银和外币。私人若存有金银和外币，都要兑换成金圆券，限期定在九月三十日。这一条命令，使得一些人产生了恐惧。大学教授虽然生活不富裕，有的人家还是有些积蓄的。

尤甲仁是天津世家，有祖产。他们又有些外国朋友，自有一个社交圈子，两人的日子过得很悠闲。他们夫妇存有几条黄金和一些美钞，因为对金圆券的信心不够，若是拿出来兑换很舍不得。命令中说如不换就要没收，限期日渐紧迫。没有原因而没收私产，这样的政府可靠吗？两人每天的话题便是换还是不换。

到了九月二十九日，两人讨论了一夜，最后一致的意见是，若不换落得个没收，仍然是一无所有。若是换，就算是有去无回，也还是支持了国家财政。只好决定将全部积蓄换成金圆券，同时也决定了谢绝台湾的邀请，不去台湾，留在大陆。

次日，两人收拾了一个小包，赶校车进城。到指定的银行，有一个专用柜台办这件事，但是去的人并不多。他们得到了一个很大的包，那是全部积蓄的代价。

两人办完了手续，在街上闲走。这条街人不多，道路两旁高大的法国梧桐筛下了一片片阴影。路边有几个小餐馆，见一家门口摆着两盆菊花，便走进去。坐定后，要了两份扬州炒饭和红菜汤慢慢吃着。两人不时互相对望，在眼光的交流中，也交流了各人在想什么。他们一方面感到轻松，一方面感到担忧。怕以后生活真的紧迫时没有办法，但这也就无可奈何了。结账后，姚秋尔付了钱，觉得这钱比平时买东西更沉重。

他们出了餐馆，走了一段路，路旁有人力车停着，拉车人问："要车吗？"

姚秋尔正好有点累了，对尤甲仁说："咱们坐车吧。"两人各上了一辆车，姚秋尔说："去西四，拉慢点。"一路左顾右盼，很觉惬意。

走过一家较高的建筑，他们认得这是北平首屈一指的剧院。剧院两旁贴着大幅的海报，写的是"冬赈义演音乐会"预告：郑惠杭领衔主演《茶花女》。

他们及时赶上了一班校车回到校园，一路议论着这场音乐会。

尤甲仁说："前天我走过音乐室，几个人在门外说话，冷若安正说，今天郑先生不能来，近来她身体不大好，她的心脏好像越来越不好。"

姚秋尔道："还有两个月呢，可能就能唱了。"想一想问道，"你说冷若安和郑惠杬什么关系？好像很熟。"

尤甲仁道："冷若安是郑惠杬的学生，他学唱快成了业余歌唱家了。"

姚秋尔笑道："音乐会有他吗？真的，我怎么还没听过？哪天要听听。"

快到家时，他们没有走前门，而是绕到房屋后面，路过钱明经家的小花园，见满院子的野菊花，黄白相间，像是一幅图画。

秋尔道："这是抽象派啊。"

甲仁道："你形容得真好。"便在矮栅栏前站下。

明经闻声走出来，请他们进来看。说："随便从小山上移了一两棵，就长了一院子。"

他还为这些花写了诗。不过，他觉得用不着说。

甲仁问道："博物馆什么时候开馆？"

明经道："困难太多了，希望明年能准备好。孟先生说了，不管怎么样我们要办的。"

又说了几句闲话，两人自回家去。

钱明经看着尤姚夫妇的背影，想到自己在婚事上受到的挫折，又想到惠枌若是不离开，也可以同赏野菊花。而现在只能端一把椅子，捧着一杯茶独自坐在院中，默想着野菊花诗的草稿，还穿插着对积蓄怎样安排的思索。

因为筹办博物馆，来往中各行业的人都有，见闻颇广。钱明经的思考已经有了结果，就是不予理睬。难道会真的一家家来搜查吗？国府要办的是大案子。他很坦然地度过了九月三十日这一天，并没有把这个再当回事。

钱明经喝完了杯中茶，又默坐了片刻。惠枌的影子不断出现在眼前，好像她就站在野菊花丛中向他微笑。他是这样想念她，恨不得马上到她身边，请她理解，求她原谅。然而他知道覆水难收，那是不可能的。他只能把心中所想写成一首诗，诗句在脑中浮动。

他走进房间，坐在书桌边。他要把诗句记下来，眼光却落在一个信袋上，那是他从中文系带回来的。打开看时，里面有几封信，其中一封是何美娟的，他有一种重见故人的感觉。读着信，好像与何美娟的距离越来越近了，何美娟说，要到北平来看他。

信读完了，怀念惠枌的诗句却找不回来了。他又去看野菊花，在夜色中，黄白相间的图案像蒙上了一层纱，有些朦胧，也更抽象。

他在花前站立良久，觉得有些寒意。回到屋内，开始准备明天甲骨文的一堂课。

二

到十月下旬，已是深秋，寒意渐重，早晚尤其显著。人力车中讲究的都支起车棚，放下车帘。车帘上有一小块玻璃，闪闪发亮。

北平城里许多绿树有的变红，有的变黄，大部分绿色并未减退。天蓝而高，是北平的好天气，而冬天就要来了。

金圆券的发行没有起到预期的作用，物价仍不断上涨。战争在继续，许多人成了难民。有关方面为帮助流离失所的难民过冬，组织义演。本想请郑惠杭举行一场独唱会，但她身体不好，只能参加节目，演出歌剧《茶花女》的片段。这次音乐会的票价最高的已经到了每张一百万金圆券。

明仑大学音乐室从剧场取得了部分门票在学校发售。许多学生想听，可是买不起。有的说："郑惠杬什么时候到学校来，专门看一次音乐会该有多好。"

晏不来听见，便对萧先生说了。

子蔚告诉惠杬，惠杬说道："到学校义演是当然的事，我巴不得呢。"

子蔚微叹道："你的身体要更好一些才好。依我看，这次演出都太勉强了，不该接受这次邀请。"

惠杬道："这是冬赈，而且我喜欢唱。在这个时代里我们还能做什么有益的事？"

组织这场音乐会的有关方面，很怕惠杬不能演出，那样会大大影响票房。他们劝说子蔚，说这次演出不能没有郑先生，没有郑先生谁来买票啊？没人买票就直接影响到灾民过冬。

他们知道萧先生这些人最关心这一点。当然，最重要的是郑先生看起来很好。

这天，惠枌到桃庄来看望姐姐。惠杬正在弹钢琴，弹的是威尔第另外一个歌剧《阿依达》中阿依达的咏叹调。钢琴上摆着惠杬和子蔚在香山香炉峰那块大石头前的照片。

惠枌看着那张照片，等姐姐停下来便说："这曲子很好听，可是不知为什么，我好像离阿依达很远。"

惠杬一面合上琴盖一面说："薇奥列塔和阿依达都是为爱情而死，殉了自己的感情。阿依达的故事中还有国家和个人的关系，更觉悲壮。但是，我不喜欢演这个角色。阿依达要求阿达梅斯出卖自己的国家，他的牺牲太大了。薇奥列塔就比较单纯，她为了保护所爱的人，牺牲了自己，没有什么可讨论的。我喜欢这样的角色。"

惠枌见姐姐神采奕奕地谈论这些想法，问道："姐姐你精神还好啊？"

惠杬笑道:“你也是来劝说的吧?”她说着站起来跳了两步华尔兹,说:“你放心,我会注意的。”又问,“你们是要开画展吗?”

惠枌道:“你知道君徽的画有些不合时宜,今天不跟姐姐谈这些,你还是弹琴吧。我来做个什么菜?”

惠杬道:“不用了,你会做什么我还不知道。”

两人笑着,坐下喝了一会儿茶。惠枌要乘晚班的校车回城,惠杬送她到院门,又送出桃庄,接着一直送到校车边,看她上了车。

子蔚特别安排医生为惠杬做了检查,医生认为是可以唱的。又叮嘱惠杬说歌唱家自己会感觉到的,自己注意不要太过分。演出就这样决定了。

明仑大学的一些教师得到赠票,由郑惠杬的未及门弟子冷若安协助分送,他只给自己留了一张后排座位。

合子看见了票,他原本不想去,因为觉得这种音乐会和当前的社会局面很不协调。但嵋说听音乐是一类人的一种习惯,也是一种不可少的生活趣味,没有什么可责怪的,何况是为了穷苦人过冬,济贫义演。不过我们应该买票才是。

嵋姊弟和冷若安一起进城,在校车上遇见夏正思和王鼎一,他们正讨论莎士比亚的《马克白斯》中三个女巫的几句诗。还有两位女教师,议论说物价涨得太快了,从前的秀才说有了豆腐就不吃白菜了,前些时,我们还能吃上豆腐,现在差不多连豆腐也吃不上了。

车行很快,到西直门附近,忽然转弯,又一个猛刹车,大家都向前栽了一下。可能夏先生鼻子太高,竟蹭破了一点皮,出血了。

他用手帕捂住鼻子说:“不要紧,听了音乐会就好了。”

到了剧场门口,遇见一人,衣着整齐,这人叫了一声:“冷若安！”

大家注意看他，原来是柯慎危，他穿着一件藏青色呢大衣，戴了一顶呢帽，全身到处平整。若不仔细看，简直认不出来。

冷若安道：“柯先生，你没坐校车，怎么来的？”柯慎危并不回答，只向大家点点头，径自走进剧场。

剧场内华灯明亮，人们都穿得很整齐，有的先生穿着长袍套上了马褂，有的先生穿西装打着领带，学生大都是短棉外衣。

嵋等各自找到了座位，他们看见许多熟人，梁明时、尤甲仁、姚秋尔、郑惠枌夫妇等都来了。除教育界以外，还有政商各界人士。

最受人注意的当然是萧子蔚，他坐在第三排正中，凝神望着大幕。

前半场是器乐，有小提琴、钢琴等，结尾是艺专的教师弹奏肖邦的《波兰舞曲》。人在音乐中精神仿佛经过了一番洗涤，暂时忘掉了生活的困难。

休息时，惠枌和赵君徽一起走到嵋面前，说：“小姑娘变成大姑娘了。”又对合子说，“童子变成青年了。”

合子说：“前天在报上看见一条消息，说画院要开画展。”

赵君徽道：“大家鼓足心劲要做些事，还不知开得成开不成呢。”

惠枌道：“过些天，寄请柬给你们。”

君徽又道：“一张请柬可以随便去多少人。”

合子看看姐姐说：“我们要去的。”

正说着，那边有人招呼赵君徽，他便走开了。

惠枌打量着嵋说：“你怎么还穿着这样的长袍？”

嵋穿了一件棉袍，外面是母亲的呢大衣。看见剧场中有几位漂亮人物，都穿着绣花的短棉袄和西装裤，那是当时的时髦衣饰。

惠枌说:“我知道你没时间注意这些事,你把棉袍剪去下摆就行了。”

嵋见惠枌穿着一件秋香色斜襟短袄,咖啡色西装裤,外面当然是有大衣的。随口道:“我真顾不上。郑先生身体怎么样?”

惠枌叹道:“不好,我们劝姐姐不要来演出了,姐姐说这点事还是要做的。”又说了几句话,惠枌就走开了。

在她们谈话的时候,有人在关切地看着惠枌,那是钱明经。他坐在不远处看着惠枌的一颦一笑,那些逃走的诗句忽然又回到他心间。他立刻完成了那首诗,题目叫作《我等你》。他继续用心琢磨,沉浸在自己的诗句中。

下半场的铃声响了,大幕缓缓拉开,虽然不是正式歌剧演出,台上也显出了热烈的宴会场面。

满场中大概只有明经一个人没有被音乐吸引。他眼前不断闪现着惠枌和她的画,尤其是他们初次相见的画展上那两张,惠枌就站在画前,画面和舞台上的情景交换着。

场中另有一个人全身心浸在音乐中,那是萧子蔚。惠杬登场了,在满台衣衫华丽的侍女中,薇奥列塔真如一朵白玉兰,高贵优雅而温柔。她和一位著名的男高音歌唱家演唱了《饮酒歌》和其后几段重唱、对唱,又唱了薇奥列塔的咏叹调:“光阴啊,不停留,度过了一年又是一年,空虚的生活啊,不改变……”唱得真是余音绕梁。她的歌声让人感觉到金属的明亮,似乎还有花朵的芳香。听众都专注在音乐中。

子蔚凝神地看着惠杬,他觉得惠杬也在看着他,向他倾诉心中的一切。

又有很短时间的休息。郑惠杬演唱了最后一幕第一场中的咏叹调。

让我们离开这万恶的世界,
这里充满了痛苦和悲哀。

我们要走向那遥远的地方，
快乐和幸福就要回来。
命运在那里向我们微笑，
痛苦和悲伤永远忘怀。
啊！亲爱的朋友。
命运正在微笑，
生活的痛苦，生活的痛苦，
永远忘怀，永远忘怀！
…………

惠杭逐渐觉得有些喘不过气来，冷汗涔涔。她觉得自己正在向远方飘去，而自己的声音却又像从远方飘来。

她应该停下来，但怎能让演出留下缺陷？她尽力唱完了最后两句：

幸福和快乐，快乐的命运向我们微笑，
痛苦和悲伤，永远忘怀！

郑惠杭眼前一黑，晕倒在台上，台上的人都愣住了。

台下的人以为剧情就是如此，仍准备看下去。只有子蔚不顾一切地跳上台去，轻轻抚摸她苍白的脸颊，低声呼唤着她。

惠杭没有动静，没有呼吸，她竟先茶花女而去了，再也不会回来。

大幕急速地落下，台下一片肃静。

郑惠杭的死在北平文化界引起不小的震动。报上有人做文章，说她是营养不够。悼念的文章许多篇都说她的才华没有能全部发挥。她本来可以成为世界级的歌唱家，但是她再也不能唱了。

有些报社记者要采访萧子蔚，子蔚谢绝。

晏不来的朋友陈骏也来看望，想做一个专访。

子蔚低声说："人已经去了，到哪里去访？"

陈骏深叹，不知道什么时候才能让每个人的才华能够充分发挥。

子蔚滴下泪来："对惠杬来说，可惜的还不只是才华，她是一个有正义感、有责任心、有担当精神的歌唱家。"他说不下去，停了一下，哽咽道："而且，她是一个好妻子。"

三

问世不久的金圆券也不停地在贬值，二十亿的发行量早已突破。月初领的工资到月底就变得少了许多，嵋和同事们免不了谈起生活的窘迫。一个同事告诉她，领到工资后最好去换袁大头，可以暂时保值。

嵋为了让父亲得到好一点的饭食，与合子商量兑换的事。

合子说："小姐姐这么忙，我去吧。"

嵋定睛看了他一会儿，决定由合子去换袁大头。

这天一早，合子坐校车到西四，下车后沿街走去。街上人很多，乱糟糟的，有些铺面却关了门。

他一直走到西单，走过一个铺面，台阶很高，有人站在上面吆喝："换钱了！换钱！"

合子不想上那个台阶，继续往前走。走到一个巷口拐弯处，竟有一个摊位可以换钱，几个人正在做交易。

合子先看了一会儿，便上前问："什么价？"那人做了个手势。

看有几个人陆续在换，合子便把带来的金圆券全部交给小贩，把换得的银圆装在书包里，用手紧紧地按着，倒是沉甸甸的。

他急于离开这个地方，穿过拥挤的人群，一直走到西四路口，赶着出城的校车回家。在校车上他一路想，现在的社会必须改造。进了校园,他深深地吸了一口气,觉得学校还是安定的地方。

回家见到嵋,说了情况,把书包交给她,说:“这场面你该去看看。”

到买粮食和日用品时,仍要用金圆券。所以又需要把袁大头换回金圆券。

一天,钱明经来和弗之说博物馆的事,又说起换袁大头。换袁大头已经成为一个常识,可是钱明经知道的更多,他说东四一带比西边换的价钱更合适。

他一面谈着袁大头,一面从口袋里拿出一份小报,递给嵋说:“我知道你也写诗的,看看吧。”

嵋接过,看到报上有一首诗,题目是《我等你》,作者是千木。她怀疑地看了钱明经一眼,默默地把诗看了一遍,马上想到要不要给惠枌看。顺手放进大衣口袋。

这次用袁大头换金圆券是嵋去的。她到了东四一带,市面上似乎是一种热闹景象。有几处铺面关门,大多数各种交易仍在正常进行。

牌楼一侧有一个小铺面,许多人围着在做金圆券和袁大头的交易。嵋摸着书包里的十几个袁大头,很快换成了金圆券,这时的金圆券兑换价更低,拿回来的当然就更多了。可是比起袁大头来还是轻飘飘的。

嵋把纸币收好,走到东四牌楼的一角,看见一个女子迎面走来,文雅不俗,原来是郑惠枌。

“呀!你也来了?”两人同时说,相对苦笑。

她们走到街拐角处一块凹进去的地方,站住说话。惠枌告诉嵋,郑惠杭葬在万安公墓,和孟师母不远呢。按照萧先生的意思,几乎没有请亲友参加葬礼。

嵋说:“我们在报上看到许多悼念文章,真是太突然了。”

两人沉默了片刻,都不想离开。

惠枌问:“你们去看画展吗?天越来越冷了。”

嵋道:“我和合子要去的。”

惠枌说:“我知道合子喜欢写字,还对绘画有兴趣。画展上赵君徽的画不多。你知道,他的画有些抽象,属于写意,在法国生活了一段,更有体会,提高很多。画院院长是写实派,一向敌视抽象写意,很不想展出赵君徽的画。许多人力争,赵君徽才参加了这次画展。”嵋正要说话,惠枌又说,“还有人推荐我的画,画展上也有我的两张。”

嵋说:“这样才好呢,应该做的事力争到了。我们一定要去的,可是还没有收到请柬。”

惠枌道:“好像是就要发了。”

嵋说:“合子的字现在有进步,你现在不在学校里没看见。”

惠枌道:“你们来时带一张看看,我记得他小时写的字就不错。”

一阵风来,嵋把手伸进大衣口袋,摸到那张报,顿时做了决定。一面说:“是啊,写字是他的业余爱好。”一面把报纸递给惠枌,说,“你看到了吗?”

惠枌接了报纸,很快看到千木的名字和《我等你》的标题。她看了嵋一眼,便站在四牌楼的街边,在车辆的来往中、行人的脚步声中慢慢读那首诗。

我等你,
面朝着野菊花建造的山林。
我等你,
依靠着月光流淌的落水。

我等你,
一任寒风掀动着发黄的书页。

我等你，
听凭冷雨敲打着土布的窗帷。

怎能忘，画中绿林上浮动的诗意，
怎能忘，笔底小溪悦耳的歌吹。
怎能忘，撕心裂骨的争吵。
如今再有谁来将我责备。

天佑我啊，在这一刹那，
越过了闪烁的钗光碧影。
我看到了你温柔的笑脸，
绕在我周围。

诗在惠枌心里掀起了波澜，她轻声对嵋说："明经真不是坏人，他是一个好丈夫，但那是有阶段性的。我想他的缺点是感情太丰富了，而又有这个条件来挥洒。现在和赵君徽一起生活我是满意的。但是，我会记得他。"

嵋怕她要哭出来，捏一捏她的手。

电车来了，她们发觉腿已经站酸了，便分手各自回家。

惠枌上了车，随着电车的轻微摇动，眼前出现了芒河，自己正站在清亮的河水中。忽然看见了那一幕，钱明经和一个女子，是何美娟，在堤上漫步，很是亲密的样子。她当时几乎晕倒在河中。但是，一切都过去了。

到家以后，似乎寒冷也跟进来了。赵君徽还没有回来，她用火筷子捅了捅炉火，便坐在炉旁，又拿出那首诗来读，眼前出现了和明经初遇的情景。

在一次画展中，明经赞赏她的画。他确实是赞赏那画的美，而不是讨好她。因为他并不知道那画是她画的。她有一种知己的感觉，他们彼此对望。在眼光中他又在赞赏她的人，两颗心碰撞了,结下了这一桩孽缘。

惠枌长叹一声,把报纸投入炉火中,眼看火苗在蔓延。忽然又赶快抓出来,报纸只剩下个边缘,也许这正是她要的。她想了想,把剩下的纸边夹在一本旧书里。

惠枌走后,嵋走进附近的菜场,看到有一些乡下没有的改样蔬菜。居然还有刚出锅的糖炒栗子,便各样买了一些塞在书包里,鼓鼓的一大包。又到西城赶校车回家。

嵋下了校车,看见牌坊旁墙上贴出了醒目的大字报,知道明天又要开始新一轮的罢课。走了不远,有人在后面叫孟灵己。是冷若安走过来,说:“你背了这么重的东西,我来提吧。”嵋便交给他。

两人都不说话走了一段路,若安道:“我知道你进城做什么。”

嵋说:“这是不得不张罗的事。”

若安道:“以后再有什么事我愿意帮忙。”

嵋不答,反问道:“你明天有课吗?”

若安道:“有一堂课,我要去上的,不能无休止地罢课。”

嵋稍一沉思,说:“你不觉得这样做和集体的行为差得太远吗?”

若安站住了,然后说:“我再想一想。记得鲁迅说过,横眉冷对千夫指,是吗?他很有勇气,可是勇气来自坚定的信心,我没有这样的信心,我只是觉得上课很重要。学生不能上课,好像有点委屈。我并不愿意成为集体的对立面。”

嵋抬眼看着他说:“看来以后只有加紧补课。”

冷若安笑道:“我们对政治不够了解,说起来都有些呆气。”他看着嵋,心里想:“你也一样。”不过没有说。

两人又说到一个数学问题。走到方壶门前,嵋没有进去。他们又绕到后门,嵋说:“到了。”遂接过书包。

若安看嵋进了门,才转身走开。

嵋到厨房,把买回的菜蔬交给四妮。走到前面书房去看爹爹,觉得屋内冷飕飕的。

合子已经住校,比嵋住校更名副其实,不常回家。为了省煤,四妮只在书房里生了一个硬煤炉子,弗之在书房靠窗的书架下搭了一张小床,入冬以来就在这里睡。床离书桌很近,倒也方便。

弗之正伏案著文。进行了一年多的百年历史研究,因为大家在一些问题上观点不甚一致,暂时停了下来。但是多次的讨论引发了弗之对帝制的一些想法,他正在写一篇批判帝制的文章。

嵋叫了一声"爹爹",弗之放下笔,道:"回来了?顺利吗?"

嵋道:"还算顺利,就是有点挤。这么多人都抢着去换袁大头,袁大头是怎么回事?"

弗之道:"这是袁世凯时期发行的银圆,真有银子在里面,是值钱的。他的皇帝梦只做了八十三天,后来就死了。在二十世纪还想称帝,真是蠢材。"

嵋见炉火不旺,想捅一捅,又想等吃了饭再说。仍到厨房帮助四妮做些杂事,摆好了碗筷。

一时,弗之过来了。嵋为爹爹盛好一碗热腾腾的粥,自己且坐在桌旁,剥那已经冷了的栗子。

弗之看见,说:"现在还吃得上糖炒栗子。"

嵋道:"街上很乱,不过,看去也还热闹。"

弗之笑道:"这是两方面的词,人总得过日子。人心所向等待光明,也是很自然的。但饭总是要吃的,课总是要上的。明天就要开始新一轮的罢课了,合子谈过这件事吗?"

嵋道:"合子没有说起。我想他一定要参加。我若还是学生,我也会参加的。但我现在是教师,要多想一想,还是上课最重要。”

弗之道:“如果我现在还是学生,或许我也会参加。不过,教书是教师的职责,学习是学生的本分,最好不要罢课。”

晚上八点多钟,合子回来了。他有一个多星期没回家了,这是特别回来看爹爹。

他进了门,摘下眼镜擦去上面的哈气,又去后面找小姐姐。二人来到书房,嵋打开炉门去捅火,合子抢过火通条,说:“我来。”

嵋问他吃过饭没有,合子一面捅火一面说:“在周燕殊家吃了。”

火旺了些,一家人围炉火谈话,都觉得暖融融的。

合子脱去外衣,嵋见他棉袄里面的毛衣袖口脱线了,说:“脱下来,我来修理。”便拿来毛衣针。

合子脱下毛衣,弗之忙把棉袄给他披上。

合子看着小姐姐织袖口,说:“下午第四节是周伯母的课,下了课,她叫我到她家吃饭。我有些问题,她又做了辅导,我算是吃了两顿饭。晚上还有一个会,讨论明天罢课的事,幸亏这堂课在今天。”

嵋笑道:“你觉得不上课可惜?”

合子道:“当然,当然可惜。每一门课的每一堂课的内容都是连接的。前几次罢课以后,老师为了省时间,跳了一些,就有跟不上的感觉。不过,这是小事,争取民主,打倒腐败专制的政府是大事,我觉得罢课还是必要的。”

弗之微叹道:“国民政府这样腐败无能,令人惋惜。你们的叔叔说,国民党在短短几十年里做了几件大事:一件是推翻帝制。另一件是,在短短的时间里建成了现代文化的雏形。我同意他的看法。但是也许它的力量已经用尽了,该换一换了。”

合子说:“就是呢!推倒专制政府,罢课是一道战线。”

弗之和嵋对望了一眼，他们认为合子能够觉得少上一堂课就跟不上，已经很好了。

嵋道："作为教师，要尽量把应学到的知识塞在有限的时间里，我觉得这是很难的。我想，只能以后来补习。我会努力帮助同学补习，也只能等学潮过去。"

弗之道："教授也可以随时辅导。我不赞成稍有名气的教授连一年级的课都不上，这种坏风气在明仑是不会有的。"

三人又随意说了些学校的事。嵋放下毛衣，站起道："对了，还有糖炒栗子呢。"

她去拿了栗子，倒在一个小竹筐里放在桌上，给爹爹剥了几个，又拿起毛衣来织。

合子剥栗子很快，给爹爹剥，给姐姐剥，自己也吃了好几个。一面说："你进一趟城，收获不小，都看见了什么？"

嵋道："你看见的我都看见了，这是不是就是经济崩溃？整个北平都在不安的情绪中，可是不安里又有一种老北京的平和稳定。也许这是麻木？总之，我们的国家必须有新的开始。"

三人又说到东北的形势，认为胜负已成定局。

合子剥了最后一个栗子递给弗之，说："糖炒栗子不知道是谁发明的。"

嵋道："还有吃螃蟹，也不知是谁发明的。"

弗之道："许多事情都不知道是谁发明的，人类就这样一点一点地积累，走上了文明的道路。"

嵋织好袖口，让合子穿上毛衣。合子拉着织补好的毛衣袖，对嵋一笑。嵋拍了拍他的手背。

合子看着爹爹说："我要去开会了。"转身走向门口。

弗之叫道："你下次什么时候回来？"说着走到合子身边，伸手想摸他的头，可是只抚到肩膀。

合子觉得"什么时候回来"从来都是母亲问的。又见父亲疲惫、消瘦，显得衰老的面容，不觉心上一阵酸痛，说："我随时会回来，两堂课之间也可以回来。"说着，快步走出门去。

弗之看着他的背影说："一切谨慎。"

四

次日，静悄悄的校园里，有一位教师去上课。这人不是冷若安，而是柯慎危。他穿着一件厚呢大衣，扣子系错了位。两只棉鞋一只有后跟，一只没有后跟，一脚高一脚低慢慢走着。有人通知过柯慎危今天罢课。但他当时正在考虑一个问题，只看见那人张嘴说话，并不知他说些什么。社会上的事本来就离他很远，就是听见了他也不见得会在意。

柯慎危像平常一样走到教室，倒是有两个学生先在了，一个是物理系的乔杰，还有他同屋的生物系的学生，因为常常谈论生物演化，得了一个外号叫蝌蚪，这门课是他们的选修。

他们特别喜欢听柯老师讲课，课的内容和柯老师随意的风度，让他们觉得有时云山雾罩，有时道理又太清楚了，数字好像活起来，有时却特别僵硬，像一块块花岗石。

他们不愿意损失这堂课，还讨论了一番："去听一听没关系吧？"

"不知柯老师来不来，咱们去吧。"

乔杰和蝌蚪个子都不高，坐在教室里简直显不出来。柯慎危上课从来学生少，也从不点名。他走上讲台，好像对满堂的学生一样讲了这一节课，两个学生也很有收获。

下课了，两个学生一起出了课室，都觉得饥肠辘辘，用手按着肚子，让它发出的声音小一点。走到食堂，每人一口气吃了三碗饭。

第二天，饭团的膳委会知道了上课学生的名单，在食堂门口贴出一张布告,禁止上课的学生用餐,停止他们包伙的权利。

乔杰来吃饭的时候,看到这张布告,很觉意外。他照旧走到门口,却有两个同学把门,说:“这里不准你包伙了。”

乔杰说:“为什么?”

一个同学说:“你破坏罢课。”

乔杰觉得没有什么道理好讲,看到把门的同学身强力壮,有些害怕,转身便走。

恰好孟合己来吃饭,看见他,问:“你吃完了?”

乔杰指一指那布告,走开了。

孟合己看见布告有些诧异,就去问把门的同学,说:“这是什么道理?”

同学说:“你不是孟合己吗?你自己懂得许多道理呀。”

合子道:“我自己是赞成罢课的,而且我也身体力行每次都参加。但是我以为别人也可以不赞成罢课,上课是他们的权利,为什么不准人家吃饭?”

同学说:“破坏罢课,就是破坏民主运动,他可以到别处去吃饭。”

另一个同学对合子说:“你别管那么多,你去吃饭吧。”

乔杰离开食堂,遇见蝌蚪也来吃饭,便告诉他不能吃饭了。蝌蚪不信,跑到门口看了布告,也看见了那两个把门的同学,便不去碰钉子。

他跑回来追上乔杰,说:“我饿了怎么办?”他的肚子又在咕噜咕噜响。

两人想想,走到南门外去找吃的。

南门外有些小摊,有一家卖烤白薯的,摊主在烤炉和学校围墙之间拉起一块布幔,可以挡风。乔杰蝌蚪走到烤炉前,闻见白薯的香气,各自摸了摸口袋。

卖白薯的老头戴着一顶毡帽,满脸皱纹还很健朗。他打开炉盖说:“这一炉烤得了,来一块吧?”

两人又各自摸摸口袋,问:“没涨价吧?”

老者道:“今天没涨。”

两人各买了一块烤白薯。老者让他们进了他的小天地,坐在板凳上。又说:“我这里有热开水,喝吗?”

蝌蚪问:“这么冷的天,大爷还出来?”

老者道:“不出来,这一天的嚼谷怎么办?生活难啊!”忽然又想起来说,“我还有咸菜呢,您二位要不要?”

乔杰忙说:“谢谢。”

蝌蚪说:“您留着吃吧。您用白水就咸菜吗?”

老者咧咧嘴,说:“吃窝头就咸菜,喝开水,还守着炉子。这年月还要怎么着?”

北风把布幔子吹得鼓鼓的,毫无阻挡地扑到人身上,火炉的作用很小。

两人喝了开水吃了白薯,肚子不再叫了。他们要付一点水钱,老者说:“您可别这样,咱们是街坊。”

又有人来买烤白薯了,老者过去支应。

“爹!”一个穿着厚厚棉袄的小伙子走过来,面容和老者有些像,“我收摊了,一会儿就来换您。”

这是老者的儿子,在街的另一头卖菜。

老者笑着说:“这棉袄是刚从当铺里赎出来的,还不知道什么时候又要进当铺呢。”转脸对儿子说,“你一早起来贩菜,睡得太少,回去不用来了,我能对付。”

小伙子笑了,说:“老爷子,您狂什么呀,我一会儿就来。”

他看了乔杰两人一眼,点点头回家去了。老者也满意地点点头。

蝌蚪说:“这是您少爷?”

老者道:“是啊,其实我这半大的老头子还能干活呢,儿子好啊!”说着,又去支应买白薯的。

乔杰二人离开了这个小天地,大步走回学校。一阵阵冷风吹过,他们拉紧了衣服。

路上,蝌蚪问乔杰:“你说,我们昨天上课有错吗?我们是不是应该服从多数?”

乔杰说:“我也想这个问题,不过,少数应该服从多数,多数也应该容忍少数。这才是民主。”他顿了一顿,“怎样服从,怎样容忍,要看具体的情况了。”

他们一路谈论,回到宿舍又喝了一通热水,各自拿了书本去上课。

孟合已对这件事想不通,去问他的小组长:“不准人家吃饭,有道理吗?”

小组长一愣,自言自语道:“有道理吗?”他望着合子嘟哝两句,不知说的什么。

合子知道他要请示上级,便说:“你过两天告诉我吧。”

过两天,小组长对他说:“不准吃饭有些生硬,别的伙委也有意见。不过不服从罢课委员会的决定,去上课,总是不对的,对这种情况最好个别说服。你和乔杰他们很熟吧?做点工作。”

这件事校领导也知道了。这天,秦巽衡召集了有关方面讨论这事,意见不统一,但大多数人认为饭团不准和自己意见不同的人吃饭是不对的。罢课这样频繁,学生想要学习,也可以理解。争取民主最好少用罢课的方式。

刘仰泽听了说:“那你们说用什么方式?”

王鼎一道:“在香港已经成立了国民党革命委员会,要改变国民党的不民主,这也是一种方式。学生罢课是对政府的压力,必要的时候我们也可以罢教。不过,过多地影响学业不是好办法。也要知道民主的内容不只是少数服从多数,还要多数容忍少数。包容是非常重要的。”

大家都赞成王鼎一的意见。秦巽衡看着训导处长施恩贤，施恩贤道：“训导处应该劝导学生，是不是出一个布告？但我想，这事好像太大，训导处镇不住，还是用校务会议的名义吧。”

大家一致认为，布告要有说服力，最好由孟先生来写。施恩贤向弗之拱手道：“下午我来方壶取稿？”

弗之义不容辞，起草了一份布告，布告中总的精神是劝导同学们珍惜学习时间，也说了多数容忍少数的道理，批评了饭团禁止不同意见的人吃饭的做法。起草完毕，又和巽衡、施恩贤讨论了，张贴出去。

很多同学围着看，还低声议论。很快便有一些大字报反对这个布告，还攻击孟弗之，说校务会议是被人操纵。

学校的布告和学生的文章在女生宿舍的壁报栏都有张贴，季雅娴和另一个同学站在那里看，一面说：“我们罢课并不是偷懒赖学，我们是争取民主。物价这样高，社会这样乱，能不关心吗？应该有新的秩序，有民主的好政府，有稳定的物价，有安定的社会，学生自然会好好学习，难道学生不愿意学习吗？”

舍监李芙走过，听见一句半句，她看过了学校的布告，又仔细看了张贴不久的学生文章，便说：“学校就是教和学，不上课还算什么学校。”

季雅娴看着李芙说：“李老师，我以为学校是自由的园地，可以有不同意见。”

李芙并不生气，说：“我不反对你的观点。”她有些嘲讽地看着季雅娴，“国民政府坚持了八年抗战，实在是很不容易，如果能有一些时间，会改进的。”

另一同学对李芙的话嗤之以鼻，说：“改进？一栋房子大梁都给虫子蛀空了，只有塌的份儿。”三人争论起来。

争了一会儿，季雅娴想起晚上新诗社有个小朗诵会，她是主角要准备，便走开了。

晚上，朗诵会在中文系的一个大教室举行，社团的重要人物和中文系的许多师生都到了。

这次会不仅有朗诵，而且有讨论。有同学批判《我等你》，说这种萎靡的小资产阶级情调是大时代的不和谐音。朱伟智以为大时代有号角声，有鼓声，也可以有箫声、笛声，只是不能太多。

当时讨论很热烈，朱伟智的意见是少数，钱明经没有到场。讨论结束，季雅娴朗诵了闻一多的诗《死水》。

> 这是一沟绝望的死水，
> 清风吹不起半点漪沦。
> …………
> …………
> 不如让给丑恶来开垦，
> 看他造出个什么世界。

季雅娴很激动，眼睛里浮动着泪水，亮晶晶的。

诗念完了，在热烈的掌声中，有人大声说："暴风雨快来吧！吹开这一池死水！"

大家走出会场，朱伟智和季雅娴很自然地走到一起。

走到僻静处，朱伟智低声说："民主发展势头很好，估计反动派要有对策，准备好迎接困难。"

季雅娴的声音更低："逮捕？"

第七章

一

请他们来欢迎我
白日的先驱,光明的使者
打开所有的窗子来欢迎
打开所有的门来欢迎
请鸣响汽笛来欢迎
请吹起号角来欢迎
请清道夫来打扫街衢
请搬运车来搬去垃圾
让劳动者以宽阔的步伐走在街上吧
让车辆以辉煌的行列从广场流过吧
请叫醒每个人
连那些衰老的人们
请叫醒一切的不幸者
我会一并给他们以慰安

期待光明的诗句在校园里传诵着,学生的民主活动更频繁更多样。小型的朗诵经常举行,还有民间舞蹈,吸引了不少女同学。

西北腰鼓也传到了校园里,周燕殊参加了,嵋和合子一起去观赏。女孩子们整齐的动作,一转身一扬槌配合着鼓点,充分表现了青春的活力。

"真美。"嵋说,"我也想打呢。"

“教师也可以参加。”合子顿了一顿。

“好像没有教师参加，教师太老了。”嵋说。

虽然教师没有参加学生的活动，歌声、朗诵声和腰鼓的鼓点在每个人的心上引起不同的感受。

大时代透出了光芒，平凡的小儿女生活同时在进行。

吴家馨到生物系来开会并查阅资料，住在方壶，常和嵋一起出入。

这天，两人走到蓬斋路口，正巧遇见邵为和冷若安走过来，四人站定了说话。

嵋介绍道：“这是我的朋友吴家馨。”又给家馨介绍了邵为和冷若安。

吴家馨是大家都知道、都关心的，邵、冷礼貌地向她招呼。家馨留意地看了邵为一眼。

几句闲话以后，嵋忽然说：“前几天我吃过彭记厨房的面，很好。吴姐姐，我们一起去吃面吧？”

若安忙应道：“我来做东。”

四人到面馆，占了一张方桌坐下，各人点了自己喜爱的面。

不一会儿，跑堂的端了热腾腾的面来，面条上有几片青翠的绿菜叶，很是诱人。各人吃了，果然汤汁可口，面条滑软而筋道，都说好。

若安看了邵为一眼道：“我还想吃一碗。”

邵为笑道：“我也要。”

嵋道：“我想要，可是怕吃不完。吴姐姐，我们分一碗好吗？”家馨点头。

大家吃着谈着，两碗面过去，邵为和家馨已经说了不少话。他们的关系已经进入了一个新阶段。

大的局面也上升到了一个新的阶段，和前方战事相配合，学潮日益高涨，国府处境日趋艰难，当局开始了大逮捕。

在这种严峻的局势下，中共地下党通知，估计上了黑名单的同学可以到几位教授家躲藏。

这一天晚饭后，整个校园笼罩在朦胧的暮色里。一批军警进了校园，他们分头搜查，到男生宿舍，一个个房间看过去，在楼道里遇见两个同学，便问："朱伟智住哪个房间？"同学说："不知道。"一溜烟走到别的宿舍去了。

这时，晏不来正好在朱伟智处商量事情。听见外面问话，晏不来指指房门，又指指自己。

有敲门声，随即两个穿军装的和一个便衣破门而入，问道："谁是朱伟智？"

晏不来抢先说道："我是。"

军警并不仔细查看，"咔嚓"一声给晏不来上了手铐，晏不来顺从地随他们出了房门。

朱伟智愣住了，知道这是晏不来为自己争取时间。他向窗外看，见军警押着晏不来上了警车，很快开走了。

他定了定神，敏捷地披上外衣，出了房门跑下楼梯，从楼的后门绕路走到方壶附近的小树林。

这时天已全黑，他在两棵树间的草丛中坐了下来，拉紧了外衣，考虑去向——靠这一件外衣是不能抵御北方的冬夜的。

两辆警车从倚云厅前驶过，周围是一片寂静。人都到哪里去了？朱伟智想。

因为太冷，他起身慢慢向方壶走去。看见那座古雅的房屋从西窗露出幽暗的灯光，洒在窗前的枯枝上。

孟家人还没有睡？朱伟智踏过那片草地，敲响了孟家的前门。

门开了，面前竟是孟先生。

朱伟智又定了定神，直率地说："孟先生，军警正在追捕我，可以在您家里躲避吗？"

孟弗之没有犹豫，让他进了门，一直引他到合子的房间，问道："吃饭了吗？"朱伟智摇头。

弗之温和地说："休息一下吧，这里不暖和。"

朱伟智道："比外面好多了。"

弗之到过道茶桌前倒了一杯热水。这时嵋听见响动也起来了，弗之告诉她来了避难的学生，还没有吃饭。

嵋便去厨房取了两个馒头，找了点咸菜，回到过道交给弗之。

弗之道："你快去睡吧，小心着凉。"

弗之安排好朱伟智，仍回到书房，书桌上摊着他正在写的关于帝制的文章，但他已无法继续刚才的思路。

"咚咚咚"，又有人敲门，这回来的是几个军警。

他们看见眼前分明是一位教授，问道："有学生来吗？"

弗之大声回答："没有。"

军警又打量弗之几眼，向四周看看，拿着手电随意照了几下，不再停留，出门走了。

弗之听见车声远去，仍来看朱伟智。不敢开灯，只隔着门说："睡觉吧。"

朱伟智哽咽地说："孟先生放心。"

他想，这一声"没有"，大概是孟先生平生仅有的一次谎话。

朱伟智在孟家躲了一天，等这一次搜捕的风头过了，辗转去了解放区。

晏不来在拘留所住了两天，终于弄清楚他并不是朱伟智。

警察盘问他为什么冒认，晏不来答道："我们当时正在讨论一场话剧，我是在念台词。"

警察半信半疑地看着他，说："看着也不像学生啊？是老师吧？"不再深究，予以释放。

晏不来回到学校，知道朱伟智已经走了，甚感安慰。

李涟走了以后，晏不来得到他的小院。房管科说西厢房要分给青年教师，晏不来说："欢迎。"

过了几天，他的小院迎来了喜事，西房来了新的主人，那是邵为和吴家馨。

他们之间的感情在两碗面条的基础上飞速发展，已经结婚。嵋和季雅娴都来祝贺。小家庭是温馨的，但因整个的局势，大家都有不平安的感觉。

又一次的大规模搜捕开始了，地下党先获得了消息，通知了各校内的组织。

季雅娴很自然地来到孟家躲避。嵋认为自己的卧室比较安全，这几天她发现天花板上可以藏身，那是走电线的地方，有一块板是活动的，可以从那里进去。

嵋搬来人字梯，自己先上去看。里面黑洞洞的，模糊看见一条一条的电线。靠气窗处倒是可以清理出一块地方，只是灰尘太厚，便要擦拭。

季雅娴苦笑道："来得及吗？"

嵋道："不擦一下，你怎么坐。"

两人很快擦干净一块地方。嵋给季雅娴拿了一个小毯子和一个枕头，让季雅娴上去。

季雅娴捏了捏嵋的手，爬上去说："真好，可以躺着。"

嵋说："离电线远点。"盖好天花板，收拾干净。

到晚上，嵋给季雅娴送了饭。季雅娴怕弄湿了电线，小心地吃了。

从气窗看到外面，天色已经黑了，光秃秃的树木在风中摇摆。黑暗越来越浓重，似乎涌进窗来，她觉得很累，靠着枕头迷迷糊糊。

不知过了多久，听见外面有车声，紧接着门铃声大作。这时夜已深了，弗之和嵋连四妮都起来，仍然是孟先生去开门。不一会儿，脚步声向嵋的房间逼近。

季雅娴有些紧张，心“怦怦”地跳个不住。心想，不要给军警听见。

这时，听见警察问嵋：“你是什么人？”

嵋清楚地一字一句地说：“我姓孟，我是孟灵己，我住在这里。”

其实嵋想说，“你是什么人？夜入民宅。”但她咽下了这句话。

警察知道这是孟家的女儿，拿着手电往床底下照了照，对后面的人摇摇手走出去了。

到了合子房间，警察问：“这是什么人住的？他上哪儿去了。”

弗之说：“这是我儿子的房间，他是学生，住在宿舍里。”

军警点点头，拉开衣柜看了看。他们这回搜查得很仔细，连厨房后面的小屋也看了。临去时，倒是向弗之说了一声“打扰”。

季雅娴在天花板上躲了两天，嵋到宿舍为她拿了一些衣物。第三天清晨，她准备离开，嵋拿了钱装在信封里递给她。

季雅娴又捏了捏嵋的手，将钱塞在背包里，对嵋说：“我走了，你不用出来。”径自出了方壶后门，过了小桥，穿过树丛向黎明走去。

合子回来，三人在合子屋里说话，说起逮捕的事。

合子道：“这是反动政权穷途末路的表现。”

嵋道：“下回再搜查，可不能躲在这里。”

合子道：“你还等着下一回吗？他们来不及了。”

弗之只看着窗外。

二

战局日益分明,共产党军队除了在东北的胜利,也占据了大部分华北。人们爱护北平这座文化古都,都很怕在北平展开战事。中国人用自己的手毁坏自己的文化古都,消灭历代文化的瑰宝——这简直是不可想象的。人们想尽方法来保护古城。守城将领致函北平文化界少数著名人士,邀请他们参加一个座谈会,征求意见共商大计。

弗之和子蔚都收到了邀请函,弗之因会期那天有课没有与会,而是写了信,说明自己的看法:只能和,不能打。子蔚那天和另一大学有共同研讨会,他打了电话,讲述了一些道理,并恳切表明了只能和不能打的愿望。这也是大家的愿望。

共产党军队已经兵临城下,和平交接已成定局。国军撤退,各种人员离开北平,已是大势所趋。

这几天谢方立都在收拾东西,有些仍然要存放在城里亲戚家。照巽衡的意思,要她先离开校园,到城里去。

方立在起居室里看着窗外的小花园,花园里一片萧索。只有那块太湖石被几茎枯枝围绕着,依然如旧。

她慢慢转过身,去收拾两年前放在书柜里的书,取出来装箱。看到那套《狄更斯选集》,拿起来抚摸着。按铃,陈贵裕走进房来,方立道:"你去请孟家二小姐来一趟。"

嵋正好下课回来,随陈贵裕到了秦家,在起居室见到谢方立和还没有装满的书箱,叫了一声:"秦伯母。"不知道说什么好。

方立示意嵋坐下。停了一会儿,嵋才说:"秦伯母要走吗?"

方立道:"就是,局势如此。"又说,"这部《狄更斯选集》送给你。"又指指坐在椅上的黄三弟,说,"你要它吗? 把它留给你吧,我就不带它到城里了。"

嵋低头抚摸着黄三弟，说："你认识我吗？"黄三弟在嵋的手上蹭了两下，跳下椅子去。

方立取了两个袋子，并说："书很沉，猫也不听话，让陈贵裕明天上午送去吧。"

嵋说："谢谢秦伯母，我们再没有秦伯母在旁边了。"

方立道："你母亲不在了，合子是男孩子，我们这一辈人老了，看来，你家的事全靠你了。"

嵋轻轻说了一声："是。我帮着装书吧？"

方立道："不用，我慢慢做。没想到——"没有说下去。

嵋看着秦伯母略显憔悴的面容，觉得她这两年来老得多了。她又唤了一声"秦伯母"，两人互望，都觉依依不舍。

嵋道："我回去了。"站直了身子鞠了一躬，说，"秦伯母再见。"

方立向前走了两步，抱住嵋的肩，说："嵋，好孩子，但愿再见。"

嵋走出秦家，在暮色中走过圆甑和方壶之间枯干的草坪，心中充满了凄凉，却又飘浮着对光明的憧憬。

昏暗中迎面走来一人，身材矮小，原来是乔杰。他先叫了一声"孟老师"。嵋毕业后，乔杰已经不再为怎样称呼她为难。

乔杰道："倚云厅那边贴出一张小字报，是攻击孟先生的。你去看看吗？"

嵋道："攻击什么？"

乔杰道："说他要学生复课，是替国民党服务。说他许多文章，都是为国民党说话。"

两人说着，走到倚云厅大门前，墙壁上果然贴着小字报，可惜已经撕去一大半了。

"反正就是那些话，你已经知道了。"乔杰说，"我随便出来走走，就看见这张小字报。各样的人说各样的话，大时代啊！庄先生父子走了以后，系里似乎空了一大块。孟老师，你们——”

“我们不走。”嵋很快说道，“爹爹说，大家都是中国人，都是要建设民主富强的国家。我们会留下来继续教书，办好学校。”

乔杰似乎有些安心，说道：“我要努力学习，掌握科学知识。”

嵋微笑道：“是啊！民主，科学，还是这两位先生能救我们。我回去了，你还要走走吧？”自回方壶去了。

乔杰继续随意走着，在西校门的大路上，远远看见晏不来骑自行车出校门去。

乔杰暗想，晏老师兴致真好，天都黑了，还上哪里去？

一面想着，一面走到桥边牌坊处看小字报，都是欢呼民主胜利的，看来大局已定。他看了一会儿，便回宿舍去了。

晏不来出了校门，骑车到大学旁边的一个小镇，镇上有一个小饭馆，是青年教师时常相聚的地方。饭馆门外有一个招幡，招幡在习习的冷风里飘动，上面写着“常九饭馆”。

晏不来下了车，从口袋里摸出一张纸条，这张纸条他已经看了不止一遍了，上写着某时某刻到这个地方，约他的人是孙里生。

饭馆里灯光昏暗，只有一桌上有两三个人在喝酒。饭馆主人似乎已经在等他，迎了出来，又引他到旁边的一个小院。院里有几间房屋，开门进去，一个人坐在床沿上。

饭馆主人等晏不来进去，便走开了。

床沿上那人站起，向前走了几步，两人紧紧握手，又仔细地互相看着，好像要弄清对方是不是自己要见的人。

孙里生道：“晏兄，记得我吗？”

“怎么不记得。”晏不来道。

他指指孙里生的头发，那头发不再怒发冲冠，而是服帖地躺在头上。两人会心地微笑，走到床边坐下。晏不来脸上透出一个问号,等着孙里生说话。

“我是从那边来,大的局势你都看见了,学校里的人是不是面临着一个留还是走的问题?我们知道教授大多是不走的,有几位不太清楚。南京那边很希望他们去,他们有条件走。我们都知道,孟先生是不走的,平常孟灵己和孟合己在学校里都说过。而且,孟先生素来是有倾向性的,虽然不像民主教授那样清楚,但是我们可以知道。现在还不知道梁明时先生——”

“这个我倒知道。”晏不来说,“前几天有风声说,南京要来接几位著名的教授。据梁太太跟我太太说,梁先生肯定是不走的。你知道,她和梁太太是小同乡,常有来往。”接着,又说了另几位的情况。

孙里生又道:“晏兄冒充朱伟智替他坐了两天禁闭,大家都知道的。你这样挺身相救,很难得。现在要做的是统一战线,安定人心。”晏不来点头。

两人沉默了一会儿,晏不来道:“这些年你好吗?你又揭发了什么?”

“我确实又揭发了一些事。”孙里生苦笑道,“我被关押了一年,认识更清楚了。我曾代你在中学教过几堂课,讲的宋词是你选的,有一首《六州歌头》。”

晏不来道:“长淮望断,关塞莽然平。”

孙里生接道:“征尘暗,霜风劲,悄边声,黯销凝。讲的时候,简直要哭。那是宋人的亡国情绪——”

晏不来猛然站起身说:“我们回来了。”

孙里生笑道:“而且我们来了。”

两人又说了些别后简单情况,握手告别。

晏不来说:“你下次再来,就可以到我家去了。”

孙里生说:“以后我可能不在北平工作,后会有期。”颇有些依依不舍。

晏不来离开了常九饭馆，这时，月亮已经很高，冬日的平原一片白茫茫。

他到家后，妻子梅花端来热水，让他洗脚。梅花文化不高，但是豁达能干，热心助人，还帮离家远的学生缝缝补补。人称梅花嫂子。

晏不来坐在那里，看着自己的家，听着外面的北风，不觉想到，人必须要有自己的家，无论多小、多穷、多破，那是自己的家。

几天后，在圆甑举行了又一次教授会议。这一次会议不同于南渡前夕共赴国难的悲壮，也不同于复员回来以后建设学校的兴高采烈。

会议很简短，似乎很平静，但是蕴藏着极为复杂的心情。一部分人满怀信心迎接光明，一部分人抱着无奈的心情，听从命运的安排。大部分人都认为自己是中国人，留在中国的土地上，要来的也是中国人，是可以共事的，情绪都比较稳定。

秦巽衡先说了今天有几位教授不能来，其中说到徐还生病了，随口加了一句："天气太冷了。"又说道，"国民政府和共产党方面正在商谈北平的问题，国民政府为了保存北平这样一个文化古都，希望能够和平解决北平的接管。守城的将领也征求了文化界的意见，北平不能变成战场。大家大概已经听到这个消息。"

刘仰泽道："能够和平解放，是上策。"

大家都不说话。巽衡也沉默了片刻，接着说："我要离开了，我是身不由己，必须离开，向国府做一个交代。学校有诸位在，应该是能办好的，我不必也不能再管了。"

说着站起身来就要别去。有几位先生低声说着什么。

这时，萧子蔚站起来说："秦先生不得不离开，大家都了解。但是在这样变化的形势下，需要有人挑这个担子，蛇无头不行。"

王鼎一说道:“我建议由萧先生主持选举。”

秦巽衡一挥手,说:“我回避,一会儿再来。”说着走出房门。

有人小声说:“我想孟先生最合适。”

子蔚爽快地说:“请提名。”

王鼎一正式大声说道:“我提议孟先生。”

子蔚道:“有人附议吗?”几个人同时举起手来。

子蔚又道:“还有提名吗?”没有人说话。

片刻,钱明经站起来说:“我还是提孟先生。”

说着,大家都举起手来。

子蔚看了一下,说:“全票。”

大家鼓掌。然后是一片肃静。

弗之站起,沉重地说:“我会竭尽绵薄之力,和大家一起继续努力办好学校,这是我们的责任。我想,现在应该有一位专门负责学校的安全工作。”教授们也都称是。

弗之道:“我提刘仰泽先生。”

见无异议,子蔚道:“那就定了。”

刘仰泽站起来说:“我帮助孟先生工作。”

弗之说:“责任在我们校务委员会全体肩上。”说着和子蔚对望了一眼。

子蔚站起道:“我去请秦先生回来。”便出去了。

一会儿,子蔚陪同秦巽衡进房来。秦巽衡只觉得心里有些舒展,他望着眼前可信可托的教授们,双手抱拳环视大家,说道:“办好学校,永远是我们的共同目标。”

这时陈贵裕来给大家添茶,大家饮了,纷纷站起和巽衡握手。有的说几句话,有的一言不发,目光中都露出惜别之意。

巽衡和弗之走到衣帽间,巽衡指着门楣上“圆甑”两个篆字,说:“这两个字很好看,记得你那里也有两个字。”

弗之说:“是的,我那里的是方壶。”

巽衡说:“这四个字究竟是什么意思,你想过没有?”

弗之道:“大概是说住在里面的不过是——”

巽衡抬手插话道:“不过是酒囊饭袋之人。”两人大笑。

停了片刻,巽衡叹道:“此次一别,绝不是十年八年的事,你是守在这里了,我不知还能不能回来看一眼。不过我们是尽了力量。”

两人长久握手,终于作别。

弗之回到方壶,进门看见门上那两个字,不觉站住。又看了一会儿,心下倒觉平静。晚饭后,自到系里资料室查找写帝制文章的补充材料。

嵋在房间看书,不久四妮进来说:“小姐,秦家外面来了许多学生。”

嵋抬头问:“做什么?”

四妮道:“不知道做什么。”

嵋起身走到衣帽间,推了推窗帘。外面天色已黑,圆甑的门灯开着,果见许多学生站在门口。

嵋想了一想,出了厨房后门,从花园那边过去,到了圆甑正面的路旁,站在一棵大树后面。路上还不断有学生走来,简直把圆甑包围住了。其中有几个数学系的进步学生,好像还有外校的,他们排着队到圆甑前。忽然,她看见合子和几个同学走过来,也向圆甑围过去。

嵋有些放心,她觉得合子参加的活动应该是有意义的。

圆甑台阶上有两三个人不时在低声商量什么。一会儿,一位看去比较年长的同学开始讲话,他说:“同学们都知道,我们来的目的是请秦校长不要离开明仑大学,不要离开我们,这是大家的愿望。现在我去向秦校长表达我们的愿望,请大家等候。”

圆甑的门开了,几个同学都进去了。还有学生陆续赶来,有人一路走一路吃馒头,看样子是没有吃晚饭。

嵋忽然觉得很冷,发现自己没有穿外衣,转身走回家。

四妮道:“我正要说呢,你怎么不穿大衣就出去了。”

嵋说:“正是呢,天已经冷了。”

嵋穿上外衣,仍回到那棵大树后。黑压压的人群,没有一点声息,约有半小时,那几位代表出来了。仍是那位年长的同学说:“同学们,我们刚才向秦校长表达了我们的愿望。秦校长说他会考虑大家的意见,请大家回去安心读书。”

底下有人问:“就这个话吗?”

“是,他说他会考虑大家的意见。”

人群陆续散去了。嵋的眼光寻找着合子,没有找到。

她回到屋内,到客厅坐下,等着合子回家。可是,合子过家门而不入,没有回来。

次日,天还不很亮,弗之仿佛听见黄三弟在客厅“喵喵”叫,怕它打坏瓷瓶,走出来却看不见它。弗之走到衣帽间,听见门外汽车响,把半截窗帘拉向当中,看见校长的车停在圆甑门前。等了一会儿,秦巽衡走出圆甑,站在汽车旁,且不上车,慢慢地转身向方壶、倚云厅、小山坡看了一圈,最后决绝地将手杖在地下顿了一顿,上了车。

车开动了,秦巽衡走了。

孟弗之长叹一声,转身久久看着墙上方壶两个篆字。

三

圆甑失去了主人,虽然大格局没有变动,却似乎已停止了呼吸。

大部分人并不知道这一消息,整个学校继续进行正常的生活。上课下课的钟声按时敲响,学子们或者步行、或者骑着自行车上下课。

靠近图书馆，有两排平房，多半是文法学院的教室。平房是抗战以前的建筑，很平常，但是门窗的木料和式样比较讲究，看上去自有不同的气派。

这天上午，刘仰泽在这里的一间课室上课。他进了教室，觉得很冷，对坐在前面的同学说："这间教室真冷，到底平房不够保暖。"

他没有脱外衣，开始讲课，他的声音洪亮，条理清楚，讲述了民族研究的一些原理以后，说到他在云南考察时的见闻。

"在少数民族中居然还有奴隶制存在。统治者随便处罚有不同意见的人，有的时候就伤及性命，这个部落索性被称作砍脑壳的。"

同学们听了都很惊讶。有几个同学互相望了一眼，他们相信光明就要来了。每个人的头是长在自己的脖子上。

上课约到一半时间，刘仰泽觉得更冷，手脚都有些发僵，很难忍受。看了一眼课堂角落上的炉子，竟没有火光。

他停了下来，问同学们："冷吗？"

有的同学搓着双手，说："冷啊，冷极了。"

刘仰泽走下讲台，摸了摸炉子，冰凉，很是不悦。

他问同学们："没有火，你们还愿意上课吗？"

一个同学举手道："我建议不要上课了，不过，我有一个问题，现在还存在这样的部落，怎样解释？"

刘仰泽道："说明我们进步得很慢，也说明政府的无能。"

他不想多讲，便在黑板上写了几个字："太冷，无法上课。"向学生们挥一挥手，径自走了。

下一节是孟樾的课，他走进教室，觉得并不比室外暖和。走到煤炉旁边看，炉子是冰冷的，竟然没有生火。学生已经换了人，比上一节课的学生少。

孟樾让学生先看笔记，自己出去找校工，问为什么不生火，校工说没有煤。

孟樾温和地说："别的教室也这样么？"

校工道："我管的这几间都没有生。"他看着孟先生，自己叹了一口气，说，"没有煤怎么办？我再去踅摸踅摸。"

弗之走进教室，对学生说："我知道大家很冷，我们来做一节体操。"

学生"唰"的一声都站起来，做了一节上肢操。体操做完，大家精神振奋了许多，弗之平静地开始讲课。

他这一学期开的课是宋史，这是最后一堂课。弗之作了总结，最后又加了一些感想。

他说："我一生研究历史，对历史常怀有亲近和敬畏的感情。历史像一座大山，是我们的依靠。历史又像一面镜子，我们可以借鉴。历史一页页翻过，记录着一个民族的成长。清朝学者龚自珍说，欲灭人之国，必先灭其史。说得好，没有历史，就没有根基，从哪去成长？写历史，要说真话。古人是以生命为代价，要写下真事，'在齐太史简，在晋董狐笔'，历史本身是波澜壮阔的，历史的记载也是艰难的，我们学习历史怎么能不怀有敬畏之心？尤其是宋朝这一段，更像是我的朋友，可学习、可借鉴，可歌可泣的事件太多了。北宋从五代的最后一朝周那里得到了政权，建立宋朝。以后东征西讨，虽未完全统一中国，也有了半壁江山。在这期间，一直和辽对峙。后来金人侵略，又和金人对峙。以后，是蒙古人的铁蹄来践踏这一片大好河山，民间的反抗斗争一直英勇激烈。在这样战争频繁、动荡不安的情况下，宋朝的文明达到很高的程度，当时的福利事业已经比较健全，它设有慈幼局、居养院、安济坊、漏泽园等机构，努力做到幼有所养、老有所依、病有所医、死有所葬。并且有郡圃的设置，也就是公园，照顾到公众的休憩。当时的文学成就也是中国历史上的一个高峰。"

看到有学生窃窃私语，弗之提高了声音："有人说，宋朝的宰相制度可以发展到君主立宪，这只是一种说法，实际很难做到。中国的皇帝制度扼杀了这一切，皇帝实际上代表着一个派别的利益，或一己的利益。而把整个民族的前途置之不顾。如高宗，因为怕岳飞打胜仗，能够迎接徽钦二帝还朝，自己就坐不成皇帝了，一直不积极北伐，到后来又怀疑岳飞要谋反，十二道金牌召唤正在打胜仗的岳飞班师，将岳飞和他的儿子岳云、义子张宪一起杀害在风波亭上。这是中国历史上的大冤案，也是我们民族的奇耻大辱。现在杭州岳王庙中有秦桧夫妇的跪像，要他们永远跪在岳飞面前谢罪。秦桧自然是罪大恶极，生杀之权究竟在皇帝手里。其实，最应该跪在岳飞面前的是皇帝赵构，他应该永远跪在我们民族面前谢罪。这可以看作是一个武将的故事。文臣的遭遇也是非常让人痛心的，历代猖獗的文字狱，把人的头脑都压缩成豆腐干，不敢稍微活动。"

弗之接着讲了"乌台诗案"的故事，那本来是他预备的一次重点课。可是，那堂课没有上，后来只简单讲了讲，现在他还要再说几句。

他说："苏轼因为嘲讽时政，他的诗更被深文周纳，成为反对朝廷的证据，被捉到汴京投入监狱。"

说罢，转身把苏轼的《狱中寄子由二首》写在黑板上。

其　一

圣主如天万物春，小臣愚暗自亡身。
百年未满先偿债，十口无归更累人。
是处青山可藏骨，他年夜雨独伤神。
与君今世为兄弟，更结来生未了因。

其　二

柏台霜气夜凄凄，风动琅珰月向低。
梦绕云山心似鹿，魂飞汤火命如鸡。
额中犀角真君子，身后牛衣愧老妻。
百岁神游定何处？桐乡应在浙江西。

写完，弗之说："受到冤屈，几乎丧命，却还要说'圣主如天万物春，小臣愚暗自亡身。'大才如苏轼，也不得不这样说，而且是这样想的，这是最最让人痛心的。千百年来，皇帝掌握亿万人的命运。国家兴亡全凭一个人的喜怒。一个人的几根神经能担负起整个国家的重任吗？神经压断了倒无妨，那是个人的事，整个国家的大船就会驶歪沉没。"

停了一下，弗之继续说："我们到了民国时期，好不容易推翻了两千年的帝制，可是我们还没有得到真正的民主，怎么对得起我们这个没有皇帝的国家？"

教室里一片肃静，同学们的眼睛中闪着青春之火，他们渴望着自己的国家走上民主自由富强的道路。

铃声响了。

弗之说："下课。"拿起桌上的蓝布包走下讲台。

学生们上来读那两首诗，有几个学生走到孟先生身边问道："孟先生，您不再讲一讲吗？"

孟樾道："如果没有民主，读书人的命运便是如此。"

走出教室，几个学生又追上来问："孟先生，要不要我们帮着到哪儿去搬煤？"

弗之拍了拍这个学生的肩，说："我去想办法。"

孟樾觉得北风在吹着他走，把他吹进了办公室。他拿起电话找到事务科主任马守礼。

马守礼说："孟先生，我正在这着急呢，煤接不上了。不过，现在门头沟那边可以送来。"

孟樾问:"别的平房教室有火吗?"

马守礼说:"有。这是怎么说的,还就是您今天上课的这一排没有火。老赵去领煤,煤少,没领着。我是说了要省着用,我会催的。不能不上课啊。"

弗之放下电话,又处理了一些事务,去看正在筹建的博物馆。

博物馆负责人正在整理馆藏,认真地填写表格。

钱明经在那里,他拿着一件玉镂花篮,说:"我们这里的有些东西,是不是可以送到故宫博物院?我看它们有这个身份。"

弗之说:"以后可以考虑。"

他拿起已经填好的表格看着,说:"我们继续照常工作。"

明经道:"我看这几天秩序很正常,可是心里还是不大安定。我不知道别人怎样,大概也不会很安心。"

弗之微笑道:"这也很正常。"略一思索,"哪天晚上在一起谈谈吧,交流情况。"

明经道:"我去通知。"便拿出笔来记下弗之说的名字。

他们走出博物馆筹备处,遇见周燕殊和几个女同学。

燕殊向弗之鞠躬,弗之亲切地问:"你妈妈好了吗?"

燕殊答道:"已经退烧了,好多了。"

弗之点头,又问身旁的学生,"你们去上课了吗?"

学生回答:"我们几个去了,也有些人回家了。"

另一个学生说:"学期还没有完呢。"

弗之微笑道:"是啊,我们按功课表行事。"学生们散去。

孟樾回到家中,家里还稍有点暖意。这是孟灵已早有准备,早早卖了一些从香粟斜街搬来的书,用这笔钱存上了煤。

孟樾看见放信报的小几上有一封外国来信,是庄卣辰来的,很是高兴,坐下来读。信中写道:

弗之：

日子过得真快，离开学校已经一年多了，从无因那里知道你们的一些消息。

本来无因应该今年回去，能回国服务是他所期盼的。但他的导师又要留他做一个非常重要的课题，说是他们如果少了他会为难。我真没想到无因这样重要。

去年，无因和我们想让嵋出来留学，嵋没有来。我当然希望无因能够继续他的研究，也希望嵋能出来团聚。不过，这是年轻人自己的事。

前天在一个朋友处遇见一个考古学家，他问起你，谈到中国学，他说，中国历史学方面有几位可敬的学者，你是其中最有特色的。

你身体好吗？问候学校的同仁。玳拉和我都很好。

最好的祝愿！

卣辰

弗之放下信，起身在房间里踱步。

卣辰的信把无因延期回国的事更生硬地摆在面前。

无因延期回国，嵋是不是出去留学，他们已经多次讨论。他希望嵋出去深造，可是，正是他的病绊住了嵋。嵋以为延期一年也不算长，反正无因会回来的。合子是男孩子，很少能照顾家。这个时候，把爹爹一个人留在方壶，她是做不到的。

“爹爹，”嵋推门进来，手里拿着一个邮包，举了一举，说，“无因寄来的。”

嵋打开邮包，里面有两本最新的数学书，还有一本新出版的《高斯传》。这本书文笔优美，再现了这位非凡的数学家的一生。书里夹着一张纸条：“让它们先来见你，我会回来的。”除了这些，还有一件浅灰色的短袖毛衣。

弗之看见这些东西，对嵋说：“你究竟出不出去，可以再考虑。我的路已经到了这里,你有你自己的前途,不要考虑我。”

嵋说:“这也是我的前途,我愿意教一辈子书,像爹爹一样。适当的时候我也会深造的。”

弗之拿起那本《高斯传》,微叹道:“什么时候我也要看一看。”

“二小姐,”四妮在门外说,“开饭了。”

父女两人和四妮一起吃午饭,嵋恹恹地勉强吃了些。

弗之温和地对嵋说:“去休息吧,你下午还有课。”

当天晚上,方壶又来了不速之客。

因为省煤,大家都习惯早睡。弗之正准备入寝,听见大门有剥啄声,便起来查看,问:“外面有人吗?”

有人答道:“求见孟先生。”

弗之开了门,北风吹进一个人来,这人身材高高的,面目端正。他摆脱了寒风,舒了一口气,向孟先生深深鞠躬。

因见弗之有些迟疑,便介绍自己:“我是事务科的办事员。”

他说了名字,弗之觉得这人有些面善,却不记得这个名字。

那人接着说:“我为国民党做过一些另外的工作,我想,这对国家是没有罪过的,可是不知道会有什么麻烦。现在很害怕,想离开学校。今天您打电话我听见了,便想到只有来求孟先生了。”

弗之道:“如果你觉得需要,你可以走。”

那人扑通跪下磕了一个头,又嗫嚅着。

弗之说:“没有发工资吧?”

说着转身走进房去,家用储备的钱是放在他这里的。看着这点菲薄的储备,弗之站在抽屉前略一迟疑,取了大约一个月的工资,交给办事员。

那人又要磕头,弗之拦住,看着他往茫茫黑夜中去了。

弗之回到卧室坐了片刻,就躺下了,只觉得衾寒如铁。想到躲逮捕的学生,要逃走的职员,无因与嵋的婚姻以及自己的事业。摆在大多数人面前的问题都是类似的:去还是留。虽然已经回到故土,却好像还是没有归宿,仍有一种漂泊的感觉。

辗转反侧不能入睡,弗之索性披衣起床,把窗帘拉开一条缝。外面北风劲吹,眼前一片模糊。冷风从窗缝里钻进来,他只好又回到床上,不自觉地摸了摸窄窄的床边,那宽的床已经不需要了。忽然感到十分孤独,这在弗之是很少有的。

黑夜和寂寞混在一起包围着他,越压越重。良久,他才昏昏睡去。

过了几天,孟家举行了一次小宴,就像以前在龟回邀同仁吃炸酱面一样,只是没有了女主人。

傍晚,萧子蔚最先到,和弗之在书房里说话。

子蔚道:"你这书房还是老样子,不知将来会怎样。"

弗之道:"我反正是做学问,能有一间书房就好。"他顿了一顿,"不过的确是有个观点问题。这些年不断有人批评我的历史观点不对,你是知道的。你们研究自然科学要好得多。"

子蔚道:"谁知道呢,将来都是个未知数。"

弗之道:"都是中国人,都是要建设好中国,这一点是不会变的。"

子蔚点头,正要说话,有人在外面大声说:"孟先生,钱明经报到,我们在哪儿吃饭?"

弗之走到书房门口,对钱明经点点头,仍和子蔚说话。

不一会儿,梁明时、王鼎一、刘仰泽、尤甲仁夫妇都陆续来到。弗之和子蔚走出书房,和大家站在客厅里说话。

大家说了一阵,嵋过来张罗。弗之说:"这里没有火,没办法,我们只好在厨房那边用饭。"

嵋引客人们穿过过道,到了厨房。厨房外间已经摆好了桌椅,大家挤着坐下。

这时，徐还由燕殊陪着来了。她的脸色很黄，还有些病容。在她的座位旁边有燕殊的座位，可是她说太挤了，让燕殊也到厨房去。嵋和合子的座位是厨房里的小板凳，燕殊跟他们一起坐了。

梁明时说："我们这是挤挤一堂。"

王鼎一道："正好促膝谈心。"

桌上摆着一盘榨菜丝炒豆芽菜，还有一大碗火腿炖白菜，还有一个小笸箩，装着白薯饼，这都是彭记厨房送来的。

嵋在厨房里炒鸡蛋，她心里烦闷，手上却很麻利，切葱花、打鸡蛋，加了一点凉开水。油热了，她把鸡蛋倒进锅里，只听见嗞啦一声，香气四溢。嵋用筷子先搅动，又用铲子翻炒了几下，把鸡蛋盛起，由燕殊端到桌上。嫩黄的颜色，一缕、一片的形态，又透出点点葱花的绿色，很是好看。

梁明时先道："孟灵己还会炒鸡蛋。"大家举箸品尝都说好。

嵋暗想，无因能闻见、能看见吗？

弗之道："这是家传，在昆明她就会。"

徐还对燕殊说："瞧，孟姐姐多能干。"又说，"无论在昆明还是现在，炒鸡蛋都是好菜了。"

四妮端上熬好的红豆粥和自己腌的咸菜，嵋招呼大家用饭，合子管茶。

大家以茶当酒，边吃边谈。心情都稍觉舒畅，并不在意稀疏的炮声和呼啸的北风。

尤甲仁道："已经商定不再打了，国府做出了很大让步，和平让出了北平。怎么还有炮声？"

刘仰泽道："哪里是让步，兵临城下大势使然。"

姚秋尔见桌上的菜虽然简单，却很诱人，说道："还有绿豆芽哪？"先给甲仁搛了一筷子，"如意馆这几天简直不送菜了，我都自己到校门外去买大白菜。"

尤甲仁道:“事情该怎么样就怎么样,最好快点,不要拖着,我不想等待。”

钱明经道:“可不是！我想不会久的,人家比我们还急。”

徐还道:“今天有一堂实验没有做,电力不够。”

弗之道:“这几天你们上课有火吗?”

梁明时道:“我有一节课在平房,没有火,我指挥同学们做体操。”

弗之笑道:“原来大家都这样对付,我去上课也是这样做体操。”

钱明经站起看看周围,说:“我现在想做体操,可是没有地方。”

在大家的笑声中,子蔚的神情略显凄然,有时插几句话,还是敏捷潇洒。嵋看到了,不知为什么忽然悟到姐姐最早崇拜的人不是别人,正是眼前的萧先生。

突然一声巨响,这个炮弹好像就落在校园里。

大家沉默了片刻,弗之道:“我去打个电话。”

他走出去,一会儿回来说:“校卫队说,几个门都有联系,没有落在校园内,听声音,估计是在西门外。”

弗之说着,只站在那里。

刘仰泽道:“我出去看看。”

萧子蔚站起说道:“我们一起去吧。”

弗之道:“可以先和图书馆联系一下,如果需要,眷属们可以去那里躲避。”

徐还道:“我回去了,晚了怕路上有变化。”

钱明经忙把剩的一点豆芽菜扒到自己碗中,匆匆吃了。把碗往桌上一放,说道:“天下没有不散的宴席。”

合子一面收拾碗筷一面说:“总还会有新的宴席,有好吃的。”

大家走到衣帽间，各自穿衣戴帽。燕殊帮助母亲穿上厚重的棉大衣，用围巾包好头，掖了又掖。

合子开了门，一阵冷风吹进，北风吹得枯枝摇摆不定，有的撞在房顶上，唰唰作响。

又有几声炮响。大家都不说话，陆续走出门去。

孟樾略一踌躇，也穿上大衣随着出门，说要去图书馆看看。

路灯很暗淡，远处又是几声炮响。各人心中有的是期待，有的是惶恐不安，有的是听天由命。无论怎样想，每个人都舍不得这一片精神的沃土，感到深深的依恋。

在北风的呼啸中，他们穿过黑暗一步步走，脚步是那样沉重。慢慢转过小山，各自散去。

间　曲

【北尾】重又见叠楼飞檐，红墙绿树，五朝宫阙应谁主，各自有新图。豆萁自燃，将豆来煮。哀鸿遍野泪如注，青春之火加热度。水更沸，声更促，痛煞人，这一盘怪棋难摆布。　民主声高人心属，哗啦啦大厦成灰土，十字路口左右顾，去留自有数。总不改初心要把新人树。万众欢呼望新途，又怎知新途荆棘路。路漫漫，难行步，知后事，且走进那接引葫芦。

后　记

这一部书完全是在和疾病斗争中完成的。尤其是写后一半时，我已患过一次脑溢血。走到忘川旁边，小鬼一不留神，我又回来了。上天垂怜，我没有痴呆。虽然淹缠病榻，还是躺一会儿，坐一会儿，写一会儿，每天写作的时间很少。

我时常和责编、我三十多年来的老战友杨柳讨论，杨柳对我已经退化的智力时予提携。又有联大附中老同学、少年儿童出版社编审段成鹏提意见，终于完成了《北归记》。

我有些高兴，但仍不轻松。南渡，东藏，西征，北归，人们回到了故土，却没有找到昔日的旧家园。

生活在继续，我也必须继续，希望上天留给我足够的时间，完成这个继续。

请看下一部《接引葫芦》。

二〇一七年十一月
小雪前一日，多次重读文稿后

终　曲

【云在青天】热腾腾，家国事，絮叨叨。多少言语。到如今，阴晴知晓泪如雨，又几曾打破那葫芦底。卷定了一甲子间长画轴，收拾起三十三年短秃笔。先生们请安息，弟兄姊妹长相忆。　　过去的已成灰，将来的仍是谜。纵然是一次次风波平又起，终难改云在青天水流地。万古春归梦不归，自有那新梦续。

《野葫芦引》全书完

全书后记

冯友兰说:“人必须说了许多话,然后归于缄默。”

我现在是归于缄默的时候了,但是要做两种告别。

一是告别我经过的和我写的时代。父母亲把孩子养大,好像重新活了一次,写一部书也是重新活了一次。因为不是自传,所以更难。本来,《野葫芦引》全书计划为四部,但写完《北归记》,觉得时代的大转折并没有完,人物命运的大转折也没有完。所以,还有一部《接引葫芦》,《接引葫芦》和《野葫芦引》是一个整体。

二是告别书中的人物,他们都是我熟悉的人,但又是完全崭新的人,是我“再抟”“再炼”“再调和”创作出来的人。我把自己的生命送给了他们,我不知道我的贞元之气能不能让他们活起来、活多久,可是我尽力了。

在这部书里,我写了三代人,分布在各个学科。是我的长辈、准兄弟姊妹和朋友们告诉我许多生活经验,并各方面的知识。我就像一只工蜂,是大家的心血让我酿出蜜来。感谢所有帮助过我的人。书其实是大家的,感谢是说不尽的。

还要感谢亲爱的读者,他们告诉我,他们和书一起长大。他们鼓励我,加油!加油!我觉得自己像被拥拖着,可以不断向前。希望所有的人,书中的、书外的,都快乐地勇敢地活下去。

百年来,中国人一直在十字路口奋斗。一直以为进步了,其实是绕了一个圈。需要奋斗的事还很多，要走的路还很长。而我，要告别了。

二〇一七年九月十四日初稿成

二〇一七年十二月十二日改定

二〇一八年五月十四日最终改定

北归记

北归记